HEYNE <

Das Buch

Rhage, der schönste und tödlichste Krieger der BLACK DAGGER, hat, ohne es zu wollen, große Gefahr über die Bruderschaft gebracht: Die Gesellschaft der Lesser plant seine Vernichtung, und die Jungfrau der Schrift will seinen Verstoß gegen ihre Gebote bestraft sehen – denn Rhage hat sich in eine menschliche Frau verliebt, die todkranke Mary Luce. Obwohl Wrath, der König der Vampire, seinen Bruder beschützen will, muss er sich dem Willen der Jungfrau beugen. Um Mary zu retten, lässt sich Rhage auf ein gefährliches Spiel ein: Nur wenn es ihm gelingt, den entsetzlichen Fluch zu überwinden, der seit einem Jahrhundert auf ihm lastet, hat er eine Chance gegen die übermächtige Bedrohung. Und während er sich seinen Feinden entgegenstellt, muss Mary ihren ganz eigenen Kampf aufnehmen …

Die BLACK DAGGER-Serie:
Erster Roman: Nachtjagd
Zweiter Roman: Blutopfer
Dritter Roman: Ewige Liebe
Vierter Roman: Bruderkrieg
Fünfter Roman: Mondspur
Sechster Roman: Dunkles Erwachen
Siebter Roman: Menschenkind

Die Autorin

J. R. Ward begann bereits während ihres Studiums mit dem Schreiben. Nach ihrem Hochschulabschluss veröffentlichte sie die BLACK DAGGER-Serie, die in kürzester Zeit die amerikanischen Bestseller-Listen eroberte. Die Autorin lebt mit ihrem Mann und ihrem Golden Retriever in Kentucky und gilt seit dem überragenden Erfolg der Serie als neuer Star der romantischen Mystery.

Besuchen Sie J. R. Ward unter: www.jrward.com

J. R. Ward

Bruderkrieg

Ein BLACK DAGGER-Roman

WILHELM HEYNE VERLAG
MÜNCHEN

Titel der Originalausgabe
LOVER ETERNAL (PART 2)

Aus dem Amerikanischen übersetzt von Astrid Finke

FSC
Mix
Produktgruppe aus vorbildlich bewirtschafteten Wäldern und anderen kontrollierten Herkünften

Zert.-Nr. SGS-COC-1940
www.fsc.org
© 1996 Forest Stewardship Council

Verlagsgruppe Random-House FSC-DEU-0100
Das für dieses Buch verwendete FSC-zertifizierte Papier
Holmen Book Cream liefert Holmen Paper, Hallstavik, Schweden

2. Auflage
Deutsche Erstausgabe 12/07
Redaktion: Natalja Schmidt

www.heyne.de
Printed in Germany 2007
Umschlagbild: Dirk Schulz
Umschlaggestaltung: Animagic, Bielefeld
Autorenfoto © by John Rott
Satz: Buch-Werkstatt GmbH, Bad Aibling
Druck und Bindung: GGP Media GmbH, Pößneck

ISBN 978-3-453-56510-4

Gewidmet: *Dir.*
Es hat nicht sofort gefunkt bei uns.
Doch dann habe ich die Wahrheit über dich erkannt
und mich verliebt.
Danke, dass du mich durch deine Augen sehen lässt
und dass ich fühlen darf, was du fühlst.
Du bist einfach so … schön.

Danksagung

Unendliche Dankbarkeit gilt den Leserinnen und Lesern der *Black Dagger.* Ohne Euch wären die Brüder nicht auf Buchseiten verewigt.

Karen Solem, Kara Cesare, Claire Zion, Kara Welsh, Rose Hilliard – euch danke ich so sehr.

In Liebe zu meiner Familie und meinen Freunden, und mit fortwährender Hochachtung für meinen Exekutivausschuss: Sue Grafton, Dr. Jessica Andersen, Betsey Vaughan.

Glossar der Begriffe und Eigennamen

Die Bruderschaft der Black Dagger – Die Brüder des Schwarzen Dolches. Speziell ausgebildete Vampirkrieger, die ihre Spezies vor der Gesellschaft der *Lesser* beschützen. Infolge selektiver Züchtung innerhalb der Rasse besitzen die Brüder ungeheure physische und mentale Stärke sowie die Fähigkeit zur extrem raschen Heilung. Die meisten von ihnen sind keine leiblichen Geschwister; neue Anwärter werden von den anderen Brüdern vorgeschlagen und daraufhin in die Bruderschaft aufgenommen. Die Mitglieder der Bruderschaft sind Einzelgänger, aggressiv und verschlossen. Sie pflegen wenig Kontakt zu Menschen und anderen Vampiren, außer um Blut zu trinken. Viele Legenden ranken sich um diese Krieger, und sie werden von ihresgleichen mit höchster Ehrfurcht behandelt. Sie können getötet werden, aber nur durch sehr schwere Wunden wie zum Beispiel eine Kugel oder einen Messerstich ins Herz.

Blutsklave – Männlicher oder weiblicher Vampir, der unterworfen wurde, um das Blutbedürfnis eines anderen zu stillen. Die Haltung von Blutsklaven ist heute zwar nicht mehr üblich, aber nicht ungesetzlich.

Die Auserwählten – Vampirinnen, deren Aufgabe es ist, der Jungfrau der Schrift zu dienen. Sie werden als Angehörige der Aristokratie betrachtet, obwohl sie eher spirituell als weltlich orientiert sind. Normalerweise pflegen sie wenig bis gar keinen Kontakt zu männlichen Vampiren; auf Weisung der Jungfrau der Schrift können sie sich aber mit einem Krieger vereinigen, um den Fortbestand ihrer Klasse zu sichern. Sie besitzen die Fähigkeit zur Prophezeiung. In der Vergangenheit dienten sie allein stehenden Brüdern zum Stillen ihres Blutbedürfnisses, aber diese Praxis wurde von den Brüdern aufgegeben.

Doggen – Angehörige(r) der Dienerklasse innerhalb der Vampirwelt. *Doggen* pflegen im Dienst an ihrer Herrschaft altertümliche, konservative Sitten und folgen einem formellen Bekleidungs- und Verhaltenskodex. Sie können tagsüber aus dem Haus gehen, altern aber relativ rasch. Die Lebenserwartung liegt bei etwa fünfhundert Jahren.

Gesellschaft der *Lesser* – Orden von Vampirjägern, der von Omega zum Zwecke der Auslöschung der Vampirspezies gegründet wurde.

Gruft – Heiliges Gewölbe der Bruderschaft der Black Dagger. Sowohl Ort für zeremonielle Handlungen wie auch Aufbewahrungsort für die erbeuteten Kanopen der *Lesser.* Hier werden unter anderem Aufnahmerituale, Begräbnisse und Disziplinarmaßnahmen gegen Brüder durchgeführt. Niemand außer Angehörigen der Bruderschaft, der Jungfrau der Schrift und Aspiranten hat Zutritt zur Gruft.

Hellren – Männlicher Vampir, der eine Partnerschaft mit einer Vampirin eingegangen ist. Männliche Vampire können mehr als eine Vampirin als Partnerin nehmen.

Hohe Familie – König und Königin der Vampire sowie all ihre Kinder.

Lielan – Ein Kosewort, frei übersetzt in etwa »mein Liebstes«.

Jungfrau der Schrift – Mystische Macht, die dem König als Beraterin dient sowie die Vampirarchive hütet und Privilegien erteilt. Existiert in einer jenseitigen Sphäre und besitzt umfangreiche Kräfte. Hatte die Befähigung zu einem einzigen Schöpfungsakt, den sie zur Erschaffung der Vampire nutzte.

Lesser – Ein seiner Seele beraubter Mensch, der als Mitglied der Gesellschaft der *Lesser* Jagd auf Vampire macht, um sie auszurotten. Die *Lesser* müssen durch einen Stich in die Brust getötet werden. Sie altern nicht, essen und trinken nicht und sind impotent. Im Laufe der Jahre verlieren ihre Haare, Haut und Iris ihre Pigmentierung, bis sie blond, bleich und weißäugig sind. Sie riechen nach Talkum. Aufgenommen in die Gesellschaft werden sie durch Omega. Daraufhin erhalten sie ihre Kanope, ein Keramikgefäß, in dem sie ihr aus der Brust entferntes Herz aufbewahren.

Omega – Unheilvolle mystische Gestalt, die sich aus Groll gegen die Jungfrau der Schrift die Ausrottung der Vampire zum Ziel gesetzt hat. Existiert in einer jenseitigen Sphäre und hat weitreichende Kräfte, wenn auch nicht die Kraft zur Schöpfung.

Princeps – Höchste Stufe der Vampiraristokratie, untergeben nur den Mitgliedern der Hohen Familie und den Auserwählten der Jungfrau der Schrift. Dieser Titel wird vererbt; er kann nicht verliehen werden.

Pyrokant – Bezeichnet die entscheidende Schwachstelle eines Individuums, sozusagen seine Achillesverse. Diese Schwachstelle kann innerlich sein, wie zum Beispiel eine Sucht, oder äußerlich, wie ein geliebter Mensch.

Rythos – Rituelle Prozedur, um verlorene Ehre wiederherzustellen. Der Rythos wird von dem Vampir gewährt, der einen anderen beleidigt hat. Wird er angenommen, wählt der Gekränkte eine Waffe und tritt damit dem unbewaffneten Beleidiger entgegen.

Schleier – Jenseitige Sphäre, in der die Toten wieder mit ihrer Familie und ihren Freunden zusammentreffen und die Ewigkeit verbringen.

Shellan – Vampirin, die eine Partnerschaft mit einem Vampir eingegangen ist. Vampirinnen nehmen sich in der Regel nicht mehr als einen Partner, da gebundene männliche Vampire ein ausgeprägtes Revierverhalten zeigen.

Transition – Entscheidender Moment im Leben eines Vampirs, wenn er oder sie ins Erwachsenenleben eintritt. Ab diesem Punkt müssen sie das Blut des jeweils anderen Geschlechts trinken, um zu überleben, und vertragen kein Sonnenlicht mehr. Findet normalerweise mit etwa Mitte zwanzig statt. Manche Vampire überleben ihre Transition nicht, vor allem männliche Vampire. Vor ihrem Transition sind Vampire von schwächlicher Konstitution und sexuell unreif und desinteressiert. Außerdem können sie sich noch nicht dematerialisieren.

Triebigkeit – Fruchtbare Phase einer Vampirin. Üblicherweise dauert sie zwei Tage und wird von heftigem sexuellem Verlangen begleitet. Zum ersten Mal tritt sie etwa fünf Jahre nach der Transition eines weiblichen Vampirs auf, danach im Abstand von etwa zehn Jahren. Alle männlichen Vampire reagieren bis zu einem gewissen Grad auf eine triebige Vampirin, deshalb ist dies eine gefährliche Zeit. Zwischen konkurrierenden männlichen Vampiren können Konflikte und Kämpfe ausbrechen, besonders wenn die Vampirin keinen Partner hat.

Vampir – Angehöriger einer gesonderten Spezies neben dem Homo sapiens. Vampire sind darauf angewiesen, das Blut des jeweils anderen Geschlechts zu trinken. Menschliches Blut kann ihnen zwar auch das Überleben sichern, aber die daraus gewonnene Kraft hält nicht lange vor. Nach ihrer Transition, die üblicherweise etwa mit Mitte zwanzig stattfindet, dürfen sie sich nicht mehr dem Sonnenlicht aussetzen und müssen sich in regelmäßigen Abständen aus der Vene ernähren. Entgegen einer weit verbreiteten Annahme können Vampire Menschen nicht durch einen Biss oder eine Blutübertragung »verwandeln«; in seltenen Fällen aber können sich die beiden Spezies zusammen fortpflanzen. Vampire können sich nach Belieben dematerialisieren, dazu müssen sie aber ganz ruhig werden und sich konzentrieren; außerdem dürfen sie nichts Schweres bei sich tragen. Sie können Menschen ihre Erinnerung nehmen, allerdings nur, solange diese Erinnerungen im Kurzzeitgedächtnis abgespeichert sind. Manche Vampire können auch Gedanken lesen. Die Lebenserwartung liegt bei über eintausend Jahren, in manchen Fällen auch höher.

1

Mary sah auf den Wecker: 1:56. Bis zur Dämmerung würden noch Stunden vergehen, und an Schlaf war nicht zu denken. Immer, wenn sie die Augen schloss, sah sie Rhage mit all diesen Waffen behängt vor sich. Wie hatte sie ihn so im Streit gehen lassen können? Was, wenn ihm da draußen etwas zustieß?

Sie drehte sich auf den Rücken. Die Vorstellung, ihn vielleicht niemals wieder zu sehen, war so verstörend, dass sie sich weigerte, sich damit auseinanderzusetzen. Sie musste ihre widerstreitenden Gefühle wohl einfach hinnehmen.

Gott, sie wünschte, sie könnte die Zeit zurückdrehen, bis zu dem Moment, in dem er gegangen war. Sie hätte ihn fest umarmt. Und ihn streng dazu aufgefordert, auf sich aufzupassen, auch wenn sie keinen blassen Schimmer vom Kämpfen hatte und er – hoffentlich – ein Meister darin war. Sie wollte ihn einfach nur in Sicherheit –

Plötzlich wurde die Tür aufgeschlossen. Als sie aufschwang, leuchtete Rhages blondes Haar im Flurlicht auf.

Mary schoss aus dem Bett und quer durch den Raum und warf sich ihm dann in die Arme.

»Hey, hey, was zum …« Sein Arm umschlang sie, hob sie hoch und drückte sie an sich, während er hereinkam und die Tür schloss. Als er sie wieder losließ, glitt sie an seinem Körper herunter. »Alles okay bei dir?«

Ihre Füße trafen auf den Boden, und sie kehrte in die Realität zurück.

»Mary?«

»Ähm, ja … ja, alles okay.« Sie trat zur Seite. Sah sich um. Wurde dunkelrot im Gesicht. »Ich bin nur … ähm, also, ich gehe dann mal wieder ins Bett.«

»Moment mal, Frau.« Rhage zog seinen Trenchcoat, das Halfter und den Gürtel aus. »Komm wieder her. Ich mag es, wie du mich begrüßt.«

Er breitete die Arme weit aus, und sie drückte sich ganz fest an ihn, spürte seinen Atem. Sein Körper war so warm, und er roch wunderbar. »Ich hatte nicht erwartet, dass du noch auf bist«, murmelte er und streichelte ihr mit der Hand über die Wirbelsäule.

»Konnte nicht schlafen.«

»Ich hab dir doch gesagt, dass du hier in Sicherheit bist, Mary.« Seine Finger fanden ihren Halsansatz und massierten sanft ihren Nacken. »Hey, du bist ganz schön verspannt. Wirklich alles in Ordnung?«

»Mir geht's gut. Rhage?«

Seine Finger hielten inne. »Beantwortest du diese Frage jemals wahrheitsgemäß?«

»Habe ich gerade.« *So ungefähr.*

Er streichelte sie wieder. »Versprichst du mir etwas?«

»Was denn?«

»Gib mir Bescheid, wenn es dir nicht gut geht, ja?« Seine Stimme klang jetzt ganz zärtlich. »Ich meine, ich weiß ja, dass du eine ganz Harte bist, deshalb halte ich bestimmt nicht die ganze Zeit Luft an. Du musst dir keine Sorgen machen, dass ich vor Nervosität umkomme.«

Sie lachte. »Ich verspreche es.«

Er hob ihr Kinn mit dem Finger an, seine Augen blickten ernst. »Sonst werde ich dich daran erinnern.« Dann küsste er sie leicht auf die Wange. »Ich wollte gerade in die Küche gehen und mir was zu essen holen. Willst du mitkommen? Das Haus ist ganz still. Die Brüder sind noch unterwegs.«

»Klar. Ich ziehe mich nur schnell um.«

»Zieh einfach eine Jacke von mir über.« Er ging zur Kommode und zog etwas Schwarzes, Weiches in der Größe eines Zelts heraus. »Mir gefällt die Vorstellung, dass du meine Klamotten trägst.«

Als er ihr in die Jacke half, lag in seinem Lächeln etwas sehr Zufriedenes.

Verdammt, der ganze Mann strahlte vor Besitzerstolz.

Als er und Mary gegessen hatten und wieder zurück im Zimmer waren, konnte Rhage sich kaum noch konzentrieren. Das Summen in seinem Inneren war ohrenbetäubend laut geworden, schlimmer als je zuvor. Und er war total erregt, sein Körper fühlte sich so heiß an, dass er das Gefühl hatte, sein Blut müsste in den Venen vertrocknen. Als Mary sich ins Bett legte, duschte er rasch und überlegte, ob er sich kurz um seine Erektion kümmern sollte, bevor er wieder ins Schlafzimmer ging. Das verdammte Ding war hart, steif und schmerzte, und das Wasser, das an ihm hinunter rann, erinnerte ihn an Marys Hände auf seiner Haut. Er berührte sich und dachte daran, wie sie sich an seinen Lippen gewunden hatte, als er ihre geheimsten Stellen liebkost hatte. Er hielt es weniger als eine Minute aus.

Als es vorbei war, brachte ihn der einsame Orgasmus nur

noch mehr in Fahrt. Es war, als wüsste sein Körper, dass das einzig Wahre da draußen auf ihn wartete und nicht die Absicht hatte, sich von ein wenig Handentspannung ablenken zu lassen.

Fluchend stieg er aus der Dusche und rubbelte sich trocken, dann ging er zum Schrank. Innerlich dankte er Fritz für seine Gewissenhaftigkeit und fand nach einigem Wühlen einen Pyjama, den er noch nie zuvor getragen hatte. Er schlüpfte hinein, dann zog er zur Sicherheit auch noch einen Morgenmantel über.

Rhage zog eine Grimasse, er hatte das Gefühl, seinen halben Kleiderschrank am Leib zu tragen. Aber genau darum ging es ja.

»Ist es dir zu warm hier drin?«, fragte er, ließ eine Kerze aufflackern und das Licht ausgehen.

»Genau richtig.«

Er persönlich fand es heißer als in den verfluchten Tropen. Und je näher er dem Bett kam, desto höher stieg die Temperatur.

»Mary, in etwa einer, eineinhalb Stunden wirst du die Rollläden hören, die sich automatisch für den Tag schließen. So laut ist es nicht, aber ich möchte nicht, dass du dich erschreckst.«

»Danke.«

Rhage legte sich auf der anderen Seite des Bettes auf die Bettdecke und verschränkte die Beine an den Knöcheln. Ihn nervte einfach alles, das heiße Zimmer, der Pyjama, der Morgenmantel. Jetzt wusste er, wie es sich anfühlte, ein Geschenk vor sich zu haben, das man noch nicht auspacken durfte: Schön in Papier eingewickelt mit einer Schleife darum. Es juckte ihn in den Fingern.

»Trägst du immer so viele Sachen im Bett?«, hörte er sie fragen.

»Auf jeden Fall.«

»Und warum ist dann das Preisschild noch am Morgenmantel?«

»Falls ich noch mal so einen will, kann ich damit herausfinden, wo es ihn gab.«

Er drehte sich auf die Seite, weg von ihr. Wälzte sich wieder auf den Rücken und starrte die Decke an. Dann probierte er es auf dem Bauch.

»Rhage.« Ihre Stimme klang zauberhaft in der stillen Dunkelheit.

»Was denn?«

»Normalerweise schläfst du nackt, oder?«

»Äh, meistens schon.«

»Dann zieh doch die Klamotten aus. Das macht mir nichts aus.«

»Ich möchte aber nicht, dass du dich … unbehaglich fühlst.«

»Ich fühle mich unbehaglich, wenn du dich ständig um deine eigene Achse drehst. Ich komm mir vor wie in einer Salatschleuder.«

Normalerweise hätte er über ihren vernünftigen Tonfall gekichert, hätte ihm nicht das heiße Pochen zwischen seinen Beinen jeglichen Sinn für Humor aus den Knochen gesaugt.

Ach, egal. Er glaubte doch wohl nicht ernsthaft, sein lächerlicher Aufzug würde ihn in Schach halten. Er war so scharf auf sie, dass man ihn schon in Ketten legen müsste; das bisschen Stoff würde sicher keinen Unterschied machen.

Mit dem Rücken zu ihr stand er auf und zog sich aus. Danach gelang es ihm mit einiger Geschicklichkeit, unter die Decke zu schlüpfen, ohne ihr einen aufschlussreichen Blick auf seine Vorderfront zu gewähren. Von der gigantischen Erregung, die zwischen seinen Beinen deutlich sichtbar war, musste sie nicht unbedingt wissen.

Wieder wandte er sich von ihr ab und legte sich auf die Seite.

»Kann ich ihn anfassen?«, fragte sie.

Sein Gerät zuckte heftig, als wollte es sich freiwillig zur Verfügung stellen. »Wen anfassen?«

»Den tätowierten Drachen auf deinem Rücken. Ich würde ihn gern … berühren.«

O Gott, sie war so nah bei ihm und diese Stimme – diese wunderschöne, liebliche Stimme – war einfach nur magisch. Doch die Vibration in seinem Körper fühlte sich an, als hätte er eine Betonmischmaschine im Bauch.

Als er nichts sagte, murmelte sie. »Lass gut sein. Ich wollte nicht –«

»Nein. Es ist nur …« Scheiße. Er hasste diese Distanz in ihrer Stimme. »Mary, es ist schon okay. Tu, was immer du möchtest.«

Er hörte Laken rascheln. Spürte, wie sich die Matratze leicht bewegte. Und dann strichen ihre Finger über seine Schultern. Er unterdrückte das Zucken, so gut er konnte.

»Wo hast du das machen lassen?«, flüsterte sie und fuhr den Umriss mit der Fingerspitze nach. »Es ist ganz außergewöhnlich kunstvoll.«

Sein gesamter Körper spannte sich an, er fühlte genau, welchen Teil der Bestie sie gerade berührte. Jetzt wanderte sie über das linke Vorderbein, das wusste er, weil er das entsprechende Kitzeln in seinem eigenen Bein spürte.

Rhage schloss die Augen, er war gefangen zwischen dem Entzücken, ihre Hand auf sich zu spüren, und der Gewissheit, dass er mit dem Feuer spielte. Das Vibrieren, das Brennen – es steigerte sich immer mehr und rief die dunkelste, zerstörerischste Seite in ihm wach.

Mit zusammengebissenen Zähnen atmete er tief durch, als sie die Flanke der Kreatur streichelte.

»Deine Haut ist so weich.« Sie ließ ihre Handfläche über seine Wirbelsäule gleiten.

Völlig erstarrt, atemlos betete er um Selbstbeherrschung.

»Und ... überhaupt.« Sie zog die Hand zurück. »Ich finde es wunderschön.«

Er lag auf ihr, bevor ihm noch bewusst war, dass er sich überhaupt bewegt hatte. Und er benahm sich nicht wie ein Gentleman. Fordernd schob er ihr seinen Oberschenkel zwischen die Beine, drückte ihr die Hände über dem Kopf auf die Matratze und bedeckte ihren Mund mit seinem. Als sie sich ihm entgegen bäumte, griff er nach dem Saum ihres Nachthemds und zog es mit einem Ruck nach oben. Er würde sie nehmen. Jetzt sofort und in seinem Bett, wie er es sich erträumt hatte. Und es würde *perfekt* sein.

Ihre Schenkel boten ihm keinen Widerstand, sie spreizten sich weit, und Mary zog ihn zu sich, stieß seinen Namen in einem heiseren Stöhnen aus. Das Geräusch löste ein heftiges Zittern in ihm aus, ihm wurde beinahe schwarz vor Augen, Schauer rannen ihm über Arme und Beine. Seine Lust verzehrte ihn, legte seine Instinkte unter der dünnen zivilisierten Schicht frei. Er war roh, wild und ...

Er stand kurz vor der sengenden Implosion, die den Vorboten des Fluchs darstellte.

Das pure Entsetzen gab ihm die nötige Kraft, um von ihr herunter zu klettern und quer durch den Raum zu taumeln. Krachend stieß er gegen etwas. Die Wand.

»Rhage!«

Er sank zu Boden, hielt sich die zitternden Hände vors Gesicht, er wusste, seine Augen waren weiß. Sein ganzer Körper schüttelte sich so heftig, dass die Worte in abgehackten Fetzen seinen Mund verließen. »Ich hab den Verstand verloren ... Das ist ... Verdammt, ich kann nicht ... ich muss mich von dir fernhalten.«

»Warum? Ich möchte nicht, dass du aufhörst.«

Er sprach einfach weiter. »Ich sehne mich nach dir, Mary. Ich bin so verdammt … hungrig. Ich will dich, unbedingt, aber ich kann dich nicht haben. Ich werde dich nicht … nehmen.«

»Rhage«, zischte sie, als versuchte sie, zu ihm durchzudringen. »Warum denn nicht?«

»Du willst mich nicht. Glaub mir, so willst du mich wirklich nicht.«

»Woher willst du das wissen?«

Er würde ihr mit Sicherheit nicht erklären, dass in ihm eine Bestie lauerte. Lieber Abscheu als Furcht, beschloss er. »Ich hatte allein diese Woche schon acht verschiedene Frauen.«

Ein langes Schweigen folgte. »Du liebe … Güte.«

»Ich möchte dich nicht anlügen. Niemals. Also lass mich das ein für alle Mal klarstellen. Ich hatte haufenweise anonymen Sex. Ich war mit wirklich vielen Frauen zusammen, die mir alle vollkommen gleichgültig waren. Und du sollst niemals glauben, dass ich dich auf diese Art und Weise ausnutzen würde.«

Seine Pupillen fühlten sich an, als wären sie jetzt wieder schwarz, also nahm er die Hände vom Gesicht.

»Bitte sag mir, dass du Kondome benutzt«, murmelte sie.

»Wenn die Frauen mich darum bitten, tue ich das.«

Ihre Augen blitzten auf. »Und wenn nicht?«

»Ich kann mir von ihnen genauso wenig eine banale Erkältung holen wie HIV oder Hepatitis C oder irgendwelche sonstigen Krankheiten. Und ich kann auch keine Infektionen übertragen. Menschliche Viren befallen uns nicht.«

Sie wickelte sich die Decke um die Schultern. »Aber du könntest sie doch schwängern? Oder können Menschen und Vampire …«

»Mischlinge sind selten, aber es kommt vor. Ich weiß, ob eine Frau fruchtbar ist, ich kann es riechen. Wenn sie es ist oder bald sein wird, habe ich keinen Sex mit ihr. Nicht mal mit Gummi. Wenn ich einmal Kinder habe, dann sollen sie in Sicherheit und in meiner Welt geboren werden. Und ich werde die Mutter lieben.«

Marys Blick wandte sich ab, wurde starr, gequält. Er folgte ihrem Blick; sie starrte das Bild der Madonna mit dem Kind über der Kommode an.

»Ich bin froh, dass du mir das erzählt hast«, sagte sie schließlich. »Aber warum müssen es immer Fremde sein? Warum kannst du nicht mit jemandem zusammen sein, den du ... Ach nein, vergiss die Frage. Das geht mich nichts an.«

»Ich wäre lieber mit dir zusammen, Mary. Nicht in dir sein zu dürfen, ist Folter für mich. Ich begehre dich so sehr, dass ich es kaum aushalten kann.« Geräuschvoll stieß er den Atem aus. »Aber willst du mich wirklich und ehrlich jetzt in diesem Moment? Obwohl ... Verdammt, selbst wenn es so wäre, gibt es da noch was anderes. Du machst mich ganz schwindlig. Ich hab es dir schon mal gesagt, ich habe Angst, die Kontrolle zu verlieren. Du hast eine völlig andere Wirkung auf mich als andere Frauen.«

Wieder entstand ein langes Schweigen. Mary brach es schließlich.

»Sag mir noch mal, dass du untröstlich bist, dass wir nicht miteinander schlafen«, sagte sie tonlos.

»Ich bin absolut untröstlich. Ich hab solche Sehnsucht nach dir, dass es wehtut. Hab ununterbrochen einen Ständer. Bin abwesend und genervt.«

»Gut.« Sie lachte kurz. »Junge, Junge, ich bin ganz schön fies, was?«

»Überhaupt nicht.«

Es wurde still im Zimmer. Irgendwann legte er sich auf

den Boden und rollte sich auf der Seite zusammen, den Kopf auf den Arm gebettet.

Sie seufzte. »Du musst deswegen nicht auf dem Fußboden schlafen.«

»Es ist besser so.«

»Himmelherrgott, Rhage, steh jetzt gefälligst auf.«

Seine Stimme wurde zu einem tiefen Knurren. »Wenn ich zurück in dieses Bett komme, führt für mich kein Weg an dieser hinreißenden Stelle zwischen deinen Beinen vorbei. Und dieses Mal wären es nicht nur meine Hand und meine Zunge. Ich würde sofort da weitermachen, wo wir vorhin aufgehört haben. Mein Körper auf deinem, jeder harte Zentimeter von mir begierig, in dich einzudringen.«

Als er den köstlichen Duft ihrer Erregung aufnahm, knisterte die Luft zwischen ihnen vor sexueller Energie. Und sein Körper verwandelte sich wieder in pure Elektrizität.

»Mary, ich sollte lieber gehen. Ich komme zurück, wenn du eingeschlafen bist.«

Er verschwand, bevor sie noch protestieren konnte. Als sich die Tür hinter ihm schloss, glitt er an der Wand im Flur entlang zu Boden. Nicht mehr im Zimmer zu sein, half schon etwas. So stieg ihm ihr verführerischer Duft nicht so stark in die Nase.

Er hörte ein Lachen und sah auf. Phury schlenderte den Gang hinunter.

»Du siehst ganz schön fertig aus, Hollywood. Und du bist splitterfasernackt.«

Rhage bedeckte sich notdürftig mit den Händen. »Wie du das aushältst, ist mir schleierhaft.«

Der Bruder blieb stehen und ließ den heißen Cidre in seinem Becher kreisen. »Was aushalten?«

»Das Zölibat.«

»Erzähl mir nicht, dass die Frau dich nicht will?«

»Das ist nicht das Problem.«

»Und warum bist du dann hier draußen und stehst stramm?«

»Ich, äh, ich will ihr nicht wehtun.«

Phury wirkte erstaunt. »Du bist ein großer Junge, aber du hast noch nie eine Frau verletzt. Zumindest wüsste ich nichts davon.«

»Nein, es ist nur so … ich begehre sie so sehr, dass … ich steh total unter Strom.«

Phurys gelbe Augen verengten sich. »Du sprichst von deiner Bestie?«

Rhage blickte zur Seite. »Ja.«

Das Pfeifen, das sein Bruder ausstieß, klang bitter. »Wenn das so ist … pass lieber gut auf dich auf. Du willst ihr deine Achtung erweisen, das ist in Ordnung. Aber du musst dich im Griff haben, sonst wirst du ihr noch wirklich schaden, wenn du weißt, was ich meine. Such dir einen Kampf, such dir wenn nötig andere Frauen, aber sorg dafür, dass du ausgeglichen bist. Und wenn du was von meinem roten Rauch brauchst, sag einfach Bescheid. Du kannst jederzeit von meinem Kraut haben.«

Rhage holte tief Luft. »Beim Rauchen passe ich. Aber könnte ich mir eine Jogginghose und ein Paar Turnschuhe von dir leihen? Ich versuche mal zu rennen, bis ich umfalle.«

Phury schlug ihm auf den Rücken. »Komm, mein Bruder. Ich rette dir doch gern den Hintern, wenn ich kann.«

2

Im schwindenden Licht des Nachmittags rangierte O den kleinen Bagger um den Erdhaufen herum, den er damit aufgetürmt hatte.

»Fertig für die Rohre?«, rief U ihm zu.

»Ja. Lassen Sie mal eins runter. Mal sehen, ob es passt.«

Ein ungefähr einen Meter dickes und zwei Meter langes Abflussrohr aus Wellblech wurde langsam in das Loch herabgelassen, bis es aufrecht darin stand. Es passte perfekt.

»Dann versenken wir die anderen beiden auch«, ordnete O an.

Zwanzig Minuten später standen die drei Rohrabschnitte in Reih und Glied. Mit dem kleinen Bagger schaufelte O die Erde zurück, während die anderen beiden Lesser die Rohre festhielten.

»Sieht gut aus«, meinte U und ging im Kreis um die Vorrichtung herum. »Sieht verdammt gut aus. Aber wie kriegen wir die Vampire hier rein und raus?«

»Mit einem Gurtsystem.« O stellte den Motor ab, ging

zu den Rohren und linste hinein. »Die kann man im Sportladen kaufen. Sind eigentlich zum Klettern gedacht. Wir sind stark genug, um sie hochzuziehen, egal wie schwer sie sind, und die Gefangenen werden betäubt und erschöpft sein oder Schmerzen haben, also werden sie sich kaum wehren.«

»Das war wirklich eine großartige Idee«, murmelte U. »Aber wie decken wir die Rohre oben ab?«

»Die Deckel werden aus Drahtgeflecht sein, und darauf wird ein Gewicht liegen.«

O blickte in den blauen Himmel hinauf. »Wie lange wird es noch dauern, bis das Dach fertig ist?«

»Im Moment stellen wir die letzte Mauer auf. Dann müssen wir nur noch die Dachsparren einziehen und die Oberlichter einbauen. Das Decken dauert dann nicht mehr lange. Danach bringe ich das Werkzeug hinein, besorge einen Tisch und morgen Nacht können wir loslegen.«

»Haben wir bis dahin die Jalousien für die Oberlichter?«

»Ja. Und sie können per Fernsteuerung bedient werden.«

Mann, die Dinger würden sehr nützlich sein. So ein bisschen Sonnenlicht war die beste Hilfe, die ein Lesser haben konnte. Ein satter Strahl und voilà! Kein Vampirmüll mehr.

O deutete mit dem Kopf auf den Bagger. »Ich bringe das Gerät zurück zur Vermietung. Brauchen Sie etwas aus der Stadt?«

»Nein. Wir haben alles.«

Auf dem Weg nach Caldwell, den kleinen Bagger auf der Ladefläche seines Pick-ups, hätte O eigentlich bester Laune sein müssen. Der Bau ging gut voran. Seine Eskadrone akzeptierte ihn als Führer. Mr X hatte das Thema Betas nicht mehr angeschnitten. Aber stattdessen fühlte er sich … tot.

Was wirklich ein schlechter Witz war bei jemandem, der seit drei Jahren ohnehin nicht mehr am Leben war.

So war es ihm schon einmal ergangen.

Damals in Sioux City, bevor er zum *Lesser* geworden war, hatte er sein Leben gehasst. Irgendwie hatte er sich durch die Schule gemogelt, aber für ein College hatte das Geld nicht gereicht. Also waren seine beruflichen Chancen ziemlich eingeschränkt gewesen. Als Rausschmeißer zu arbeiten, hatte sich in Anbetracht seiner Körpergröße und seiner Aggressivität angeboten, doch das war nur mäßig amüsant: Die Betrunkenen wehrten sich meistens gar nicht und einen Bewusstlosen zu verprügeln machte ungefähr so viel Spaß, wie eine tote Kuh zu schlagen.

Das einzig Gute war Jennifer gewesen. Sie hatte ihn vor der geistlosen Langeweile gerettet und dafür hatte er sie geliebt. Sie brachte Aufregung und Dramatik in die öde Landschaft seines Daseins. Und wenn er mal wieder einen seiner Wutanfälle bekam, dann schlug sie sofort zurück, obwohl sie kleiner war als er und leichter anfing zu bluten. Er hatte nie herausgefunden, ob sie ihre Boxhiebe verteilte, weil sie nicht kapierte, dass er am Ende doch gewinnen würde; oder weil sie so daran gewöhnt war, von ihrem Vater geschlagen zu werden, dass sie es als normal empfand, Prügel zu kassieren. Ob nun Dummheit oder Gewohnheit, er nahm alles, was sie ihm geben konnte, und dann prügelte er sie windelweich. Sie hinterher, wenn die Wut verraucht war, zu pflegen, gehörte zu den zärtlichsten Augenblicken seines Lebens.

Aber wie alle guten Dinge hatte auch dieses ein Ende gefunden. Gott, wie er sie vermisste. Sie war die Einzige gewesen, die verstand, dass Liebe und Hass in seinem Herzen Seite an Seite wohnten, die Einzige, die mit beidem gleichzeitig hatte umgehen können. Wenn er an ihr langes, dunkles Haar und ihren schlanken Körper dachte, vermisste er sie so stark, dass er sie beinahe neben sich spüren konnte.

Als er nach Caldwell hinein fuhr, dachte er an die Prostituierte, die er sich neulich geleistet hatte. Am Ende hatte er von ihr doch bekommen, was er brauchte. Aber sie hatte es das Leben gekostet. Und während er jetzt die Straße entlangfuhr, hielt er Ausschau nach Nachschub. Leider waren in der horizontalen Branche Brünette schwerer zu bekommen als Blonde. Vielleicht sollte er sich eine Perücke zulegen und die Huren zwingen, sie zu tragen.

O dachte an all die Leute, die er auf dem Gewissen hatte. Den ersten Menschen hatte er in Notwehr getötet. Der zweite war ein Versehen gewesen. Den dritten hatte er kaltblütig umgelegt. Als er dann auf der Flucht vor dem Gesetz an der Ostküste angekommen war, wusste er schon das ein oder andere über den Tod.

Damals, kurz nach dem Verlust Jennifers, hatte sich der Schmerz in seiner Brust wie ein lebendiges Wesen angefühlt, wie ein tollwütiger Hund, der ihn von innen auffressen würde. Sich der Gesellschaft der *Lesser* anzuschließen, war für ihn wie ein Wunder gewesen. Es bewahrte ihn vor der quälenden Einsamkeit, gab ihm eine Daseinsberechtigung und ein Ziel und ein Ventil für den Schmerz.

Jetzt aber waren all diese Vorteile plötzlich verschwunden, und er fühlte sich leer. Genau wie vor fünf Jahren in Sioux City, direkt bevor er Jennifer getroffen hatte.

Na ja, also fast, dachte er, als er auf den Parkplatz der Gerätevermietung einbog.

Damals war er noch am Leben gewesen.

»Bist du noch in der Wanne?«

Mary lachte und hielt sich das Telefon ans andere Ohr. Sie vergrub sich noch tiefer in die Kissen. Es war schon nach vier Uhr.

»Nein, Rhage.«

Sie konnte sich nicht erinnern, je einen luxuriöseren Tag verbracht zu haben. Ausschlafen. Essen aufs Zimmer geliefert bekommen, inklusive Büchern und Zeitschriften. Der Whirlpool.

Es war wie ein Aufenthalt in einem Wellness-Hotel, allerdings in einem, in dem ständig das Telefon klingelte. Sie wusste schon nicht mehr, wie oft er angerufen hatte.

»Hat Fritz dir gebracht, was ich ihm aufgetragen habe?«

»Woher hatte er mitten im Oktober die frischen Erdbeeren?«

»Er findet Mittel und Wege.«

»Und die Blumen sind wunderschön.« Sie beäugte den riesigen Strauß aus Rosen, Fingerhut, Rittersporn und Tulpen. Frühling und Sommer in einer Vase vereint. »Vielen Dank.«

»Schön, dass sie dir gefallen. Ich wünschte, ich hätte sie selbst besorgen können. Es wäre mir ein Vergnügen gewesen, nur die allervollkommensten für dich auszusuchen. Sie sollten bunt sein und gut riechen.«

»Tagesziel erreicht.«

Männliche Stimmen ertönten im Hintergrund. Rhages Stimme senkte sich. »Hey, Bulle, kann ich mal in dein Zimmer gehen? Ich brauche ein bisschen Privatsphäre.«

Die Antwort war unverständlich, dann hörte sie eine Tür ins Schloss fallen.

»Hi«, hörte sie Rhages jetzt rauchige Stimme. »Liegst du im Bett?«

Ihr Körper regte sich und wurde warm. »Ja.«

»Ich vermisse dich.«

Sie öffnete den Mund. Es kam nichts heraus.

»Bist du noch dran, Mary?« Als sie seufzte, sagte er: »Das klingt nicht gut.«

Ich hatte allein diese Woche schon acht verschiedene Frauen.

O Gott. Sie wollte sich nicht in ihn verlieben. Das durfte einfach nicht passieren.

»Mary?«

»Sag … nicht solche Sachen zu mir.«

»Aber so empfinde ich.«

Sie antwortete nicht. Was sollte sie schon sagen? Dass es ihr ebenso ging? Dass sie ihn vermisste, obwohl sie bislang einmal pro Stunde mit ihm telefoniert hatte? So war es, aber sie war selbst nicht gerade begeistert davon. Er war einfach viel zu schön … und als Liebhaber stellte er alles da Gewesene in den Schatten. Selbst wenn sie also gesund gewesen wäre, hätte die Sache garantiert in einer Katastrophe geendet. Aber mit ihren Aussichten?

Sich in ihn zu verlieben, sich an ihn zu binden, war schlicht und ergreifend absurd.

Als sich das Schweigen zwischen ihnen in die Länge zog, fluchte er. »Wir müssen heute Nacht eine Menge erledigen. Ich weiß nicht, wann ich zurückkomme, aber du weißt ja, wo du mich findest, wenn du mich brauchst.«

Als sie aufgelegt hatten, fühlte Mary sich schrecklich. Und sie wusste, dass ihre guten Vorsätze, was das Abstandhalten betraf, nicht besonders aussichtsreich waren.

3

Rhage bohrte seine Stiefelspitze in den Boden und sah sich im Wald um. Nichts. Kein Laut, keine Witterung der *Lesser.* Kein Anzeichen dafür, dass in den letzten Jahren irgendjemand durch dieses stille Waldstück gelaufen war. Genau wie bei den anderen Plätzen, die sie schon aufgesucht hatten.

»Was zum Teufel machen wir hier?«, murmelte er.

Er kannte die Antwort. Tohr war vergangene Nacht auf einem einsamen Stück der Route 22 einem *Lesser* begegnet. Der Vampirjäger war zwar auf einem Mountainbike in den Wald entkommen, aber er hatte dabei einen nützlichen kleinen Zettel verloren: Eine Liste größerer Flächen an den Rändern Caldwells, die gerade zum Verkauf standen.

Heute hatten Butch und V eine Suche nach allen Grundstücken gestartet, die in den vergangenen zwölf Monaten in der Stadt und angrenzenden Gemeinden verkauft worden waren. Etwa fünfzig ländliche Baugründe waren dabei herausgekommen, fünf davon hatten Rhage und V bisher überprüft. Die Zwillinge waren in gleicher Mission unterwegs. Butch hielt währenddessen in der Höhle die Stellung, sammelte die Feldberichte, erstellte eine Karte und suchte nach einem Muster. Es würde ein paar Nächte dauern, alle Grundstücke abzuklappern, denn gleichzeitig mussten auch noch Patrouillen durchgeführt werden. Und außerdem musste Marys Haus überwacht werden.

Rhage schritt den Wald ab und hoffte, einige der Schatten würden sich als *Lesser* erweisen. Allmählich entwickelte er einen Hass auf Äste und Zweige. Die verdammten Bäume machten ihm immer falsche Hoffnungen, wenn sie sich im Wind bewegten.

»Wo sind diese Drecksäcke?«

»Ganz ruhig, Hollywood.« V strich sich über sein Ziegenbärtchen und zupfte an seiner Baseballkappe. »Mann, deine Nerven liegen heute Nacht echt blank.«

Das traf es nicht ganz. Er rastete fast aus. Er hatte gehofft, sich tagsüber von Mary fernzuhalten würde ihm helfen, sich zusammenzureißen. Und er hatte darauf gebaut, heute Abend einen Kampf aufzutreiben. Außerdem hatte er gehofft, die Erschöpfung durch Schlafentzug würde ihn ein bisschen runterbringen.

Leider war auf der ganzen Linie Fehlanzeige zu vermelden. Er sehnte sich inzwischen mit einer solchen Verzweiflung nach Mary, dass körperliche Nähe kein Kriterium mehr war. Und die beinahe 48 Stunden, die er verbracht hatte, ohne einmal die Augen zu schließen, machten ihn nur noch aggressiver.

Was noch schlimmer war, es war schon drei Uhr morgens. Ihm lief die Zeit davon, es wurde immer unwahrscheinlicher, dass er sich heute noch bei einem Zusammenprall mit ihren Feinden abreagieren könnte. *Verflucht noch –*

»Rhage.« V wedelte mit seiner behandschuhten Hand vor seinem Gesicht herum. »Jemand zu Hause?«

»Entschuldige, was?« Er rieb sich die Augen. Das Gesicht. Den Bizeps. Seine Haut juckte so stark, als würde er in einem Ameisenhaufen sitzen.

»Du stehst ja total neben dir.«

»Nein, alles bestens –«

»Und warum knetest du dann deine Arme wie ein Irrer?«

Rhage ließ die Hände sinken. Nur, um kurz darauf seine Oberschenkel zu bearbeiten.

»Wir müssen dich ins *One Eye* schaffen«, sagte V sanft. »Du drehst durch. Du brauchst Sex.«

»Kommt nicht in Frage.«

»Phury hat mir erzählt, wie er dich im Flur getroffen hat.«

»Ihr Typen seid vielleicht Waschweiber, ich fass es nicht.«

»Wenn du es nicht mit deiner Frau tun willst und dich nicht beim Kämpfen austoben kannst, was bleibt dir übrig?«

»So sollte es nicht sein.« Er schüttelte den Kopf, versuchte, Schultern und Nacken zu lockern. »So funktioniert das nicht. Ich hab mich verändert. Es dürfte nicht mehr so weit kommen –«

»Dürfte, könnte, hätte. Du bist in einem desolaten Zustand, mein Bruder. Und du weißt, was du zu tun hast, um dich daraus zu befreien, hab ich Recht?«

Als Mary die Tür hörte, wurde sie wach. Sie fühlte sich schlapp und desorientiert. Verdammt, sie hatte wieder Fieber.

»Rhage?«, murmelte sie.

»Ja, ich bin es.«

Seine Stimme klang grauenhaft, fand sie. Und er hatte die Tür offen gelassen, das hieß wohl, er würde nicht lange bleiben. Vielleicht war er noch böse wegen des letzten Telefonats.

Vom Schrank her hörte sie ein metallisches Schaben und dann das Rascheln von Stoff, als zöge er ein frisches Hemd an. Als er wieder herauskam, ging er direkt zurück in den Flur. Die Schöße seines Trenchcoats wehten hinter ihm her. Die Vorstellung, dass er einfach gehen würde, ohne sich zu verabschieden, war irgendwie erschütternd.

Mit der Hand am Türgriff blieb er stehen. Das Licht von draußen fiel auf sein blondes Haar und die breiten Schultern. Sein Profil zeichnete sich dunkel vor dem hellen Hintergrund ab.

»Wo gehst du hin?«, fragte sie und setzte sich auf.

Ein langes Schweigen folgte. »Weg.«

Warum wirkte er so kleinlaut?, fragte sie sich. Sie brauchte keinen Babysitter. Wenn er etwas zu erledigen hatte …

Ach … klar. Frauen. Er ging auf Frauenfang.

Ihre Brust verwandelte sich in ein kaltes, dunkles Loch. Besonders, als ihr Blick auf die Blumen fiel, die er ihr geschenkt hatte. Gott, allein bei dem Gedanken, dass er eine andere so berührte wie sie, musste sie fast würgen.

»Mary … es tut mir leid.«

Sie räusperte sich. »Nicht nötig. Zwischen uns läuft ja nichts, es besteht also kein Grund für dich, deine Gewohnheiten zu ändern.«

»Das ist keine Gewohnheit.«

»Ach, stimmt ja. Sorry. Deine Sucht.«

Wieder langes Schweigen. »Mary, ich … wenn es einen anderen Weg gäbe –«

»Was zu tun?« Sie wischte mit der Hand durch die Luft. »Vergiss es, du brauchst mir keine Antwort zu geben.«

»Mary –«

»Lass es gut sein, Rhage. Es geht mich nichts an. Geh einfach.«

»Mein Handy ist die ganze Zeit an, falls du –«

»Klar. Als ob ich anrufen würde.«

Er blickte sie einen Moment an. Und dann verschwand sein schwarzer Schatten durch die Tür.

4

John Matthew ging vom *Moe's* nach Hause. Es war halb vier Uhr morgens, und er folgte der Polizeistreife. Ihm graute vor den Stunden bis zum Morgengrauen. Tatenlos in seiner Wohnung zu sitzen, würde sich anfühlen wie in einen Käfig gesperrt zu sein, doch es war bereits viel zu spät, um noch auf der Straße unterwegs zu sein. Dennoch … er war so ruhelos und aufgewühlt. Und dass er mit niemandem darüber sprechen konnte, machte es noch schlimmer.

Er brauchte dringend einen guten Rat. Seit Tohrment gegangen war, herrschte ein totales Durcheinander in seinem Kopf, er überlegte hin und her, ob er das Richtige getan hatte. Immer wieder redete er sich ein, dass es so war, doch er konnte nicht aufhören zu grübeln.

Er wünschte, er könnte Mary finden. Vergangene Nacht war er zu ihrem Haus gegangen, doch es war dunkel und verlassen gewesen. Und zur Hotline war sie auch nicht gekommen. Sie war wie vom Erdboden verschluckt, und die Sorge um sie machte ihn noch nervöser.

Als er sich seinem Haus näherte, sah er einen Pick-up davor parken. Die Ladefläche war voller Kisten, als ob jemand vorhatte einzuziehen.

Seltsame Uhrzeit für einen Umzug, dachte er und betrachtete den Wagen.

Niemand stand beim Wagen und bewachte die Ladefläche. Hoffentlich kam der Besitzer bald zurück. Sonst würden seine Sachen Beine bekommen.

John ging ins Haus und die Treppe hoch, ohne den Zigarettenkippen, leeren Bierdosen und zerknautschten Chipstüten Beachtung zu schenken. Als er im zweiten Stock ankam, blinzelte er. Da lag eine Lache im Korridor. Tiefrot …

Blut.

Rückwärts schlich er zurück zur Treppe, den Blick starr auf seine Wohnungstür gerichtet. Da war ein roter Fleck in der Mitte, als hätte jemand einen Kopf … Doch dann sah er die zerbrochene grüne Flasche. Rotwein. Es war nur Rotwein. Das Säuferpärchen von nebenan hatte sich mal wieder im Flur geprügelt.

Seine Schultern sackten herab.

»Tschuldigung«, hörte er jemanden über sich murmeln.

Er machte einen Schritt zur Seite und sah auf.

John erstarrte.

Der große Mann hinter ihm trug eine schwarze Armeehose und eine Lederjacke. Sein Haar und die Haut waren leuchtend weiß, und seine blassen Augen hatten einen unheimlichen Glanz.

Böse. Untot. Feind.

Das hier war sein Feind, das spürte er instinktiv.

»Ganz schöne Sauerei hier auf dem Boden«, sagte der Kerl. Dann verengte er die Augen und blickte John durchdringend an. »Ist was?«

Heftig schüttelte John den Kopf und ließ den Blick sinken. Sein erster Impuls war, in seine Wohnung zu rennen, doch er wollte nicht, dass der Mann wusste, wo er wohnte.

Ein tiefes Kichern ertönte. »Du wirkst ein bisschen blass, Kleiner.«

John raste los, stürmte die Treppe hinunter und hinaus auf die Straße. An der Ecke bog er links ein und lief weiter. Er rannte und rannte, bis er nicht mehr konnte. Dann quetschte er sich in den Spalt zwischen einem Ziegelbau und einem Müllcontainer und rang nach Atem.

In seinen Träumen kämpfte er gegen weiße Männer. Weiße Männer in schwarzer Kleidung, deren Augen seelenlos waren.

Meine Feinde.

Er zitterte so sehr, dass er kaum die Hand in die Tasche stecken konnte. Er fand eine Münze und umklammerte sie so fest, dass sie sich in seine Handfläche eingrub. Als er wieder Luft bekam, steckte er den Kopf heraus und blickte die Straße auf und ab. Niemand zu sehen, kein Geräusch schwerer Schritte auf dem Asphalt.

Sein Feind hatte ihn nicht erkannt.

John verließ sein Versteck und ging mit raschen Schritten zur Ecke.

Die verbeulte Telefonzelle war mit Graffiti besprüht, aber er wusste, dass sie funktionierte. Von hier aus hatte er oft Mary angerufen. Er steckte die Münze in den Schlitz und tippte die Nummer ein, die Tohrment ihm gegeben hatte.

Schon nach dem ersten Klingeln ging der Anrufbeantworter an und wiederholte mit blecherner Stimme die gewählte Nummer.

John wartete auf den Signalton. Und pfiff.

5

Kurz vor Morgengrauen hörte Mary männliche Stimmen im Flur. Als die Tür aufging, pochte ihr Herz wie wild. Rhage füllte den Türrahmen aus, und ein anderer Mann sprach mit ihm.

»Mann, das war vielleicht ein Kampf vor der Bar. Du warst wie ein Dämon da draußen.«

»Ich weiß«, murmelte Rhage.

»Du bist einfach unglaublich, Hollywood, und nicht nur im Faustkampf. Diese Frau, die du –«

»Bis dann, Phury.«

Die Tür wurde zugezogen, und das Licht im Kleiderschrank ging an. Dem Klicken und Rascheln nach legte er die Waffen ab. Als er herauskam, stieß er schaudernd die Luft aus.

Mary tat, als schliefe sie, seine Schritte verharrten kurz am Fuß des Bettes und gingen dann in Richtung Badezimmer. Als sie die Dusche hörte, stellte sie sich vor, was er da alles von seinem Körper wusch: Schweiß. Kampf. Sex.

Vor allem den Sex.

Sie legte die Hände vor ihr Gesicht. Heute würde sie nach Hause gehen. Sie würde ihre Sachen packen und verschwinden. Er konnte sie nicht zwingen zu bleiben; er war nicht für sie verantwortlich, nur weil er behauptete, es zu sein.

Das Wasserrauschen hörte auf.

Die entstandene Stille saugte alles Leben aus dem Raum, und Mary bekam keine Luft mehr. Sie keuchte, rang nach Atem … dann warf sie die Decke von sich und rannte zur Tür. Ihre Hände fanden den Griff und kämpften mit dem Schloss, zerrten und zogen, bis ihre Haare wild hin und her schwangen.

»Mary«, sagte Rhage direkt hinter ihr.

Sie schrak zusammen und riss noch heftiger an der Tür.

»Lass mich raus. Ich muss hier raus … Ich kann nicht mit dir in diesem Zimmer sein. Ich kann nicht hier bleiben … mit dir.« Sie spürte, wie sich seine Hände auf ihre Schultern legten. *»Fass mich nicht an.«*

Ziellos taumelte sie durch den Raum, bis sie in der entgegengesetzten Ecke landete. Sie konnte nirgendwo hin, es gab keinen Weg nach draußen. Er stand vor der Tür, und sie hatte das Gefühl, dass er sie verschlossen hielt.

Sie saß in der Falle. Mit verschränkten Armen drückte sie sich an die Wand, um aufrecht stehen zu bleiben. Sie wusste nicht, was sie tun würde, wenn er sie noch einmal berührte.

Rhage versuchte es nicht einmal.

Er setzte sich auf das Bett, ein Handtuch um die Hüften geschlungen, das Haar feucht. Langsam strich er sich mit einer Hand über Gesicht und Kiefer. Er sah grauenhaft aus, doch sein Körper war immer noch das Schönste, was sie je gesehen hatte. Sie stellte sich andere Frauen vor, die sich mit den Händen an diese Schultern klammerten, so wie sie es getan hatte. Sie sah ihn vor sich, wie er anderen Körpern Lust bereitete, wie er es mit ihrem getan hatte.

Sie wusste nicht, ob sie Gott danken sollte, dass sie nicht mit ihm geschlafen hatte; oder ob sie stinksauer sein sollte, dass er sich nach all seinen Frauengeschichten geweigert hatte, mit ihr Sex zu haben.

»Wie viele?«, wollte sie wissen. Ihre Stimme war so heiser, dass man sie fast nicht hören konnte. »Und lass hören, war es gut für dich? Ich muss ja wohl nicht fragen, ob sie es genossen haben. Ich weiß ja, wie talentiert du bist.«

»Meine süße ... Mary«, flüsterte er. »Wenn du mich nur lassen würdest, würde ich dich im Arm halten. Gott, im Augenblick würde ich dafür töten, dich im Arm halten zu dürfen.«

»Du kommst mir niemals mehr zu nahe. Also, wie viele waren es? Zwei? Vier? Ein halbes Dutzend?«

»Willst du wirklich die Details hören?« Seine Stimme war sanft und so traurig, dass sie beinahe brach. Unvermittelt sank sein Kopf auf die Brust. Allem Anschein nach war er am Boden zerstört. »Ich kann nicht ... ich werde das nicht mehr tun. Ich werde einen anderen Weg finden.«

»Einen anderen Weg, um auf deine Kosten zu kommen?«, fauchte sie. »Mit mir wirst du sicher nicht schlafen, also willst du dir vielleicht Schwielen an der Hand holen?«

Er holte tief Luft. »Dieses Bild. Auf meinem Rücken. Das ist ein Teil von mir.«

»Was auch immer. Ich haue hier heute ab.«

Sein Kopf wandte sich ihr zu. »Nein, das wirst du nicht tun.«

»O doch.«

»Ich überlasse dir das Zimmer. Du musst mich nicht sehen. Aber du wirst nirgendwohin gehen.«

»Und wie willst du mich davon abhalten? Mich hier einsperren?«

»Wenn es nicht anders geht, ja.«

Sie wandte erschrocken den Kopf. »Das meinst du doch wohl nicht ernst.«

»Wann hast du deinen nächsten Arzttermin?«

»Das geht dich nichts an.«

»Wann?«

Die Wut in seiner Stimme dämpfte ihre Empörung etwas ab. »Ähm … Mittwoch.«

»Ich sorge dafür, dass du hinkommst.«

Sie starrte ihn an. »Warum tust du mir das an?«

Seine Schultern hoben und senkten sich. »Weil ich dich liebe.«

»Wie bitte?«

»Ich liebe dich.«

Marys Selbstbeherrschung verpuffte in einem Gefühl aufwallenden Zorns, der so heftig war, dass sie kein Wort herausbrachte. Er *liebte* sie? Er *kannte* sie doch gar nicht. Und er war mit einer anderen zusammen gewesen … Sie schäumte vor Wut, als sie sich vorstellte, wie er Sex mit einer anonymen Schönheit hatte.

Plötzlich sprang Rhage vom Bett auf und kam auf sie zu, als spürte er ihre Empfindungen und werde von ihnen angezogen.

»Ich weiß, dass du wütend bist, ängstlich, verletzt. Lass es an mir aus, Mary.« Er umfing ihre Taille, damit sie nicht weglaufen konnte, aber er hinderte sie nicht daran, ihn von sich wegzuschubsen. »Benutz mich, um deinen Schmerz erträglich zu machen. Lass es mich auf meiner eigenen Haut spüren. Schlag mich, wenn nötig, Mary.«

Verfluchte Scheiße, sie war in Versuchung. Auf ihn loszugehen, schien der einzige Ausweg für die Anspannung in ihrem Körper zu sein.

Doch sie war kein Tier, ließ sich nicht von ihren Instinkten leiten. »*Nein.* Lass mich los.«

Er umfasste ihr Handgelenk, und sie zappelte und wehrte sich mit ihrem ganzen Körper, bis sie dachte, ihre Schulter würde aus dem Gelenk springen. Mühelos hielt Rhage sie in Schach und drehte ihre Hand um, so dass ihre gekrümmten, starren Fingerspitzen auf sein Gesicht deuteten.

»Benutz mich, Mary. Lass mich das für dich ertragen.« Mit einer blitzschnellen Bewegung zog er ihre Fingernägel über seine eigene Brust, dann umfasste er ihr Gesicht mit den Händen.

»Lass mich für dich bluten ...« Sein Mund strich über ihren. »Lass deine Wut an mir aus.«

Gott steh' ihr bei, sie biss ihn. In die Unterlippe. Sie versenkte einfach die Zähne in sein Fleisch.

Als etwas sündhaft Köstliches auf ihre Zunge traf, stöhnte Rhage zufrieden und presste sich fester an sie. Ein leichtes Summen vibrierte durch ihren Körper.

Mary stieß einen leisen Schrei aus.

Entsetzt über das, was sie getan hatte, und besorgt, was sie vielleicht als Nächstes tun würde, wollte sie sich freimachen. Doch er hielt sie fest, küsste sie, sagte ihr immer und immer wieder, dass er sie liebe. Seine harte, heiße Erregung stieß durch das Handtuch, und er rieb sich an ihr, sein Körper ein geschmeidiges, pochendes Versprechen auf den Sex, den sie nicht wollte, aber so sehr brauchte, dass ihr ganzes Inneres sich verkrampfte.

Sie wollte ihn ... obwohl sie wusste, dass er heute Nacht andere Frauen gevögelt hatte.

»Mein Gott ... nein ...« Sie riss ihren Kopf zur Seite, doch er drehte ihr Kinn wieder zu sich zurück.

»Ja, Mary ...« Er küsste sie gierig, die Zunge in ihrem Mund. »Ich liebe dich.«

In ihr zerriss etwas, sie stieß ihn von sich und duckte sich aus seinem Griff heraus.

Doch anstatt zur Tür zu rennen, blieb sie stehen und sah ihn an.

Vier Kratzer zogen sich über seine Brust. Seine Unterlippe blutete. Er keuchte, seine Wangen waren gerötet.

Sie riss ihm das Handtuch herunter.

Rhage war schockierend erregt, seine Erektion war riesig, bebend.

Und in diesem atemlosen Augenblick zwischen ihnen beiden verachtete sie all seine glatte, goldfarbene Haut, seine harten Muskeln, die Schönheit eines gefallenen Engels. Am allermeisten verabscheute sie sein stolzes Glied, dieses Werkzeug der Lust, von dem er so viel Gebrauch machte.

Und trotzdem wollte sie ihn.

Wäre sie bei Sinnen gewesen, hätte sie sich in Sicherheit vor ihm gebracht. Hätte sich im Badezimmer eingeschlossen. Doch sie war wütend und außer Kontrolle. Sie packte sein hartes Fleisch mit der einen Hand, seine Hoden mit der anderen. Beides konnte sie kaum umfassen. Sein Kopf klappte nach hinten, die Sehnen in seinem Hals traten hervor, der Atem ging stoßweise.

Seine bebende Stimme erfüllte den Raum. »Tu, was du musst. O mein Gott, ich liebe dich.«

Unsanft zog sie ihn zum Bett und ließ ihn nur los, um ihn rückwärts auf die Matratze zu werfen. Er fiel auf das Durcheinander aus Decken und Laken, Arme und Beine ausgebreitet, als biete er sich ihr rückhaltlos und bedingungslos dar.

»Warum jetzt?«, fragte sie bitter. »Warum willst du es jetzt? Oder geht es überhaupt nicht um den Sex, sondern nur darum, dass ich dich bluten lasse?«

»Ich halte es kaum mehr aus. Ich muss mit dir schlafen.

Und in diesem Augenblick kann ich das tun, weil ich ausgeglichen bin. Ich bin ... erschöpft.«

Na, das war ja mal ein entzückender Gedanke.

Sie schüttelte den Kopf, doch er ließ sie nicht zu Wort kommen. »Du willst mich. Dann nimm dir, was du willst. Denk nicht darüber nach. Nimm von mir, was du willst.«

Außer sich vor Lust und Wut und Frustration riss Mary sich das Nachthemd hoch über die Hüften und setzte sich rittlings auf seine Oberschenkel. Doch als sie auf ihm saß, blickte sie auf sein Gesicht herab und zögerte. Wollte sie das wirklich durchziehen? Ihn nehmen? Ihn benutzen, nur um ihre Lust zu befriedigen und sich an ihm zu rächen für etwas, das sein gutes Recht war?

Sie wollte sich besinnen, zögerte.

Blitzartig schossen Rhages Beine unter ihr hoch und kippten sie auf seine Brust. Als sie auf ihn fiel, schlang er die Arme um sie.

»Du weißt doch, was du willst, Mary«, raunte er ihr ins Ohr. »Hör nicht auf. Nimm dir, was du brauchst.«

Mary schloss die Augen, schaltete ihr Gehirn ab und ließ los.

Sie griff zwischen seine Schenkel, richtete ihn auf und setzte sich hart auf ihn.

Beide schrien sie auf, als sie seine ganze Länge umfing, bis zum Schambein.

Er füllte ihr ganzes Inneres aus, dehnte sie, bis sie dachte, sie müsste zerreißen. Sie atmete tief ein und bewegte sich nicht, ihre Oberschenkel spannten sich an, während ihr Körper sich seinem anpasste.

»Du bist so eng«, stöhnte Rhage. Seine Lippen entblößten die Zähne, die Fänge blitzten auf. »O ... Gott, ich kann dich überall spüren, Mary.«

Seine Brust hob und senkte sich, seine Bauchmuskeln waren so angespannt, dass sich jeder einzelne von ihnen unter der Haut abzeichnete. Als seine Hände ihre Knie massierten, weiteten sich seine Augen, bis kaum mehr Blau in ihnen zu sehen war. Und dann blitzten seine Pupillen weiß auf.

Panik verzerrte kurz sein Gesicht. Doch dann schüttelte er den Kopf, als müsste er sich sammeln, und bekam einen konzentrierten Ausdruck. Langsam wurden seine Pupillen wieder schwarz, als hätte er sie mit eigener Willensanstrengung dazu gebracht.

Mary hörte auf, sich darüber Gedanken zu machen, und konzentrierte sich auf sich selbst.

Nur noch die Stelle, an der ihre Körper sich trafen, war jetzt noch von Bedeutung. Sie stützte ihre Hände auf seine Schultern und schob sich von ihm hoch. Die Reibung war elektrisierend, und die Welle von Lust, die sie empfand, machte es einfacher, ihn wieder in sich aufzunehmen. Sie glitt an seiner Erektion herab. Auf und ab. Ihr Rhythmus war langsam, jede Abwärtsbewegung dehnte sie weiter aus, jedes Heben bedeckte ihn mit der seidigen Reaktion ihres Körpers.

Mit wachsender Leidenschaft ritt sie ihn, nahm sich, was sie brauchte. Seine harte, heiße Erektion schuf tief in ihr einen wilden, schlingernden Energiefluss. Sie öffnete die Augen und blickte auf ihn herab.

Rhage war ein Bild männlicher Ekstase. Ein feiner Schweißfilm bedeckte seine breite Brust und die Schultern. Der Kopf war in den Nacken gelegt, das Kinn hoch erhoben, das blonde Haar fiel aufs Kissen, die Lippen waren leicht geöffnet. Er beobachtete sie unter gesenkten Lidern, die Augen wanderten von ihrem Gesicht zu ihren Brüsten und zu der Stelle, an der sie vereint waren.

Als wäre er völlig verzaubert von ihr.

Sie kniff die Augen wieder zu und schob den Gedanken daran von sich weg. Denn sonst hätte sie sich von dem

Orgasmus entfernt, dem sie so nahe war. Weil sie bei seinem Anblick weinen wollte.

Es dauerte nicht lange, bis sie kam. Mit gewaltiger Wucht entlud sich die Lust in ihr, schwappte über sie hinweg und nahm ihr die Sicht, das Gehör und den Atem, bis sie nur noch auf ihn herabsinken konnte.

Als ihr Atem wieder ruhiger ging, wurde ihr bewusst, dass er sanft ihren Rücken streichelte und zärtliche Worte flüsterte. Im Nachhinein empfand sie Scham, Tränen brannten ihr in den Augen.

Gleich mit wem er heute Nacht zusammen gewesen war, er verdiente es nicht, dass sie nur aus Zorn mit ihm schlief. Und genau das hatte sie getan. Anfangs war sie wütend gewesen, und dann hatte sie ihn auch noch aus ihren Gefühlen ausgeschlossen, indem sie sich weigerte, ihn anzusehen, bevor sie kam. Sie hatte ihn wie ein Sexspielzeug behandelt.

»Es tut mir leid, Rhage. Es … tut mir leid …«

Sie wollte von ihm heruntersteigen und bemerkte, dass er immer noch genauso steif in ihr war. Er war nicht einmal gekommen.

O Gott. Das machte die ganze Sache noch furchtbarer.

Rhages Hände umklammerten ihre Oberschenkel. »Du darfst nicht bereuen, dass wir zusammen waren.«

Sie sah ihm in die Augen. »Ich habe das Gefühl, dir Unrecht getan zu haben.«

»Ich war mehr als bereit dafür, Mary. Es ist alles in Ordnung. Komm her, lass mich dich küssen.«

»Wie kannst du mich in deiner Nähe ertragen?«

»Das Einzige, was ich nicht ertrage, ist dich gehen zu sehen.«

Er nahm ihre Handgelenke und zog sie an seinen Mund herab. Als ihre Lippen sich trafen, umschlang er sie mit den Armen und hielt sie ganz fest. Die veränderte Position machte ihr schmerzlich bewusst, wie hart seine Erektion noch immer war. Sie konnte das unfreiwillige Zucken seiner Erregung spüren.

Sanft rieb er seine Hüften an ihr und strich ihr das Haar aus dem Gesicht. »Lange kann ich das Brennen nicht mehr aushalten, du bringst mich zum Glühen. Aber solange ich die Beherrschung behalten kann, möchte ich deinen Körper mit meinem lieben. Wie immer es beginnen oder enden mag.«

Er bewegte seine Hüften auf und ab, zog sich aus ihr heraus, glitt hinein. Sie schmolz förmlich um ihn herum. Die Lust war tief, endlos. Erschreckend.

»Hast du sie geküsst?«, fragte sie rau. »Die anderen Frauen?«

»Nein, ich hab die Frauen nicht geküsst. Das tue ich nie. Und ich habe es gehasst. Ich werde das nie wieder tun, Mary. Es muss einen anderen Weg geben, um mich unter Kontrolle zu halten, solange du in meinem Leben bist. Ich will keine außer dir.«

Sie ließ zu, dass er sie herumrollte. Dann lag er auf ihr, das warme, schwere Gewicht seines Körpers drückte in ihren Schoß. Zärtlich küsste er sie, leckte sie, liebkoste sie mit den Lippen. Er war so sanft, obwohl er sich in ihr gewaltig anfühlte und seinem Körper eine Kraft innewohnte, die sie mühelos zerbrechen konnte.

»Ich mache nicht weiter, wenn du nicht willst«, flüsterte er an ihrem Hals. »Ich höre sofort auf.«

Mary legte die Hände auf seinen Rücken und spürte das Spiel der Muskeln, seinen Brustkorb, der sich mit jedem Atemzug bewegte. Tief sog sie die Luft ein und erschnupperte einen wunderbaren, erotischen Duft. Dunkel, würzig und üppig. Als Antwort darauf fühlte sie eine Welle von Feuchtigkeit zwischen ihren Beinen, als wäre der Duft eine Berührung oder ein Kuss.

»Was ist das für ein herrlicher Geruch?«

»Das bin ich«, murmelte er. »Das passiert, wenn ein männlicher Vampir sich bindet. Ich kann nichts dagegen machen. Wenn du mich weitermachen lässt, wirst du ihn überall auf der Haut haben, im Haar, sogar in deinem Inneren.«

Bei diesen Worten stieß er tief in sie hinein. Sie bäumte sich auf vor Lust und ließ die Hitze durch ihren ganzen Körper fließen.

»Eine Nacht wie heute halte ich nicht noch einmal aus«, stöhnte sie, mehr zu sich selbst als zu ihm.

Plötzlich wurde er völlig regungslos, nahm ihre Hand und legte sie sich aufs Herz. »Niemals wieder, Mary. Ich schwöre es bei meiner Ehre.«

Seine Augen waren ernst, sein Gelöbnis so gut wie jedes andere, das ein Lebewesen machen konnte. Doch die Erleichterung, die sie bei seiner Beteuerung empfand, war gefährlich.

»Ich will mich nicht in dich verlieben«, erklärte sie. »Das kann ich nicht zulassen. Auf keinen Fall.«

»Das ist in Ordnung. Ich werde dich genug für uns beide lieben.« Er schwoll in ihr an und füllte sie voll und ganz aus.

»Du kennst mich gar nicht.« Sie knabberte an seiner Schulter und leckte dann über sein Schlüsselbein. Der Geschmack seiner Haut versengte ihre Zunge, dieser besondere Duft verdichtete sich in ihrem Mund.

»Doch, ich kenne dich.« Er zog sich zurück und blickte ihr mit der Entschlossenheit und Klarheit eines Raubtiers vor dem Sprung in die Augen. »Ich weiß, dass du mich beschützt hast, als die Sonne schien, und ich wehrlos war. Ich weiß, du hast dich um mich gekümmert, obwohl du Angst hattest. Ich weiß, dass du mir Essen aus deiner Küche gegeben hast. Ich weiß, dass du eine Kriegerin bist, eine Überlebende, eine *Wanderin.* Und ich weiß, dass deine Stimme der schönste Klang ist, den meine Ohren je vernommen haben.« Er küsste sie sanft. »Ich weiß alles über dich, und alles, was ich sehe, ist wunderschön. Alles, was ich sehe, gehört mir.«

»Ich gehöre dir nicht«, flüsterte sie.

Die Ablehnung entmutigte ihn nicht. »Auch gut. Wenn ich dich nicht haben kann, musst eben du mich nehmen. Nimm mich ganz oder nur einen Teil, ein kleines Stück, was auch immer du willst. Aber bitte, bitte, nimm dir etwas.«

Sie strich über die vollkommenen Konturen seines Gesichts.

»Hast du keine Angst vor Schmerzen?«, fragte sie.

»Nein. Aber ich will dir sagen, was mich zu Tode ängstigt: dich zu verlieren.« Er betrachtete ihre Lippen. »Also, soll ich jetzt aufhören? Ich würde es tun.«

»Nein. Bleib in mir.« Mary ließ die Augen geöffnet und zog ihn zu sich heran. Dann schob sie ihre Zunge in seinen Mund.

Er erbebte und begann wieder mit seinen rhythmischen Bewegungen, drang ein und zog sich zurück. Jedes Mal stand seine pochende Spitze kurz davor, die Verbindung zu ihr zu unterbrechen.

»Du fühlst dich … einfach vollkommen an«, sagte er, den Worten mit seinen Stößen Nachdruck verleihend. »Mein Körper ist wie geschaffen dafür, in dir zu sein.«

Der köstliche Duft wurde stärker, wie auch seine Bewegungen, bis sie nur noch ihn fühlte, nur noch ihn roch, nur noch ihn schmeckte.

Als sie zum Höhepunkt kam, rief sie laut seinen Namen, und sie spürte, wie er mit ihr gemeinsam kam. Sein Körper erschauerte in ihrem, der Ausbruch war so mächtig, wie es seine Stöße gewesen waren.

Sein Orgasmus ergoss sich in sie.

Danach drehte er sie beide auf die Seite. Er presste sie nah an sich, so nah, dass sie das kräftige Schlagen seines Herzens hören konnte.

Mary schloss die Augen und fiel in einen totengleichen Schlaf der Erschöpfung.

6

Am Abend, als die Sonne unterging und sich die Jalousien automatisch öffneten, befand Mary, dass sie sich durchaus daran gewöhnen könnte, sich von Rhage verwöhnen zu lassen. Was allerdings auf keinen Fall in Frage kam, war noch mehr Essen. Sie legte ihre Finger auf sein Handgelenk und hielt die Gabel voller Kartoffelbrei auf, die auf ihren Mund zukam.

»Nein, ich bin pappsatt.« Sie lehnte sich an die Kissen in ihrem Rücken. »Ich platze gleich.«

Mit einem Lächeln hob er das Tablett auf und stellte es auf den Nachttisch, dann setzte er sich wieder neben sie. Den Großteil des Tages war er weg gewesen, bei seiner Arbeit, vermutete sie. Dankbar hatte sie den fehlenden Schlaf nachgeholt. Ihre Erschöpfung nahm von Tag zu Tag zu, und sie konnte spüren, wie sie immer mehr in die Krankheit abglitt. Ihr Körper fühlte sich an, als kämpfe er darum, die regulären Abläufe aufrechtzuerhalten, kleinere Wehwehchen und Beschwerden waren allgegenwärtig. Und die Blutergüsse waren wieder da: Schwarze und blaue Flecken bildeten sich mit alarmierendem Tempo unter ihrer Haut. Rhage war zu Tode erschrocken gewesen, als er sie entdeckt hatte; er war überzeugt davon, sie ihr beim Sex zugefügt zu haben. Sie hatte lange auf ihn einreden müssen, um ihm klarzumachen, dass es nicht seine Schuld war.

Mary konzentrierte sich auf Rhage, sie wollte nicht an die Krankheit denken, an den Arzttermin, der immer näher rückte. Gott, er sah kein bisschen besser aus, als sie sich fühlte. Obwohl er völlig unter Strom stand, sich nie eine Pause gönnte. Der Mann konnte einfach nicht zur Ruhe kommen. Als er sich neben sie aufs Bett setzte, rieb er sich unablässig die Oberschenkel; er wirkte, als hätte er einen schlimmen Ausschlag oder Windpocken. Sie wollte ihn gerade fragen, was los war, als er zu sprechen begann.

»Mary, darf ich etwas für dich tun?«

Obwohl Sex eigentlich das Letzte sein sollte, woran sie dachte, warf sie einen Blick auf seinen Bizeps unter dem schwarzen T-Shirt. »Darf ich mir was aussuchen?«

Er stieß ein leises Knurren aus. »Du solltest mich nicht so ansehen.«

»Warum nicht?«

»Weil ich dich dann sofort besteigen will.«

»Tu dir keinen Zwang an.«

Wie zwei gleichzeitig angezündete Streichhölzer blitzten seine Pupillen weiß auf. Es war sehr merkwürdig. In einem Moment waren sie schwarz, im nächsten strahlte ein blasses Licht daraus hervor.

»Warum passiert das?«, fragte sie.

Er umschlang seine Beine mit den Armen, dann stand er abrupt auf und wanderte im Zimmer auf und ab. Sie konnte spüren, wie Energie von ihm abstrahlte, aber nicht aus ihm heraus.

»Rhage?«

»Du brauchst dir darüber keine Sorgen zu machen.«

»Deinem Tonfall nach sollte ich das aber vielleicht doch.«

Er lächelte sie an und schüttelte den Kopf. »Nein. Das brauchst du nicht. Zurück zum Thema. Wir Vampire haben einen Arzt, sein Name ist Havers. Darf ich ihm Zugang zu deiner Krankenakte verschaffen? Vielleicht kann unsere Wissenschaft dir helfen.«

Mary runzelte die Stirn. Ein Vampirarzt. Da bekam der Begriff *Alternative Heilmethoden* einen ganz neuen Klang.

Aber was genau hatte sie denn schon zu verlieren?

»In Ordnung. Nur dass ich nicht weiß, wie ich an die Akte –«

»Mein Bruder V ist ein Computergott. Er kann sich überall reinhacken, und die meisten Daten sollten online sein. Ich brauche nur Namen und Orte. Daten auch, wenn du sie weißt.«

Als er sich Papier und Stift schnappte, zählte sie ihm auf, wo und bei wem sie in Behandlung gewesen war. Er schrieb alles auf, dann starrte er auf den Zettel.

»Was denn?«, fragte sie.

»Es sind so viele.« Sein Blick hob sich. »Wie schlimm war es, Mary?«

Ihr erster Impuls war, ihm die Wahrheit zu sagen: Dass sie zwei Runden Chemotherapie und eine Knochenmarkstransplantation hinter sich hatte und gerade noch mal dem Tod von der Schippe gesprungen war. Aber dann dachte sie an die vergangene Nacht, als ihre Gefühle so verrückt gespielt hatten. Im Moment war sie ein Pulverfass, und ihre Krankheit war die ideale Zündschnur. Das Letzte, was sie gebrauchen konnte, war, wieder die Kontrolle zu verlieren, denn die letzten beiden Male hatte das wahrlich nicht besonders gut geendet. Beim ersten Mal hatte sie ihm die

Ohren voll geheult. Beim zweiten Mal hatte sie ihn in die Lippe gebissen.

Sie zuckte die Achseln, log, und hasste sich dafür, murmelte: »Ich bin okay. Ich war froh, als es vorbei war.«

Seine Augen verengten sich.

Genau in diesem Moment hämmerte jemand an die Tür.

Rhages Blick blieb unverwandt auf sie gerichtet, trotz der Dringlichkeit, die in dem Geräusch zu liegen schien. »Eines Tages wirst du lernen, mir zu vertrauen.«

»Ich vertraue dir.«

»Blödsinn. Und noch ein kleiner Tipp für dich: Ich hasse es, angelogen zu werden.«

Das Trommeln an der Tür wurde lauter.

Rhage ging zur Tür und machte auf. Wer auch immer davor stand, sollte sich gefälligst verziehen. Er hatte das Gefühl, dass er und Mary kurz vor einem Streit standen, und er wollte es hinter sich bringen.

Tohr stand vor ihm. Er sah aus, als hätte ihm jemand eins mit einem Elektroschocker verpasst.

»Was zum Henker ist denn mit dir passiert?«, fragte Rhage, während er in den Flur trat. Er zog die Tür etwas zu.

Tohr schnupperte an der Luft, die aus der offenen Tür strömte. »Meine Güte. Du hast sie gekennzeichnet, richtig?«

»Hast du ein Problem damit?«

»Nein, es macht die ganze Sache sogar irgendwie einfacher. Die Jungfrau der Schrift hat gesprochen.«

»Erzähl.«

»Die anderen Brüder sollten auch dabei sein, wenn –«

»Scheiß drauf. Ich will es jetzt wissen, Tohr.«

Als der Bruder seinen Bericht in der Alten Sprache beendet hatte, holte Rhage tief Luft. »Gib mir zehn Minuten.«

Tohr nickte. »Wir sind in Wraths Arbeitszimmer.«

Rhage ging zurück in sein Zimmer und schloss die Tür. »Hör mal, Mary. Ich hab was mit meinen Brüdern zu erledigen. Vielleicht komme ich heute Nacht nicht zurück.«

Sie erstarrte und ihre Augen wandten sich von seinem Gesicht ab.

»Mary, es hat nichts mit anderen Frauen zu tun, das schwöre ich dir. Versprich mir einfach, dass du hier bist, wenn ich zurückkomme.« Als sie zögerte, ging er zu ihr und streichelte ihre Wange. »Du hast gesagt, der Arzttermin sei erst am Mittwoch. Was macht schon noch eine Nacht aus? Du könnest dich noch mal in den Whirlpool legen. Das hat dir doch so gut gefallen.«

Sie lächelte schwach. »Du manipulierst mich.«

»Sagen wir, ich orientiere mein Handeln am Ergebnis.«

»Wenn ich noch einen Tag bleibe, wirst du mich nur zu noch einem überreden und zu noch einem …«

Er beugte sich über sie und küsste sie heftig. Er wünschte, er hätte mehr Zeit, wollte bei ihr sein, in ihr sein, bevor er ging. Doch verdammt, selbst wenn er noch viele Stunden Zeit hätte, könnte er das nicht tun. Das Summen und Kitzeln in ihm brachte seinen Körper schon wieder fast zum Zerspringen.

»Ich liebe dich«, sagte er. Dann zog er den Kopf zurück, nahm seine Rolex ab und drückte sie ihr in die Hand. »Bewahr die für mich auf.«

Er ging zum Schrank und zog sich aus. Ganz in der Ecke, zwischen zwei weiteren Pyjamas, die er niemals benutzen würde, fand er seinen schwarzen Zeremonienumhang. Er zog die schwere Seide über seine nackte Haut und gürtete sie mit einem dicken Strang aus geflochtenem Leder.

Als er wieder herauskam, sagte Mary: »Du siehst aus, als hättest du vor, ins Kloster gehen.«

»Versprich mir, dass du hier bist, wenn ich zurückkomme.«

Nach kurzem Zögern nickte sie.

Er zog sich die Kapuze über den Kopf. »Das ist gut.«

»Rhage, was geht hier vor?«

»Warte einfach nur auf mich. Bitte, warte auf mich.« An der Tür warf er einen letzten Blick zurück auf sein Bett.

Das war ihr erster schmerzhafter Abschied, ihre erste Trennung, nach der er die schreckliche Distanz von Zeit und Erfahrung spüren würde. Er wusste, die heutige Nacht würde nicht einfach durchzustehen sein. Er hoffte einfach nur, dass die Nachwirkungen der Strafe nicht zu lange andauern würden. Und dass sie bei ihm bleiben würde, wenn es vorüber war.

»Bis später dann, Mary«, sagte er und schloss sie in seinem Zimmer ein.

Als er in Wraths Arbeitszimmer kam, zog er die Flügeltür hinter sich zu. Alle Brüder waren bereits da, und niemand sagte ein Wort. Ein beklemmender Geruch durchdrang den Raum, es roch wie Wundbenzin.

Wrath trat hinter seinem Schreibtisch hervor, und seine Miene war ebenso starr wie Tohrs vorher. Sein Blick hinter der dunklen Sonnenbrille war bohrend, das konnte Rhage deutlich spüren.

»Bruder.«

Rhage verneigte den Kopf. »Mein Herr.«

»Du trägst den Umhang, so als wolltest du bei uns bleiben.«

»Aber natürlich will ich das.«

Wrath nickte knapp. »Hier ist also die Verkündung. Die Jungfrau der Schrift hat verfügt, dass du die Bruderschaft gekränkt hast, indem du Tohrs Befehle missachtet und einen Menschen in unsere Heimstatt gebracht hast. Ich will ehrlich zu dir sein, Rhage. Sie möchte meinen Entschluss überstimmen. Sie möchte nicht, dass Mary hier bleibt.«

»Du weißt, wohin das führt.«

»Ich habe ihr mitgeteilt, dass du bereit bist, uns zu verlassen.«

»Das hat sie sicher aufgemuntert«, meinte Rhage mit einem düsteren Grinsen. »Seit Jahren versucht sie, mich loszuwerden.«

»Es liegt jetzt an dir, Bruder. Wenn du bei uns bleiben willst, und wenn die Frau weiterhin Schutz hinter diesen Mauern finden soll, verlangt die Jungfrau der Schrift von dir einen *Rythos.«*

Die rituelle Prozedur, um eine Kränkung ungeschehen zu machen, war die folgerichtige Bestrafung. Wurde ein *Rythos* entboten und angenommen, gestattete der Beleidiger dem Geschmähten üblicherweise den freien Einsatz einer Waffe gegen ihn, ohne sich zu verteidigen. Der Gekränkte konnte zwischen allen Arten von Waffen wählen, von einem Messer über einen Schlagring bis hin zur Pistole, vorausgesetzt, die zugefügte Wunde war nicht tödlich.

»Ich bin mehr als bereit, einen *Rythos* zu entbieten«, sagte Rhage.

»Du musst jedem von uns einen Rythos entbieten.«

Ein kollektives Aufstöhnen war zu hören. Jemand murmelte: »Ach du Scheiße.«

»Ich bin auch dazu mehr als bereit.«

»Dann sei es so, mein Bruder.«

»Aber« – Rhage ließ seine Stimme entschlossen klingen – »ich entbiete sie nur unter der Voraussetzung, dass Mary so lange bleiben kann, wie sie will, wenn ich mich dem Ritual beuge.«

»Darauf habe ich mich mit der Jungfrau der Schrift geeinigt. Und du solltest wissen, dass sie ihre Meinung erst geändert hat, als ich ihr erklärte, dass du diese Frau zu deiner *Shellan* nehmen willst. Ich glaube, Ihre Heiligkeit war schockiert, dass du eine Verantwortung dieser Art überhaupt in Betracht ziehst.« Wrath blickte über die Schulter. »Tohr soll die Waffe wählen, die wir alle benutzen werden.«

»Die dreischwänzige Peitsche«, sagte Tohr leise, aber bestimmt.

Verdammt. Das würde wehtun.

Mehr Gemurmel erklang.

»So sei es«, sagte Wrath.

»Aber was ist mit der Bestie?«, wollte Rhage wissen. »Sie könnte hervorbrechen, wenn ich Schmerzen habe.«

»Die Jungfrau der Schrift wird bei deiner Bestrafung dabei sein. Sie hat gesagt, sie könne sie in Schach halten.«

Natürlich konnte sie das. Sie hatte sich das verdammte Ding ja auch ausgedacht.

»Machen wir es heute Nacht?« Rhage sah sich im Raum um. »Ich meine, es gibt keinen Anlass, damit zu warten.«

»Wir gehen sofort in die Grotte.«

»Sehr gut. Bringen wir's hinter uns.«

Zsadist war als Erster zur Tür heraus, als alle aufstanden und sich halblaut über den Ablauf unterhielten. Tohr brauchte einen Umhang, hatte jemand einen übrig? Phury verkündete, er werde die Waffe mitbringen. V bot sich an, mit dem Escalade zu fahren.

Letzteres war ein guter Gedanke. Sie würden ein Fahrzeug brauchen, um ihn nach dem *Rythos* nach Hause zu schaffen.

»Meine Brüder?«, sagte Rhage.

Alle wurden still und blieben stehen. Er sah einen nach dem anderen an. Alle trugen grimmige Mienen zur Schau. Sie hassten diese Sache, und er konnte sie nur zu gut verstehen. Einen von ihnen zu verletzen, wäre für ihn unerträglich. Es war viel besser, selbst der Empfänger der Strafe zu sein.

»Ich habe eine Bitte, meine Brüder. Wenn es vorbei ist, will ich nicht hierher gebracht werden. Ich möchte nicht, dass Mary mich so sieht.«

Vishous ergriff das Wort. »Du kannst in der Höhle bleiben. Butch und ich werden uns um dich kümmern.«

Rhage lächelte. »Das ist schon das zweite Mal innerhalb einer Woche. Ihr zwei würdet gute Krankenschwestern abgeben.«

V klopfte ihm auf die Schulter und ging. Tohr folgte ihm mit derselben Geste. Phury umarmte ihn kurz im Vorbeigehen.

Wrath blieb kurz stehen.

Als der König schwieg, drückte Rhage seinen Arm. »Ich weiß schon, mein Herr. Mir würde es an deiner Stelle genauso gehen. Aber ich bin zäh. Ich kann eine Menge aushalten.«

Wrath steckte die Hände in Rhages Kapuze und zog sein Gesicht leicht nach unten. Dann küsste er ihn lange auf die Stirn, eine Respektsbezeugung vom König an seinen Krieger, eine Bekräftigung ihres engen Bandes.

»Ich bin froh, dass du bei uns bleibst«, sagte Wrath sanft. »Ich hätte dich ungern verloren.«

Etwa fünfzehn Minuten später versammelten sie sich im Hof vor dem Auto. Die Brüder waren alle barfuß und trugen schwarze Umhänge. Unter den Kapuzen waren sie nur schwer zu unterscheiden, außer Phury. Er war leicht an seiner Fußprothese zu erkennen, und er trug einen ausgebeulten Seesack über der Schulter. Ohne Zweifel hatte er neben der Waffe auch Verbandszeug in die Tasche geworfen.

Alle schwiegen, als V mit ihnen durch den dichten hügeligen Wald aus Kiefern und Schierlingstannen fuhr. Die unebene Straße war kaum mehr als ein asphaltierter Weg, eng gesäumt von den immergrünen Bäumen.

Rhage konnte die angespannte Stille keine Minute länger ertragen.

»Himmelherrgott noch mal. Jetzt macht euch mal locker. Ihr werdet mich ja nicht umbringen. Können wir das Ganze nicht ein bisschen entspannter angehen?«

Niemand sah ihn an.

»V, leg doch mal Snoop oder Fifty ein, okay? Diese Totenstille ist ja gruselig.«

Phurys Lachen kam aus dem Umhang rechts von ihm. »Das kannst auch nur du – aus der Sache noch eine Party machen.«

»Ihr alle wolltet mir doch schon mal ordentlich eine pfeffern, weil ich mich daneben benommen habe, oder nicht? Dann ist das jetzt der richtige Tag dafür.« Er schlug Phury auf den Oberschenkel. »Komm schon, Bruder, seit Jahren geh ich dir doch auf den Sack wegen der Sache mit der Enthaltsamkeit. Und Wrath, erst vor ein paar Monaten hab ich dich so provoziert, dass du deinen Dolch in die Wand gehämmert hast. V, du hast erst letztens damit gedroht, deine Hand gegen mich einzusetzen, weißt du noch? Als ich dir gesagt habe, was ich von deinem grauenvollen Ziegenbärtchen halte.«

V kicherte. »Ich musste ja was unternehmen, damit du die Klappe hältst. Seit ich mir das Ding habe wachsen lassen, fragst du mich jedes verdammte Mal, wenn wir uns begegnen, ob ich mit einem Auspuff geknutscht habe.«

»Und ich bin immer noch davon überzeugt, dass du es mit meinem GTO treibst, du Autoschänder.«

Das brachte das Gespräch in Gang. Geschichten über Rhage flogen durch den Wagen, bis das Stimmengewirr so groß war, dass niemand mehr etwas anderes hören konnte.

Während die Brüder Dampf abließen, lehnte sich Rhage im Sitz zurück und starrte in die Nacht hinaus. Er hoffte inständig, dass die Jungfrau der Schrift wusste, was sie tat. Denn wenn seine Bestie sich in der Grotte losriss, dann saßen seine Brüder in der Tinte. Und sie würden ihn am Ende doch noch töten müssen.

Er runzelte die Stirn und sah sich um. Hinter ihm saß Wrath. Er konnte den schwarzen Diamantring am Mittelfinger des Königs funkeln sehen.

Rhage drückte den Rücken durch und sprach leise über die Schulter. »Mein Herr, ich bitte dich um einen Gefallen.«

Wrath beugte sich vor, die Stimme tief und gleichmäßig. »Was willst du?«

»Falls ich das ... nicht überstehen sollte, aus welchem Grund auch immer, dann bitte ich dich, auf Mary zu achten.«

Der König nickte bedächtig. In der Alten Sprache sagte er: *»Wie du es wünschst, so gelobe ich es. Ich werde sie achten wie meine eigene Blutsschwester und mich um sie kümmern wie um eine der Meinen.«*

Rhage atmete aus. »Das ist gut. Das ist ... gut.«

Schon bald parkte V den Escalade auf der kleinen Lichtung. Alle stiegen aus und blieben stehen, lauschend, spähend, spürend.

Im Großen und Ganzen war es ein angenehmer Abend, und dies war ein heiterer Ort. Die leichte Brise, die durch die zahllosen Äste und Baumstämme hindurchwehte, trug den freundlichen Duft von Erde und Kiefern mit sich. Über ihren Köpfen schimmerte ein voller Mond durch milchig weiße Wolken.

Als Wrath das Signal gab, gingen sie etwa einhundert Meter bis zu einer Höhle. Der Platz sah überhaupt nicht ungewöhnlich aus, selbst wenn man hineinging. Man musste wissen, nach was man suchte, um die dünne Fuge in der rückwärtigen Wand zu entdecken. Wenn man den richtigen Auslöser betätigte, glitt eine steinerne Platte zur Seite.

Als alle nacheinander in den inneren Bereich der Höhle traten, schloss sich der Felskeil hinter ihnen mit einem Flüstern. Fackeln steckten in den Wänden, ihre Flammen flackerten golden, fauchend und zischend, als sie der Luftzug traf.

Der Pfad ins Erdinnere wand sich langsam bergab, der Steinfußboden fühlte sich kalt unter ihren Füßen an. Als sie unten ankamen, zogen sie die Umhänge aus, und zwei gusseiserne Tore öffneten sich. Die vor ihnen liegende Halle war etwa zwanzig Meter lang und sieben Meter hoch. An allen Wänden ringsum standen unzählige Regale.

Darauf befanden sich Tausende und Abertausende von Keramikkanopen unterschiedlichster Größe und Form. Jedes Gefäß enthielt das Herz eines *Lesser*, das Organ, das Omega den Anwärtern während der Aufnahmezeremonie entfernte. Während der gesamten Existenz eines *Lesser* als Vampirjäger stellte diese Kanope seinen einzigen persönlichen Besitz dar. Und wenn möglich sammelten die Brüder sie ein, wenn sie einen von ihnen getötet hatten.

Am Ende der Halle lag eine weitere Flügeltür. Sie stand bereits offen.

Das Allerheiligste der Bruderschaft war Anfang des 18. Jahrhunderts aus dem Gestein gehauen und mit schwarzem Marmor verkleidet worden, als die erste Einwanderungswelle von Vampiren aus der Alten Welt über den Ozean gekommen war. Das Gewölbe war geräumig, und die Decke bestand aus Stalaktiten, die wie Dolche herabhingen. Massive Kerzen, jede so dick wie ein Männerarm und doppelt so lang, steckten in schwarzen Eisenhaltern; ihre Flammen waren beinahe so leuchtend wie die Fackeln.

Ganz vorne gab es eine erhöhte Plattform, zu der einige flache Stufen hinaufführten. Der Altar darauf war aus einem Kalkfelsen gefertigt, der noch aus dem Alten Land stammte. Sein enormes Gewicht wurde von zwei grob behauenen steinernen Stürzen getragen. Im Zentrum befand sich ein weiß schimmernder Totenkopf.

Hinter dem Altar war in eine glatte Wand der Name jedes Bruders geritzt, der jemals gelebt hatte, bis zurück zu jenem ersten, dessen Schädel auf dem Altar lag. Die Inschriften verliefen in Streifen lückenlos über die gesamte Oberfläche, außer einem freien Streifen in der Mitte. Dieses Stück war knappe zwei Meter breit und reichte über die gesamte Vertikale der Marmorfläche. Genau im Zentrum, etwa eineinhalb Meter vom Boden entfernt, ragten zwei dicke Pflöcke aus der Wand, so angebracht, dass ein Mann sie greifen und sich daran festhalten konnte.

Die Luft roch vertraut: feuchte Erde und Bienenwachskerzen.

»Meinen Gruß, Bruderschaft.«

Alle wandten sich der weiblichen Stimme zu.

Die Jungfrau der Schrift war eine winzige Gestalt, die in der hinteren Ecke stand. Ihr schwarzer Umhang schwebte über dem Fußboden. Von ihrem Gesicht und ihrer Statur war nichts zu erkennen. Doch unter den schwarzen Falten quoll Licht hervor wie herabstürzendes Wasser.

Sie trieb auf die Gruppe zu und hielt vor Wrath an. »Krieger.«

Er verneigte sich tief. »Jungfrau der Schrift.«

Sie begrüßte jeden von ihnen. Rhage war der Letzte. »Rhage, Sohn des Tohrture.«

»Jungfrau der Schrift.« Er neigte den Kopf.

»Wie fühlst du dich?«

»Es geht mir gut.« Besser gesagt: es würde ihm gut gehen, sobald das hier vorbei war.

»Und du warst sehr beschäftigt, ist es nicht so? Du gehst weiterhin neue Wege, wie es deiner Natur entspricht. Schade nur, dass sie nicht zu einem lobenswerten Ziel führen.« Sie lachte. Eine Note von Bitterkeit schwang darin mit. »Es überrascht mich nicht besonders, dass du uns hierher geführt hast. Dir ist doch bewusst, dass dies der erste *Rythos* ist, der jemals von der Bruderschaft anberaunt wurde?«

Nicht ganz, dachte er. Tohr hatte im Juli einen abgelehnt, den Wrath ihm entboten hatte.

Doch das würde er jetzt garantiert nicht zur Sprache bringen.

»Krieger, bist du bereit anzunehmen, was du entboten hast?«

»Das bin ich.« Er wählte seine nächsten Worte mit Bedacht, denn der Jungfrau der Schrift stellte man keine Fragen. Nicht, wenn einem die eigene Haut lieb und teuer war. »Ich möchte von Euch erbitten, dass ich meine Brüder nicht verletze.«

Ihre Stimme wurde kalt. »Das ist ein gefährliches Anliegen.«

»Es war nicht meine Absicht, Euch zu kränken.«

Wieder hörte man das leise Kichern.

O Mann, sie genoss das Ganze hier in vollen Zügen. Sie hatte ihn noch nie leiden können, obwohl er ihr das noch nicht mal zum Vorwurf machen konnte. Er hatte ihrer Abneigung gegen ihn ausreichend Nahrung gegeben.

»Du wolltest mich nicht kränken, Krieger?« Der Umhang bewegte sich, als schüttele sie den Kopf. »Im Gegenteil, du scheust vor einer Kränkung niemals zurück, wenn du etwas zu bekommen wünschst. Das war schon immer dein Problem. Eben deshalb sind wir auch heute Nacht zusammengekommen.« Sie wandte sich ab. »Habt ihr die Waffe?«

Phury stellte den Seesack ab, öffnete ihn und nahm die dreischwänzige Peitsche heraus. Der fünfzig Zentimeter lange Griff war aus Holz und mit braunem Leder umwickelt, das vom Schweiß vieler Hände dunkel geworden war. Daran befestigt waren drei geschwärzte Stahlketten, an deren Ende sich jeweils eine mit Stacheln bewehrte Kugel befand.

Die dreischwänzige Peitsche war eine uralte, erbarmungslose Waffe, doch Tohr hatte weise entschieden. Damit das Ritual als erfolgreich galt, durften die Brüder Rhage nichts ersparen – weder, was die Waffe betraf, noch die Art und Weise, wie sie ihn damit trafen. Milde walten zu lassen würde bedeuten, die Redlichkeit der Tradition und somit die dargebotene Reue und die Chance auf wahre Läuterung zu mindern.

»So sei es also«, sagte sie. »Begib dich zur Wand, Rhage, Sohn des Tohrture.«

Er ging nach vorn und nahm immer zwei Stufen auf einmal. Als er am Altar vorbeiging, betrachtete er den heiligen Schädel und die Flammen, die von innen an den Augenhöhlen und den langen Fängen leckten. Er stellte sich mit dem Gesicht zu den Brüdern vor dem schwarzen Marmor auf, umfasste die Steinpflöcke und spürte die glatte Kälte an seinem Rücken.

Die Jungfrau der Schrift schwebte zu ihm und hob ihren Arm. Ihr Ärmel fiel zurück und entblößte ein Licht, das heller war als gleißendes Feuer, und dessen Form entfernt an eine Hand erinnerte. Eine niedrige elektrische Ladung fuhr durch seinen Körper, und er fühlte, wie sich etwas in seinem Rumpf verschob, als wären seine inneren Organe neu arrangiert worden.

»Ihr dürft nun das Ritual beginnen.«

Die Brüder stellten sich in einer Reihe auf, ihre nackten Körper schimmerten vor Kraft, aber in die Gesichter waren tiefe Furchen eingegraben. Wrath nahm die Peitsche von Phury entgegen und trat als Erster vor. Bei der Bewegung klingelten die Ketten so süß wie Vogelgezwitscher.

»Bruder«, sagte der König leise.

»Mein Herr.«

Rhage starrte unverwandt in die Gläser der Sonnenbrille, als Wrath die Peitsche kreisen ließ, um Schwung zu bekommen. Ein Brummen setzte leise ein und schwoll immer weiter an, bis die Waffe nach vorn schnellte und die Luft zerschnitt. Die Ketten trafen auf Rhages Brust und die Stacheln bohrten sich in sein Fleisch, trieben die Luft aus seinen Lungen. Er stützte sich auf die Pflöcke, doch den Kopf hielt er hoch, während ihm schwarz vor Augen wurde.

Tohr war der Nächste, sein Hieb nahm Rhage den Atem und für einen Moment gaben seine Knie nach. Dann folgten Vishous und Phury.

Jedes Mal begegnete er dem schmerzvollen Blick seiner Brüder, um ihnen die Qual zu erleichtern. Doch als Phury sich abwandte, konnte Rhage seinen Kopf nicht länger oben halten. Er ließ ihn auf die Schulter sinken und entdeckte dadurch das Blut, das ihm über die Brust und die Oberschenkel bis auf die Füße rann. Eine Lache bildete sich bereits auf dem Boden, in der sich der Schein der Kerzen spiegelte. Das Rot machte ihn schwindlig. Fest entschlossen, auf den Beinen zu bleiben, drückte er seine Ellbogen durch, so dass seine Knochen und Gelenke sein Gewicht trugen.

Als eine Pause eintrat, erkannte er schemenhaft, dass eine Art Streit entbrannt war. Er blinzelte mehrere Male, bis er klar sehen konnte.

Phury hielt die Peitsche hoch, und Zsadist wich davor zurück. Er schien von Entsetzen gepackt zu sein. Z hielt seine zu Fäusten geballten Hände hoch und seine Brustwarzenpiercings blitzten im Licht der Flammen auf, weil er viel zu heftig atmete. Der Bruder war ganz grau geworden, seine Haut glänzte unnatürlich.

Sanft sprach Phury auf ihn ein und versuchte, ihn am Arm zu berühren. Z drehte sich wild im Kreis herum, doch Phury blieb an seiner Seite. Es war eine Art Tanz, den sie vollführten. Die Peitschennarben auf Zs Rücken bewegten sich im Spiel mit seinen Muskeln.

Das führte doch zu nichts, dachte Rhage. Zsadist war in Panik, wie ein in die Enge getriebenes Tier. Das war deutlich zu erkennen. Es musste einen anderen Weg geben, zu ihm durchzudringen.

Rhage holte tief Luft und öffnete den Mund, aber es kam kein Ton heraus. Er versuchte es erneut.

»Zsadist ...« Seine schnarrende Stimme ließ alle Köpfe zum Altar herumfahren. »Bring es zu Ende, Z ... Kann mich ... kann mich nicht mehr lange auf den Beinen halten.«

»Nein –«

Phury fiel seinem Bruder ins Wort. »Du musst –«

»Nein! Geh weg von mir!«

Z rannte zur Tür, doch die Jungfrau der Schrift erreichte sie vor ihm und stellte sich ihm in den Weg. Er konnte gerade noch abbremsen, bevor er sie erreichte. Mit zitternden Beinen und bebenden Schultern stand er vor der winzigen Gestalt. Leise sprach sie zu ihm, doch die Worte drangen nicht durch den Schleier der Schmerzen zu Rhage durch.

Endlich deutete die Jungfrau der Schrift auf Phury, der ihr die Waffe brachte. Sie nahm Zs Hand und legte die lederbezogene Peitsche hinein. Dann zeigte sie auf den Altar, und Zsadist ließ den Kopf hängen. Einen Augenblick später kam er mit taumelnden Schritten auf Rhage zu.

Als Rhage den Bruder ansah, wollte er fast vorschlagen,

dass jemand Z die Aufgabe abnahm. Die schwarzen Augen waren so weit aufgerissen, dass sie beinahe aus den Höhlen zu treten schienen. Und Zsadist schluckte in einem fort, sein Hals sah aus, als müsste er einen Schrei ersticken.

»Ist schon gut, mein Bruder«, murmelte Rhage. »Aber du musst es beenden. *Jetzt.*«

Z keuchte und schwankte, Schweiß troff ihm in die Augen und lief über die Narbe auf seinem Gesicht.

»Tu es.«

»Bruder«, flüsterte Z und hob die Peitsche hoch über die Schulter. Er holte keinen Schwung, vermutlich hätte das seine Koordination in diesem Augenblick einfach überstiegen. Aber er war stark und die Waffe sang, als sie durch die Luft schwirrte. Die Ketten und Stachel zuckten über Rhages Bauch wie ein Sturm aus Eisennadeln.

Rhages Knie gaben nach, und er versuchte, sich mit den Armen abzufangen. Doch auch die versagten ihm den Dienst. Er sank zu Boden, und seine Handflächen griffen in sein eigenes Blut.

Aber wenigstens war es jetzt vorbei. Er atmete tief durch, entschlossen, nicht ohnmächtig zu werden.

Plötzlich erfüllte ein zischendes Geräusch das Heiligtum, es klang, als schabe Metall auf Metall. Erst schenkte er dem kaum Beachtung. Er war viel zu sehr damit beschäftigt, seinen Magen davon zu überzeugen, dass Würgen ihn jetzt auch nicht wirklich weiterbrachte.

Als er sich einigermaßen gefasst hatte, kroch er auf Händen und Knien um den Altar herum und atmete noch einmal tief durch, bevor er die Stufen in Angriff nahm. Er hob den Kopf und sah, dass die Brüder sich wieder in einer Reihe aufgestellt hatten. Rhage rieb sich die Augen, wodurch er sein Blut im Gesicht verteilte.

Das gehört nicht zum Ritual, dachte er.

Jeder der Brüder hatte einen schwarzen Dolch in der

rechten Hand. Wrath begann den Sprechgesang, und die anderen fielen ein, bis ihre Stimmen zu lauten Rufen angewachsen waren, die im Gewölbe widerhallten. Immer weiter steigerte sich der Gesang, bis sie beinahe schon schrien. Dann riss der Singsang abrupt ab.

Alle gleichzeitig zogen sie sich ihre Dolche über die Brust.

Der Schnitt auf Zsadists Brust war der tiefste.

7

Mary unterhielt sich unten im Billardzimmer mit Fritz über die Geschichte des Hauses, als die Ohren des *Doggen* ein Geräusch wahrnahmen, das sie gar nicht bemerkt hatte.

»Die Herrschaften kehren zurück.«

Sie stellte sich an ein Fenster und sah Scheinwerfer in den Hof einbiegen.

Der Escalade kam zum Stehen, die Türen öffneten sich und die Passagiere stiegen aus. Ohne die Kapuzen erkannte sie die Männer von jenem ersten Abend, als sie das Haus betreten hatte. Der Typ mit dem Ziegenbärtchen und den Tattoos auf einer Schläfe. Der Mann mit den spektakulären Haaren. Der Vernarbte, Furcht Einflößende, und der Militärische. Der Einzige, den sie noch nie gesehen hatte, war ein Mann mit langem schwarzem Haar und Sonnenbrille.

Mein Gott, ihre Mienen waren niedergeschlagen. Vielleicht war jemand verletzt worden.

Krampfhaft um Ruhe bemüht, suchte sie nach Rhage.

Das Grüppchen lief herum und sammelte sich am Kofferraum des SUV. Genau in diesem Moment kam jemand aus dem Pförtnerhäuschen und hielt die Tür auf. Es war der Typ, der den Football in der Eingangshalle gefangen hatte.

Zwischen all den großen Gestalten, die um den Wagen herumstanden, konnte man schwer erkennen, was vor sich ging. Aber es wirkte, als würde ein schwerer Gegenstand zwischen ihnen herumgereicht …

Ein blonder Schopf schimmerte im Licht.

Rhage. Bewusstlos. Und er wurde zu der offenen Tür getragen.

Ohne eine Sekunde nachzudenken, rannte Mary aus dem Haus.

»Rhage! Halt! Wartet!« Kalte Luft strömte in ihre Lungen. »Rhage!«

Als er ihre Stimme hörte, zuckte er zusammen und streckte schwach eine Hand nach ihr aus. Die Männer blieben stehen. Einige fluchten leise.

»Rhage!« Sie bremste abrupt, Kiesel stoben unter ihren Füßen auf. »Was … um Gottes willen.«

Sein Gesicht war mit Blut verschmiert, und sein Blick war vor Schmerz unstet.

»Rhage …«

Sein Mund öffnete sich. Artikulierte etwas, das sie nicht verstehen konnte.

Einer der Männer sagte: »Verdammt, jetzt können wir ihn genauso gut in sein eigenes Zimmer bringen.«

»Natürlich bringt ihr ihn dahin! Wurde er im Kampf verletzt?«

Niemand gab ihr eine Antwort. Sie änderten einfach nur ihre Richtung und schleppten Rhage durch die Eingangshalle des großen Hauses und die Treppe hinauf. Nachdem sie ihn auf sein Bett gelegt hatten, strich der Kerl mit dem

Ziegenbärtchen und den Tattoos im Gesicht Rhage das Haar aus dem Gesicht.

»Bruder, sollen wir dir etwas gegen die Schmerzen bringen?«

Rhages war kaum zu verstehen. »Nichts. Besser so. Ihr kennt die Regeln. Mary ... wo ist Mary?«

Sie ging zum Bett und nahm seine Hand in ihre. Als sie ihre Lippen auf seine Knöchel drückte, bemerkte sie, dass sein Umhang vollkommen unversehrt war, und keine Risse oder Löcher auswies. Was bedeutete, dass er das Ding nicht getragen hatte, als er verletzt wurde. Jemand hatte es ihm hinterher wieder umgelegt.

Von einer schrecklichen Vorahnung gepackt, löste sie die Lederschnur um seine Taille und zog den Umhang auf. Vom Schlüsselbein bis zu den Hüften war er mit Mullbinden bandagiert. Blut quoll durch den weißen Stoff, in einem leuchtend hellen, erschreckenden Rot.

Sie wagte es kaum, hinzusehen, doch sie musste es wissen und lugte vorsichtig unter den Verband.

»Um Himmels willen.« Sie schwankte und einer der Brüder fing sie auf. »Wie ist das passiert?«

Als die Gruppe schwieg, machte sie einen Schritt zurück und sah einen nach dem anderen an. Sie standen völlig unbewegt da und blickten Rhage an.

Und ihre Gesichter drückten alle denselben Schmerz aus wie seins.

Sie werden doch wohl nicht ...

Der mit dem Bärtchen begegnete ihrem Blick.

Sie haben.

»Ihr habt das getan«, zischte sie. »Ihr habt ihm das angetan.«

»Ja«, entgegnete der mit der Sonnenbrille. »Und es geht dich nichts an.«

»Ihr Mistkerle.«

Rhage machte ein Geräusch und räusperte sich dann. »Lasst uns allein.«

»Wir sehen später nach dir, Hollywood«, sagte der mit den bunten Haaren. »Brauchst du noch etwas?«

»Außer einer Hauttransplantation und einem großen Whiskey?« Rhage grinste schief und zuckte zusammen, als er sein Gewicht verlagerte.

Mary funkelte die Rücken der Männer zornig an, als sie den Raum verließen. *Diese Gott verfluchten ... Tiere.*

»Mary?«, hörte sie Rhage murmeln. »Mary.«

Sie versuchte, sich zusammenzureißen. Sich über diese Schlägerbande aufzuregen, half Rhage im Augenblick auch nicht weiter. *Warum, um Himmels willen?*

Mitleidig blickte sie auf ihn herab, schluckte ihre Wut herunter und sagte: »Darf ich diesen Arzt für dich rufen, von dem du mir erzählt hast? Wie hieß er noch?«

»Nein.«

Sie wollte ihm sagen, dass er sich seine »ein Indianer kennt keinen Schmerz«-Nummer sonst wohin stecken konnte. Doch sie wusste, dass er dann mit ihr streiten würde, und Streit war das Letzte, was er im Moment brauchen konnte.

»Soll ich dir den Umhang ausziehen?«, fragte sie.

»Ja, bitte. Wenn du meinen Anblick aushältst.«

»Mach dir darüber mal keine Sorgen.«

Als sie die schwarze Seide von seinem Körper zog, hätte sie am liebsten geschrien. Er rollte sich hin und her, um ihr beim Ausziehen behilflich zu sein und ächzte dabei vor Schmerzen. Endlich hatten sie es geschafft, doch durch die Bewegung sickerte Blut an seiner Seite herunter.

Das wunderschöne Federbett würde ruiniert, dachte sie. Scheißegal.

»Du hast eine Menge Blut verloren.« Sie knüllte den schwarzen Umhang zusammen.

»Ja, ich weiß.« Erschöpft schloss er die Augen und ließ den Kopf auf das Kissen sinken. Sein nackter Körper wurde von einer Reihe von Krämpfen geschüttelt, das Zittern seiner Oberschenkel, seines Bauchs und seiner Brust rüttelte an der Matratze.

Mary warf den Umhang in die Badewanne und kam zurück. »Haben sie die Wunden gesäubert, bevor sie dich verbunden haben?«

»Keine Ahnung.«

»Ich sollte mir das besser mal ansehen.«

»Warte eine Stunde. Dann wird die Blutung aufgehört haben.« Er holte tief Luft und zog eine Grimasse. »Mary, sie mussten es tun.«

»Was?« Sie beugte sich über ihn.

»Sie mussten das hier tun. Ich bin nicht …« Ein leises Stöhnen. »Sei nicht wütend auf sie.«

Und ob sie wütend war.

»Mary.« Seine Stimme hatte diesmal mehr Nachdruck, sein trüber Blick blieb an ihr hängen. »Ich habe ihnen keine Wahl gelassen.«

»Was hast du getan?«

»Es ist jetzt vorbei. Und du sollst nicht wütend sein.« Seine Augen rollten wieder zur Seite.

Was sie betraf, würde sie so wütend auf diese Mistkerle sein, wie sie wollte.

»Mary?«

»Keine Sorge.« Sie streichelte seine Wange. Wenn sie ihm doch nur das Blut vom Gesicht waschen dürfte. Als er bei der sanften Berührung zusammenzuckte, zog sie die Hand zurück. »Darf ich dir bitte irgendetwas Gutes tun?«

»Sprich einfach mit mir. Lies mir was vor …«

Auf dem Regal neben der DVD-Sammlung standen einige zeitgenössische Bücher. Sie suchte einen Harry Potter aus, den zweiten Band, und zog einen Stuhl ans Bett.

Anfangs fiel es ihr schwer, sich zu konzentrieren, weil sie immer auf seine unregelmäßige Atmung horchte, doch schließlich fand sie einen Rhythmus, in dem sie lesen konnte. Seine Atmung wurde allmählich langsamer, und die Krämpfe hörten auf.

Als er eingeschlafen war, schloss sie das Buch. Seine Stirn war gerunzelt, die Lippen blass und schmal. Für sie war es furchtbar, dass der Schmerz ihm selbst im Schlaf keine Ruhe ließ.

Mary spürte, wie die Jahre von ihr abfielen und sie in die Vergangenheit zurückkehrte.

Sie sah das gelbe Schlafzimmer ihrer Mutter. Roch Desinfektionsmittel. Hörte mühsames, verzweifeltes Luftholen.

Jetzt saß sie also wieder an einem Bett, dachte sie. Sah hilflos jemandem beim Leiden zu.

Ihr Blick blieb an dem Gemälde der *Madonna mit Kind* hängen. Hier in diesem Zimmer war das Bild ein Kunstwerk, kein Symbol, Teil einer museumsreifen Sammlung und reine Dekoration.

Also musste sie das verdammte Ding nicht hassen. Und sie hatte auch keine Angst davor.

Die Madonnenstatue im Zimmer ihrer Mutter war etwas anderes gewesen. Mary hatte sie verabscheut, und sobald man Cissy Luces Leiche aus dem Haus gebracht hatte, war der Gipsklumpen in die Garage gewandert. Ihn kaputtzuschlagen hatte Mary nicht übers Herz gebracht, aber eigentlich hatte sie sich gewünscht, die Kraft zu besitzen, das Ding mit dem Hammer zu bearbeiten.

Stattdessen hatte sie die Statue am nächsten Morgen in die Kirche *Unserer lieben Frau* gebracht, genauso wie das Kruzifix. Triumphierend war sie vom Parkplatz der Kirche heruntergefahren; sie hatte Gott symbolisch den Stinkefinger gezeigt, und es war ein berauschendes Gefühl gewesen, das einzige, das sie seit langer Zeit empfunden hatte. Das Hochgefühl hatte allerdings nicht lange vorgehalten. Zurück im Haus war da der Schatten des Kreuzes an der Wand gewesen, und den staubfreien Fleck auf dem Fußboden, wo vorher die Statue gestanden hatte, konnte sie nicht übersehen.

Auf den Tag genau zwei Jahre nach diesem Tag hatte man bei ihr Leukämie diagnostiziert.

Rational wusste sie, dass kein Fluch auf ihr lastete, weil sie Kreuz und Madonna weggebracht hatte. Das Jahr hatte 365 Tage, und wie beim Roulette hatte die Verkündung ihrer Krankheit auf einem davon landen müssen. Im Herzen aber glaubte sie manchmal, dass es anders war. Weswegen sie Gott noch mehr verachtete.

Zum Teufel … Er hatte nicht mal die Zeit gefunden, ein Wunder an ihrer Mutter zu vollbringen, die doch so gläubig gewesen war. Aber die Mühe, eine Sünderin wie sie zu bestrafen, machte er sich schon. *Das muss man sich mal auf der Zunge zergehen lassen.*

»Du tust mir gut«, sagte Rhage.

Überrascht sah sie ihn an. Um den Kopf wieder frei zu bekommen, ergriff sie seine Hand. »Wie geht es dir?«

»Besser. Deine Stimme beruhigt mich.«

Bei ihrer Mutter war es genauso gewesen, dachte sie. Ihre Mutter hatte ihr auch gern zugehört.

»Willst du was trinken?«, fragte sie.

»Woran hast du gerade gedacht?«

»An nichts.«

Er schloss die Augen.

»Soll ich dich waschen?«, schlug sie vor.

Als er die Achseln zuckte, ging sie ins Badezimmer und kam mit einem warmen, feuchten Waschlappen und einem trockenen Badetuch zurück. Sanft reinigte sie sein Gesicht und seine Haut um die Verbände herum.

»Ich nehme die mal ab, ja?«

Er nickte, und sie zupfte vorsichtig die Heftpflaster von seiner Haut. Dann nahm sie den Mull und die Watte ab.

Mary erschauerte, als sie sah, was darunter war, und die Galle stieg ihr hoch.

Er war ausgepeitscht worden. Das war die einzige Erklärung für diese Wunden.

»O ... Rhage.« Ihre Augen füllten sich mit Tränen, doch sie bemühte sich, sie wegzublinzeln. »Ich wechsle nur schnell den Verband. Die Haut ist noch zu ... empfindlich, um sie zu waschen. Hast du –«

»Badezimmer. Im Schrank rechts neben dem Spiegel.«

Fassungslos stand sie vor seiner Hausapotheke. Operationsbesteck. Gipsverbände. Bandagen aller Art. Pflaster. Sie nahm, was sie gebrauchen konnte und ging zu ihm zurück. Sie legte ihm die sterilen Mullverbände auf die Brust und den Bauch, denn es war völlig aussichtslos, ihn hochheben zu wollen, um ihm einen Verband um den Rücken zu wickeln.

Als sie den linken unteren Verband leicht festdrückte, zuckte Rhage zusammen. Sie sah ihn an. »Hab ich dir wehgetan?«

»Komische Frage.«

»Wie bitte?«

Seine Lider klappten auf, sein Blick war hart. »Du hast überhaupt keine Ahnung, oder?«

Offenbar nicht. »Rhage, was ist los? Was soll ich tun?«

»Mit mir sprechen.«

»Gut. Nur lass mich das hier erst zu Ende bringen.«

Sobald sie fertig war, schlug sie das Buch wieder auf. Sie wollte gerade zu lesen beginnen, als er fluchte.

Verwirrt griff sie nach seiner Hand. »Ich weiß nicht, was du von mir willst.«

»So schwer ist es nun auch wieder nicht.« Seine Stimme

klang schwach, aber aufgebracht. »Verdammt, Mary, kannst du mich nicht wenigstens einmal teilhaben lassen?«

Es klopfte an der Tür. Beide starrten sie zornig in die Richtung, aus der das Klopfen kam.

»Ich bin gleich wieder da.«

Als sie die Tür öffnete, stand der Mann mit dem Bärtchen davor. Er balancierte mit einer Hand ein silbernes Tablett, auf dem sich Essen türmte.

»Ich bin übrigens Vishous. Ist er wach?«

»Hey, V«, kam es aus Rhages Ecke.

Vishous marschierte einfach an ihr vorbei und stellte das Tablett auf dem Nachttisch ab. In diesem Augenblick wünschte sich Mary, sie wäre so groß wie er, um ihn aus dem Raum vertreiben zu können.

Stattdessen pflanzte der Kerl seine Hüfte auf die Bettkante. »Wie geht's dir, Hollywood?«

»Ganz gut.«

»Lässt der Schmerz schon nach?«

»Ja.«

»Dann heilst du gut.«

»Von mir aus kann es gar nicht schnell genug gehen.« Rhage schloss erschöpft die Augen.

Einen Moment lang betrachtete Vishous ihn nur, die Lippen zu einem schmalen Strich gepresst. »Ich komme später noch mal wieder, mein Bruder. In Ordnung?«

»Danke, Mann.«

Vishous drehte sich um und sah ihr in die Augen. Sie wünschte, sie könnte ihm eine Kostprobe des Schmerzes geben, den er Rhage zugefügt hatte. Und sie wusste auch, dass ihre Rachegelüste sich in ihrer Miene spiegelten.

»Wenn er dein Bruder ist, warum hast du ihm das angetan?«

»Mary, nicht«, unterbrach Rhage heiser. »Ich hab dir doch gesagt –«

»Du hast mir gar nichts gesagt.« Sie kniff die Augen zusammen. Es war nicht fair, ihn anzubrüllen, wenn er flach auf dem Rücken lag und seine Brust aussah wie ein rohes Steak.

»Vielleicht sollten wir uns mal so richtig aussprechen«, sagte Vishous.

Mary verschränkte die Arme vor der Brust. »Das ist doch mal ein Vorschlag. Warum erzählst du mir nicht einfach die ganze Geschichte? Damit ich verstehen kann, warum ihr ihn erst zusammenschlagt und ihn dann bemuttert.«

Rhage schaltete sich noch mal ein. »Mary, ich will nicht, dass du –«

»Also, schieß los. Wenn du nicht willst, dass ich deine Brüder hasse, dann erklär es mir.«

Vishous sah zum Bett hinüber, und Rhage musste wohl genickt oder die Achseln gezuckt haben, denn der Mann begann: »Er hat die Bruderschaft verraten, um mit dir zusammen zu sein. Das musste er wiedergutmachen, um bei uns bleiben zu können und dich gleichzeitig hier behalten zu dürfen.«

Mary stockte der Atem. Das alles war ihretwegen geschehen?

O mein Gott. Er hatte sich für sie in Fetzen schlagen lassen …

Ich mache es sicher für dich, wie wäre das?

Für diese Art von Opfer hatte sie nicht das Geringste übrig. Für den Schmerz, den er ihretwegen aushielt. Für das, was ihm von Leuten angetan wurde, denen er angeblich etwas bedeutete.

»Ich kann nicht … mir ist ein bisschen schwindelig. Würdet ihr mich entschuldigen …«

Rückwärts schob sie sich von ihnen weg und hoffte, sie würde es bis ins Badezimmer schaffen. Aber Rhage richtete sich im Bett auf, als wollte er ihr nachlaufen.

»Nein, du bleibst hier, Rhage.« Sie ging zu ihm zurück, setzte sich auf den Stuhl und strich ihm über das Haar. »Bleib, wo du bist. Ganz ruhig, Großer.«

Als er sich etwas entspannt hatte, sah sie Vishous an. »Ich verstehe das alles nicht.«

»Wie solltest du auch?«

Der Blick des Vampirs blieb weiter auf sie gerichtet, die silberne Tiefe darin war irgendwie beängstigend. Sie konzentrierte sich einen Moment auf das Tattoo, das sich bis auf seine Wange ausbreitete, dann wandte sie sich wieder Rhage zu. Mit den Fingerspitzen strich sie ihm über die Schläfen und murmelte etwas, bis er wieder eingeschlafen war.

»Hat es euch Schmerzen bereitet, ihm das anzutun?«, fragte sie leise. Sie wusste, dass Vishous noch da war. »Sag mir, dass es euch auch wehgetan hat.«

Sie hörte ein Rascheln. Als sie über die Schulter blickte, hatte Vishous sein Shirt ausgezogen. Auf der muskulösen Brust zeichnete sich eine frische Wunde ab, ein Schnitt wie von einem Dolch.

»Es hat jeden von uns fast umgebracht.«

»Gut.«

Der Vampir lächelte grimmig. »Du verstehst uns besser, als du glaubst. Und das Essen da ist nicht nur für ihn, wenn er Hunger bekommt. Ich habe auch genug für dich mitgebracht.«

Mochte ja sein, aber sie wollte nichts von ihnen haben. »Danke. Ich sorge dafür, dass er etwas isst.«

Auf dem Weg nach draußen blieb Vishous noch einmal stehen. »Hast du ihm von deinem Namen erzählt?«

Ihr Kopf wirbelte herum. »Was?«

»Rhage. Weiß er es?«

Kalte Schauer krochen ihr über den Nacken. »Selbstverständlich kennt er meinen Namen.«

»Nein, das *Warum*, meine ich. Du solltest es ihm vielleicht erzählen.« Vishous runzelte die Stirn. »Und nein, ich habe es nicht im Internet herausgefunden. Wie sollte ich?«

Du meine Güte, genau das war ihr gerade in den Sinn gekommen … »Kannst du Gedanken lesen?«

»Wenn ich will, schon; und manchmal, wenn es nicht anders geht.« Vishous ging und schloss die Tür leise hinter sich.

Mühsam versuchte Rhage, sich auf die Seite zu drehen und stützte sich mit einem Ächzen auf. »Mary?«

»Ich bin hier.« Sie nahm seine Hand zwischen ihre beiden.

»Was ist los?« Als er sie ansah, waren seine stahlblauen Augen wacher als vorher. »Mary, bitte. Erzähl mir doch einmal, nur ein einziges Mal, woran du denkst.«

Sie zögerte noch. »Warum bist du nicht einfach gegangen? All das hier … wäre dann nie passiert.«

»Es gibt nichts, was ich nicht tun würde, um dich und dein Leben zu beschützen.«

Sie schüttelte den Kopf. »Ich begreife nicht, wie du so viel für mich empfinden kannst.«

»Kann schon sein, aber weißt du was?« Er lächelte schwach. »Diese ganze Verständnis-Kiste kannst du total vergessen.«

»Verstehen ist besser als blind zu vertrauen«, flüsterte sie und fuhr ihm mit der Hand durch die blonden Strähnen. »Schlaf noch ein bisschen, Großer. Immer wenn du aufwachst, scheinst du Riesenfortschritte bei deiner Genesung gemacht zu haben.«

»Lieber möchte ich dich ansehen.« Aber er schloss die Augen. »Ich liebe es, wenn du mit meinen Haaren spielst.«

Er reckte den Hals und legte den Kopf schief, damit sie besser an seine Haare kam.

Selbst seine Ohren sind schön, dachte sie.

Rhages Brust hob und senkte sich mit einem tiefen Seufzer. Ein Weilchen lehnte sie sich hinten an die Stuhllehne und legte die Füße auf einen der massiven Bettpfosten.

Die Stunden vergingen, und einer nach dem anderen kamen die Brüder vorbei, um nach Rhage zu sehen. Jeder stellte sich vor; Phury mit der wilden Mähne brachte etwas warmen Cider, den sie sogar tatsächlich annahm. Wrath, der mit der Sonnenbrille, und Beth, vor der sie in Ohnmacht gefallen war, kamen auch zu Besuch. Butch, der Footballspieler, kam ebenso wie Tohr mit seinem Bürstenschnitt.

Rhage schlief viel, wachte aber jedes Mal auf, wenn er versuchte, sich auf die Seite zu drehen. Immer, wenn er sich bewegte, sah er sie an, als zöge er Kraft aus ihrem Anblick. Dann brachte sie ihm Wasser und streichelte sein Gesicht, fütterte ihn oder las ihm vor. Sie sprachen nicht viel miteinander. Die Berührungen waren genug.

Ihre Augenlider wurden schwer, und sie ließ gerade den Kopf zurückfallen, als es wieder leise klopfte. Vermutlich Fritz mit etwas zu essen.

Sie reckte sich und ging zur Tür.

»Komm rein«, sagte sie, noch während sie öffnete.

Draußen stand der Mann mit dem Narbengesicht, stocksteif wie eine Statue. Das Licht fiel auf seine harten Konturen und betonte seine tief liegenden Augen, den Schädel unter dem extrem kurz geschorenen Haar, die gezackte Narbe, das kantige Kinn. Er trug einen weiten Rollkragenpulli und eine Hose, die ihm tief auf den Hüften saß. Beides war schwarz.

Instinktiv näherte sie sich dem Bett, um Rhage zu beschützen, obwohl es dumm von ihr war, zu glauben, sie könnte einen solchen Riesen wie den Vampir abwehren, der bedrohlich im Türrahmen stand.

Die Stille breitete sich aus. Mary sagte sich, dass er vermutlich nur nach Rhage sehen wollte wie all die anderen, und dass er seinem Bruder bestimmt keinen weiteren Schmerz zufügen wollte.

Es war nur … er wirkte so angespannt, seine breitbeinige Haltung ließ vermuten, dass er jeden Moment einen Satz nach vorn machen konnte. Und was ihr wirklich den Rest gab, war, dass er weder sie noch Rhage anzusehen schien. Der kalte, schwarze Blick dieses Kerls war abgrundtief.

»Möchtest du reinkommen und ihn sehen?«, fragte sie ihn schließlich.

Seine Augen wandten sich ihr zu.

Obsidian, dachte sie. Sie waren wie Obsidian. Schimmernd. Bodenlos. Seelenlos.

Sie wich weiter zurück und tastete nach Rhages Hand. Der Vampir im Türrahmen zog eine Grimasse.

»Du wirkst ein bisschen angriffslustig, Frau. Glaubst du, ich bin hier, um ihm noch ein Stückchen Fleisch herauszureißen?« Die Stimme war tief und weich. Eigentlich klangvoll. Und so unnahbar und undurchdringlich wie seine Augen.

»Wirst du ihn verletzen?«

»Dumme Frage.«

»Und warum?«

»Du würdest mir die Antwort nicht glauben, also solltest du nicht fragen.«

Sie schwiegen wieder, und Mary musterte ihn. Ihr dämmerte, dass er möglicherweise nicht einfach nur aggressiv war. Er war auch schüchtern.

Möglicherweise.

Sie küsste Rhages Hand und zwang sich, beiseite zu treten. »Ich wollte gerade duschen. Setzt du dich so lange zu ihm?«

Der Vampir blinzelte, als habe sie ihn überrascht. »Macht es dir nichts aus, dich nackt auszuziehen, wenn ich nebenan sitze?

Doch, und wie.

Sie zuckte die Achseln. »Es ist deine Entscheidung. Aber wenn er aufwacht, ist er sicher froh, dich zu sehen, statt allein zu sein.«

»Machst du dann das Licht aus?«

»Kommst du oder gehst du?« Als er nicht antwortete, fuhr sie fort: »Heute Nacht muss für dich die Hölle gewesen sein.«

Sein Gesicht verzog sich zu einer Fratze. »Du bist die Erste, die nicht glaubt, dass mir einer abgeht, wenn ich Leuten wehtue. Bist du so was wie 'ne Heilige? Willst immer nur das Gute in großen, verletzten Wesen sehen oder so was?«

»Die Narbe hast du dir sicher nicht freiwillig zugelegt. Und ich möchte wetten, dass du davon noch mehr hast. Ich weiß, was das bei Leuten anrichten kann. Also wie gesagt, heute Nacht muss für dich die Hölle gewesen sein.«

Seine Augen verengten sich zu Schlitzen, und ein kalter Hauch wehte durch den Raum, als hätte er die Luft um sich herum abkühlen lassen. »Vorsicht, Frau. Mut kann auch gefährlich sein.«

Jetzt baute sie sich direkt vor ihm auf. »Weißt du was? Die Sache mit der Dusche war gelogen. Ich wollte dir nur ein bisschen Zeit allein mit ihm geben, weil nicht zu übersehen ist, dass du dich furchtbar fühlst. Sonst würdest du nicht da im Türrahmen herumstehen und so verdammt zerrissen aussehen. Nimm das Angebot an, oder lass es bleiben, aber in jedem Fall wäre ich dir dankbar, wenn du nicht versuchen würdest, mir Angst zu machen.«

Ihr war inzwischen völlig egal, ob er auf sie losgehen würde. Andererseits stand sie derart unter Strom und war vor Erschöpfung so überdreht, dass sie vermutlich nicht besonders klar denken konnte.

»Also, was darf's sein?«, herrschte sie ihn an.

Der Vampir trat ein und schloss die Tür hinter sich. Der Raum wurde spürbar kälter, als er ihn betrat. Er strahlte eine greifbare Bedrohung aus, die ihr wie eine Hand über den Körper strich. Als sie das Schloss einschnappen hörte, sank ihr Mut.

»Das versuche ich nicht«, sagte er mit samtiger Stimme.

»Was?«, krächzte sie.

»Dir Angst zu machen. Du *hast* ohnehin Angst.« Er lächelte. Seine Fänge waren sehr lang, länger als Rhages. »Ich kann deine Furcht riechen, Frau. Wie nasse Farbe, sie kitzelt mich in der Nase.«

Als Mary vor ihm zurückwich, ging er auf sie zu, trieb sie vor sich her.

»Hm … und ich mag deinen Duft. Mochte ihn vom ersten Augenblick an.«

Sie ging schneller, hielt eine Hand vor sich, hoffte, endlich das Bett hinter sich zu spüren. Stattdessen verwickelte sie sich in den schweren Vorhängen am Fenster.

Der Vampir mit der Narbe drängte sie in die Ecke. Er war zwar nicht so muskulös wie Rhage, aber zweifellos ein tödlicher Gegner. Seine kalten Augen sprachen Bände über seine Fähigkeit zu töten.

Mit einem Fluch ließ Mary den Kopf sinken und ergab sich. Wenn er ihr wehtun wollte, konnte sie nichts dagegen machen, und Rhage war in seinem Zustand ebenso hilflos. Sie hasste es, so wehrlos zu sein, doch manchmal brachte das Leben einen in eine solche Lage.

Der Vampir beugte sich zu ihr herunter, und sie zog den Kopf ein.

Er atmete tief ein und stieß die Luft mit einem langen Seufzen wieder aus.

»Geh duschen, Frau. Ich hatte vorhin nicht den Wunsch, ihm wehzutun, und daran hat sich nichts geändert. Und ich habe auch kein Interesse daran, dir zu nahe zu treten. Wenn dir etwas zustieße, würde das für ihn noch mehr Qualen bedeuten.«

Sie sackte in sich zusammen, als er sich abwandte. Doch sie sah ihn zusammenzucken, als er Rhage ansah.

»Wie heißt du?«, murmelte sie.

Er zog eine Augenbraue hoch und betrachtete dann wieder seinen Bruder. »Ich bin der Schurke, falls dir das noch nicht aufgefallen ist.«

»Ich wollte deinen Namen wissen, nicht deine Bestimmung.«

»Ein Scheißkerl zu sein, ist eigentlich eher ein Zwang als eine Bestimmung. Und mein Name lautet Zsadist.«

»Also dann … freut mich, Zsadist.«

»Wie höflich«, spottete er.

»Okay, wie wäre es damit: Danke, dass du weder ihn noch mich gerade getötet hast. Ist dir das ehrlich genug?«

Zsadist blickte über die Schulter. Seine Augenlider waren wie geschlossene Vorhänge, sie ließen die kalte Nacht nur durch einen schmalen Schlitz herein. Und mit dem kahl geschorenen Schädel und der Narbe sah er aus wie die personifizierte Gewalt: Aggression und Schmerz in Menschengestalt. Wenn auch ein Anflug von Wärme über sein Gesicht huschte, als er sie im Kerzenschein musterte. Es geschah so unmerklich, dass sie nicht genau erklären konnte, woher sie wusste, dass diese Regung da war.

»Du«, sagte er leise, »bist außergewöhnlich.« Bevor sie noch etwas sagen konnte, hielt er eine Hand hoch. »Geh jetzt. Lass mich mit meinem Bruder allein.«

Ohne ein weiteres Wort ging Mary ins Badezimmer. Sie blieb so lange in der Dusche, bis ihre Finger ganz aufgeweicht waren, und der Wasserdampf so dick wie Watte war.

Als sie herauskam, zog sie dieselben Kleider an wie vorher, weil sie keine neuen mitgebracht hatte. Leise öffnete sie die Tür.

Zsadist saß heruntergebeugt am Bett, mit hängenden Schultern, die Arme um die Taille geschlungen. Näher hätte er nicht bei Rhage sein können, ohne ihn zu berühren. Während er vor und zurück schaukelte, lag eine kaum hörbare, zarte Melodie in der Luft.

Der Vampir sang, seine Stimme hob und senkte sich, umfasste ganze Oktaven, stieg hoch hinauf, sank tief hinunter. Wunderschön. Einfach wunderschön. Und Rhage war ganz ruhig, schlief friedlicher als je zuvor.

Rasch durchquerte sie den Raum und ging hinaus, um die Männer allein zu lassen.

8

Irgendwann im Laufe des folgenden Nachmittags wurde Rhage wach. Sofort tastete er nach Mary, doch dann hielt er inne. Er fürchtete, das innere Brennen könnte wieder einsetzen, und er fühlte sich noch nicht stark genug, dagegen anzukämpfen.

Er schlug die Augen auf und drehte den Kopf. Da schlief sie neben ihm im Bett, auf dem Bauch liegend.

Wieder einmal hatte sie ihn gepflegt, als er sie brauchte. Unbeirrbar war sie gewesen. Stark. Bereit, seinen Brüdern entgegenzutreten.

Liebe erfüllte sein Herz, mehr und mehr, bis ihm der Atem stockte.

Er befühlte die Verbände auf seiner Brust und nahm einen nach dem anderen vorsichtig herunter. Die Wunden sahen gut aus. Sie hatten sich geschlossen und schmerzten nicht mehr. Morgen würde nichts weiter zu sehen sein als helle Streifen auf seiner Haut, und am Tag darauf würden sie komplett verschwunden sein.

Er dachte an all die Belastungen, die sein Körper in letzter Zeit hatte aushalten müssen. Die Verwandlung. Das Brennen, wenn er in Marys Nähe war. Die Sonnenstrahlen, denen er ausgesetzt gewesen war. Das Auspeitschen. Er würde bald trinken müssen, und zwar am besten, bevor der Hunger wirklich groß wurde.

Was das Trinken betraf, war er sehr gewissenhaft. Die meisten der Brüder zögerten es so lange es irgend ging hinaus, weil sie mit der Intimität des Vorgangs nicht gut umgehen konnten. Das kam für ihn nicht in Frage. Das Letzte, was er brauchen konnte, war eine Bestie im Blutrausch –

Moment mal.

Rhage holte tief Luft. In ihm war eine höchst verwunderliche … Leere. Kein Summen im Hintergrund. Keine drängenden Triebe. Kein Brennen. Und das, obwohl er direkt neben Mary lag.

Es gab nur … ihn in seinem Körper. Nur ihn selbst. Der Fluch der Jungfrau der Schrift war verschwunden.

Aber natürlich, dachte er. Sie hatte ihn vorübergehend davon befreit, damit er den *Rythos* durchstand, ohne sich zu verwandeln. Und ganz offensichtlich gönnte sie ihm eine Ruhepause während der Heilung. Er fragte sich, wie lange die Gnadenfrist wohl noch andauern würde.

Langsam stieß er die Luft durch die Nase aus und versenkte sich in seinen eigenen Körper. Er genoss den vollkommenen Frieden. Die himmlische Stille. Die brüllende Leere.

Es war nun schon ein Jahrhundert her.

Lieber Gott, er hätte am liebsten geweint.

Nur für den Fall, dass ihm wirklich die Tränen kämen, und Mary aufwachte, legte er sich die Hand über die Augen.

Wussten andere Leute, wie viel Glück sie hatten, Momente wie diesen erleben zu dürfen? Augenblicke überwältigender Stille? Vor dem Fluch hatte er so etwas nicht zu schätzen gewusst, hatte es nicht einmal bemerkt. Wahrscheinlich hätte er sich einfach auf die Seite gedreht und weitergeschlafen.

»Wie fühlst du dich? Brauchst du etwas?«

Beim Klang von Marys Stimme wappnete er sich innerlich gegen einen Energieschub. Nichts geschah. Er fühlte nichts als ein warmes Leuchten in der Brust. Liebe, die befreit war vom Chaos seines Fluchs.

Er rieb sich das Gesicht und sah sie an. Empfand so viel für sie, dass es ihm Angst machte.

»Ich muss bei dir sein, Mary. Jetzt sofort. Ich muss in dir sein.«

»Dann küss mich.«

Er zog ihren Körper an seinen. Sie trug nur ein T-Shirt, und er ließ seine Hand darunter gleiten und spannte sie um ihren Rücken. Er war bereits hart für sie, mehr als bereit, sie zu nehmen. Doch ohne gegen die eigene innere Anspannung kämpfen zu müssen, war es ein köstlicher Genuss, sie zu streicheln.

»Ich muss dich lieben.«

Er warf die Laken und Decken vom Bett. Er wollte alles von ihr sehen, jeden Zentimeter berühren, und nichts durfte ihm im Weg sein.

Langsam zog er ihr das T-Shirt über den Kopf, dann ließ er die Kerzen im Raum aufflackern. Strahlend lag sie da im goldenen Glanz, den Kopf zur Seite gedreht, den Blick ihrer grauen Augen auf ihn gerichtet. Die Spitzen ihrer Brüste waren bereits hart, die Haut unter den rosafarbenen Nippeln war cremeweiß. Der Bauch war flach, ein bisschen zu flach, sorgte er sich. Doch ihre Hüften waren perfekt, wie auch ihre schlanken Beine.

Und die Stelle unterhalb ihres Nabels, so lustvoll …

»Meine Mary«, wisperte er und dachte an all die Stellen, die er berühren wollte.

Als er sich rittlings auf ihre Beine setzte, stach sein Geschlecht aufrecht hervor, schwer, stolz, fordernd. Doch bevor er sich noch zu ihrer Haut hinunterbeugen konnte, fanden ihre Hände seine Erektion, und er erschauerte, als sie ihn zu kneten begann. Schweiß brach ihm am ganzen Körper aus. Er sah ihr zu, wie sie ihn berührte, und ließ sich einen kurzen Moment lang gehen, ließ der Reinheit seines Begehrens, der unverdorbenen Lust freien Lauf.

Als sie sich unter ihm aufsetzte, war ihm nicht gleich klar, was sie vorhatte. »Mary?«

Ihre Lippen teilten sich, und sie nahm ihn in den Mund.

Rhage keuchte und fiel zurück auf seine Arme. »O mein … Gott.«

Seit dem Fluch hatte er keiner Frau gestattet, ihn dort unten mit den Lippen zu berühren. Er hatte es einfach nicht gewollt.

Doch das hier war Mary.

Der Sog und die Wärme ihres Mundes, aber vor allem das Wissen, dass sie es war, raubten ihm die Kraft und lieferten ihn ihr hilflos aus. Ihre Augen blickten zu ihm empor, beobachteten ihn, wie er in der Lust badete, die sie ihm bereitete. Als er sich kraftlos rücklings auf die Matratze fallen ließ, kroch sie auf seinen Schenkeln höher. Er nahm ihren Kopf zwischen seine Hände und bog sich ihrem Mund entgegen, während sie einen Rhythmus fand.

Kurz bevor er kam, zog er seine Hüften weg. Er wollte noch nicht loslassen.

»Komm her«, sagte er und zog sie auf seinen Bauch hoch. Dann rollte er sie auf den Rücken. »Ich will in dir sein, wenn ich komme.«

Er küsste sie und legte seine Hand auf ihren Hals, dann

glitt er weiter hinunter und ließ sie auf ihrem Herzen ruhen. Es schlug schnell, und er ließ den Kopf sinken und drückte seine Lippen auf ihr Brustbein. Dann fand er ihre Brust. Während er an einem harten Nippel saugte, legte er den Arm um ihr Schulterblatt und hob sie dichter an seinen Mund.

Sie machte ein ganz unfassbares Geräusch tief in der Kehle, ein atemloses Keuchen, das ihn den Kopf heben ließ, um sie anzusehen. Ihre Augen waren geschlossen, die Zähne zusammengebissen. Er zog eine Spur von Küssen bis hinunter zu ihrem Nabel, wo er verweilte und sie leckte. Dann wanderte er weiter zu ihrer Hüfte. Mit einer raschen Bewegung drehte er sie auf den Bauch, spreizte ihre Beine und legte seine Handfläche von unten um den Mittelpunkt zwischen ihren Beinen. Die seidige Feuchtigkeit, die seine Hand bedeckte, ließ ihn erbeben. Er küsste ihre Hüfte, ihren Rücken.

Er ließ einen Finger in sie hineingleiten, gleichzeitig fletschte er seine Fänge und strich ihr damit über die Wirbelsäule.

Mary stöhnte, ihr Körper bäumte sich seinen Zähnen entgegen.

An ihrer Schulter hielt er inne. Streichelte ihr Haar aus dem Weg. Und knurrte leise beim Anblick ihres Halses.

Als er spürte, wie sie sich anspannte, flüsterte er: »Hab keine Angst, Mary. Ich werde dir nicht wehtun.«

»Ich habe keine Angst.« Sie rutschte mit der Hüfte etwas herum und zog ihre feuchte Hitze um seine Hand zusammen.

Rhage zischte, die Begierde pulsierte in seinem Körper. Er fing an zu keuchen, fing sich aber gleich wieder. Er spürte kein Vibrieren, kein verfluchtes Summen. Nur sie und er. Zwei Liebende. Wenngleich er auch noch nach etwas anderem hungerte.

»Mary, verzeih mir.«

»Was?«

»Ich will … von dir trinken«, raunte er ihr ins Ohr.

Sie zitterte, doch er fühlte die Schauer der Wollust dort, wo sein Finger war.

»Willst du das … wirklich?«, fragte sie.

»O Gott, ja.« Sein Mund schloss sich seitlich um ihren Hals, er saugte an ihrer Haut, wollte noch so vieles mehr. »Ich will an deine Vene.«

»Ich hab mich schon gefragt, wie sich das anfühlen würde.« Ihre Stimme war rauchig, erregend. Du lieber Himmel, würde sie ihn etwa lassen? »Tut es weh?«

»Nur am Anfang ein bisschen, aber dann ist es wie … Sex. Du würdest meine Lust spüren, wenn ich dich in mir aufnehme. Und ich wäre sehr vorsichtig. Ich würde es ganz sanft machen.«

»Das weiß ich.«

Begehren pulsierte in ihm, und seine Fänge blitzten auf. Er stellte sich vor, wie er sie in ihren Hals versenken würde. Das Saugen. Das Schlucken. Der Geschmack. Und dann das Gefühl der Verbundenheit, wenn sie das Gleiche bei ihm tat. Er würde sie gut nähren, sie so viel nehmen lassen, wie sie nur wollte –

Wenn sie das Gleiche tat?

Rhages Kopf schnellte zurück. Was zum Henker dachte er sich dabei? Sie war ein Mensch, verdammt noch mal. Sie würde nicht von ihm trinken.

Er legte seine Stirn auf ihre Schulter. Nicht nur war sie ein Mensch; sie war auch krank. Er leckte sich die Lippen, um seine Fänge dazu zu überreden, sich wieder zurückzuziehen.

»Rhage? Wirst du … du weißt schon.«

»Ich glaube, ich sollte es lieber nicht.«

»Ehrlich, ich habe keine Angst davor.«

»Das weiß ich, Mary. Du hast vor überhaupt nichts Angst.« Und ihr Mut war ein Grund, warum er sich an sie gebunden hatte.

»Aber lieber möchte ich deinen Körper lieben, als etwas von ihm zu nehmen, was er nicht entbehren kann.«

In einer fließenden Bewegung richtete er sich halb auf, zog ihre Hüften von der Matratze hoch und drang von hinten in sie ein, stieß tief hinein. Sengende Hitze brannte in ihm, als sie sich aufbäumte, er legte einen Arm zwischen ihre Brüste und hielt sie dicht an seinen Oberkörper gepresst. Mit der anderen Hand drehte er ihr Kinn zur Seite, um sie küssen zu können.

Ihr Atem war heiß und gierig in seinem Mund, als er sich langsam aus ihrer Mitte zurückzog. Der Stoß zurück ließ sie beide aufstöhnen. Sie war so unglaublich eng, umklammerte ihn wie ein Schraubstock. Ein paarmal gelang es ihm noch, bedächtig zuzustoßen, dann übernahm sein Schwanz die Kontrolle über seinen Verstand; seine Hüften bewegten sich losgelöst von seinem Willen, bis er den Kontakt zu ihren Lippen verlor und den Kopf zurückwarf. Sein Körper hämmerte in ihren hinein, er legte seine Hände auf beiden Seiten um ihre Taille und hielt sie fest.

Sie sank aufs Bett, das Gesicht zur Seite gedreht. Die Lippen waren leicht geöffnet, die Augen geschlossen. Dann ließ er ihre Taille los und stützte die Fäuste neben ihren Schultern auf die Matratze. Sie war so winzig unter ihm, der Umfang seiner Oberarme ließ sie noch zarter wirken. Und doch nahm sie ihn vollkommen in sich auf, von der Spitze bis zur Wurzel, wieder und wieder, bis er sich vollkommen verlor.

Aus dem Nichts spürte er ein lustvolles Stechen in der Hand. Er sah hinunter und entdeckte, dass sie sich um einen seiner Arme herumgerollt und ihre Lippen um seinen Daumen gelegt hatte. Sie biss zu.

»Fester, Mary«, sagte er heiser. »O *ja*. Beiß zu … fester.«

Bei dem kurzen Schmerz, als ihre Zähne in seinen Finger sanken, ging er vor Verzückung beinahe durch die Decke, er konnte kaum noch an sich halten.

Doch er wollte nicht, dass es vorbei war.

Er zog sich heraus und drehte sie blitzschnell um. Als sie auf dem Rücken landete, fielen ihre Beine schlaff zur Seite, als hätte sie keine Kraft mehr darin. Bei ihrem Anblick, wie sie offen vor ihm lag, glitzernd, angeschwollen, bereit für ihn, ergoss er sich beinahe über ihre Oberschenkel. Er senkte den Kopf und küsste sie genau da, wo er gerade gewesen war, schmeckte einen Hauch von sich selbst, ein bisschen von dem Duft, mit dem er ihren Körper als sein Eigen bezeichnet hatte.

Sie schrie wild auf, als sie zum Höhepunkt kam. Und noch bevor das heftige Pochen nachgelassen hatte, versenkte er sich wieder in ihr.

Sie rief laut seinen Namen, ihre Nägel ritzten seine Haut.

Endlich ließ er los und sah ihr dabei in die großen, glasigen Augen. Diesmal hielt nichts ihn zurück, und er kam immer und immer wieder, pumpte seinen Orgasmus in sie hinein. Der Höhepunkt dauerte an und an, er ritt die Wellen, die über ihn hinwegschwappten. Schier endlos schien die Ekstase, und er konnte nicht aufhören.

Nicht, dass er das gewollt hätte.

Mary hielt Rhage fest umschlungen, während er erneut erschauerte, sein Körper sich aufbäumte, sein Atem stoßweise ging. Er stöhnte tief, und sie spürte, wie er zuckte und sich erneut in sie ergoss.

Es war eine so intensive Vertrautheit, sie so ruhig, er in den Fängen eines multiplen Orgasmus. Da sie nicht von ihrer eigenen Leidenschaft abgelenkt war, spürte sie jede winzige Kleinigkeit in seinem Körper wie auch jeden seiner schweren Stöße. Sie wusste genau, wann ein neuerlicher Höhepunkt für ihn kam, konnte das Beben in seinem Bauch und seinen Oberschenkeln fühlen. Jetzt gerade passierte es wieder, sein Atem stockte, seine Brust und die Schultern verspannten sich gleichzeitig mit seinen Hüften, als er wieder kam.

Dieses Mal hob er den Kopf, zog die Lippen von den Fängen zurück, die Augen geschlossen. Sein Körper verkrampfte sich, alle Muskeln spannten sich an, und dann spürte sie den heißen Erguss tief in sich.

Seine Augen öffneten sich. Waren glasig.

»Es tut mir leid, Mary.« Wieder übermannte ihn ein Zucken, mühsam sprach er weiter. »Ist ... mir noch nie ... passiert. Gott *verdammt!«*

Er stieß ein kehliges Geräusch aus, eine Mischung aus Entschuldigung und Ekstase.

Sie lächelte ihn an und strich ihm mit den Händen über den glatten Rücken, spürte das Muskelspiel, als sein Unterkörper wieder in sie hineinstieß. Sie war völlig durchnässt zwischen den Beinen und genoss die köstliche Hitze, die sein Körper abstrahlte.

Der wundervolle Geruch ihrer Verbindung lag schwer in der Luft, sie fühlte sich vollkommen eingehüllt von dem dunklen Duft.

Er hievte sich hoch auf die Arme, als wollte er sich aus ihr zurückziehen.

»Wo willst du denn hin?« Sie schlang die Beine erneut um seine Hüften.

»Ich ... zerquetsche dich noch.« Mit einem Zischen sog er die Luft ein.

»Mir geht es wunderbar.«

»O, Mary ... ich ...« Wieder bäumte er sich auf, keuchte, der Kopf fiel in den Nacken, die Sehnen im Hals spannten sich an, die Schultern wölbten sich. Er war einfach wunderschön.

Völlig unvermittelt sackte er zusammen, sein Körper lag nun schlaff auf ihrem. Sein Gewicht war immens, sie konnte kaum noch atmen. Aber da rollte er sich auch schon zur Seite und zog sie in seine Armbeuge. Sein Herz schlug dröhnend, und sie lauschte darauf, wie er sich allmählich beruhigte.

»Hab ich dir wehgetan?«, fragte er mit rauer Stimme.

»Überhaupt nicht.«

Er küsste sie und zog sich vorsichtig aus ihr zurück, dann sprang er schnell ins Badezimmer und kam mit einem Handtuch zurück, das er sanft zwischen ihren Beinen ausbreitete.

»Soll ich die Dusche anmachen?«, sagte er. »Ich ... äh, hab wohl ganz schön was angerichtet.«

»Wohl kaum. Und nein, ich möchte einfach nur hier liegen.«

»Ich kann mir das auch nicht erklären.« Er runzelte die Stirn, während er Kissen und Decken zurück aufs Bett warf und sie beide zudeckte. »Obwohl ... vielleicht weiß ich es doch.«

»Was auch immer der Grund dafür ist, du bist unglaublich.« Sie presste ihre Lippen auf sein Kinn. »Absolut unglaublich.«

Eine Weile lang lagen sie still nebeneinander.

»Hör mal, Mary, mein Körper hat in letzter Zeit einiges durchgemacht.«

»Das kann man wohl sagen.«

»Ich werde ... mich ein bisschen darum kümmern müssen.«

In seiner Stimme lag ein Misston, der ihr unerklärlich war, und sie blickte zu ihm auf. Er starrte an die Decke.

Ein kalter Schauer lief ihr über den Rücken.

»Und wie das?«

»Ich werde mich ernähren müssen. Von einer Frau. Meiner Spezies.«

»Ach so.« Sie dachte daran, wie seine Fänge über ihre Wirbelsäule gestrichen hatten. Und an das erwartungsvolle Beben, als er an ihrem Hals geknabbert hatte. Doch die Schatten einer anderen Erinnerung brachten sie zurück in die Realität. Sie konnte nicht noch einmal in seinem Bett auf ihn warten, wissend, dass er bei einer anderen Frau war. Das würde sie kein zweites Mal ertragen.

Er nahm ihre Hände in seine. »Mary, ich muss mich nähren, damit ich die Beherrschung über meinen Körper behalte. Und ich möchte, dass du dabei bist, wenn ich es tue. Wenn es zu schwer für dich ist, dabei zuzusehen, könntest du zumindest im selben Raum sein. Du sollst dir keine falschen Vorstellungen darüber machen, was zwischen mir und der Vampirin passiert.«

»Von wem wirst du« – sie räusperte sich, um das Wort auszusprechen – »trinken?«

»Ich habe schon darüber nachgedacht. Es soll niemand sein, mit dem ich geschlafen habe.«

Das würde dann wohl die Auswahl stark einschränken, wie viele blieben da noch übrig. Fünf? Sechs?

Sie schüttelte den Kopf. Sie wollte nicht so denken.

»Ich werde eine der Auserwählten bitten.«

Bitte sag mir, dass das alles zahnlose alte Hexen sind, dachte sie. »Wer ist das?«

»In erster Linie dienen sie der Jungfrau der Schrift, unserer Gottheit. Doch eine Zeitlang leisteten sie allein stehenden Mitgliedern der Bruderschaft ihre Dienste. In jüngerer Zeit haben wir sie dafür nicht mehr benutzt, aber ich werde sie ansprechen und versuchen, etwas zu arrangieren.«

»Wann?«

»So bald wie möglich. Vielleicht morgen Nacht.«

»Dann bin ich nicht mehr da.« Seine Miene verfinsterte sich, doch sie ließ ihn nicht zu Wort kommen. »Es wird Zeit für mich, zu gehen.«

»Das kommt nicht in Frage.«

»Rhage, sei doch realistisch. Glaubst du ernsthaft, dass ich einfach für immer hier bei dir bleibe?«

»Das wünsche ich mir. Also: ja.«

»Ist dir schon mal der Gedanke gekommen, dass ich mein Haus vermissen könnte, meine Sachen, meine –«

»Ich lasse alles hierher bringen. Alles.«

Sie schüttelte den Kopf. »Ich muss nach Hause.«

»Dort ist es nicht sicher.«

»Dann müssen wir es eben sicher machen. Ich lasse eine Alarmanlage installieren, lerne schießen, was weiß ich. Aber ich muss zurück zu meinem Leben.«

Er schloss die Augen.

»Rhage, sieh mich an. Sieh mich *an.*« Sie drückte seine Hand. »Ich habe Dinge zu erledigen. In meiner Welt.«

Seine Lippen verzogen sich zu einem dünnen Strich. »Darf Vishous dir ein Sicherheitssystem einbauen?«

»Ja.«

»Und an manchen Tagen kommst du hierher zu mir.«

Sie holte tief Luft. »Was, wenn ich nein sage?«

»Dann komme ich zu dir.«

»Ich denke nicht –«

»Ich hab es dir schon mal gesagt: Nicht denken.«

Seine Lippen fanden ihre, doch bevor seine Zunge hindurchschlüpfen und ihr die Fähigkeit zum logischen Denken rauben konnte, schob sie ihn von sich weg.

»Rhage, du weißt doch, dass das nirgendwohin führt. Dieses … was auch immer es ist, was zwischen uns besteht. Es geht nicht. Es kann nicht gehen.«

Er drehte sich auf den Rücken und legte den Arm hinter den Kopf. Als er die Kiefer zusammenbiss, traten die Sehnen am Hals hervor.

Sie hasste das; hasste es wirklich. Aber es war besser, es offen auszusprechen. »Ich bin dir dankbar für alles, was du für mich getan hast. Das Opfer, das du gebracht hast, um mich in Sicherheit zu bringen –«

»Warum warst du in jener Nacht so aufgebracht, als ich ausgegangen bin?«

»Wie bitte?«

»Warum hat es dir etwas ausgemacht, dass ich bei einer anderen war? Oder war dir einfach nur nach ein bisschen derbem Sex, und du brauchtest eine Entschuldigung dafür?« Sein Blick begegnete ihrem. Das Blau seiner Augen leuchtete jetzt wie Neon, es blendete sie fast. »Weißt du was, wenn du es das nächste Mal ein bisschen härter willst, sag einfach nur Bescheid. Ich spiele gerne mit.«

O Gott. Sie hatte ihn nicht so wütend machen wollen. »Rhage –«

»Weißt du, ich hab richtig Gefallen daran gefunden. An dieser Domina-Nummer, die du da abgezogen hast. Mein Blut auf deinen Lippen zu schmecken, nachdem du mir in den Mund gebissen hattest, das hat mich total angeturnt.«

Der kalte Ton in seiner Stimme war furchtbar. Und seine ausdruckslosen, leuchtenden Augen nicht minder.

»Es tut mir leid«, sagte sie. »Aber –«

»Um ehrlich zu sein, kriege ich gerade schon wieder einen Ständer. Was erstaunlich ist, wenn man bedenkt, womit ich die letzten zwanzig Minuten verbracht habe.«

»Was genau soll denn deiner Meinung nach die Zukunft für uns bereithalten?«

»Das werden wir nie erfahren, oder? Aber bis zum Abend bleibst du doch noch? Und wenn nur, weil du mich brauchst, um dich nach Hause zu fahren. Dann wollen wir doch mal sehen, ob ich mich noch mal in Schwung bringen kann. Ich möchte ja nicht deine Zeit verschwenden.« Er griff unter die Bettdecke. »Mann, du bist echt gut. Ich bin schon wieder so hart wie ein Baseballschläger.«

»Hast du eine Ahnung, wie die nächsten sechs Monate für mich sein werden?«

»Nein, und ich werde es auch nie erfahren, oder? Wie wär's also mit ein bisschen Sex. Denn mehr willst du ja nicht von mir. Und da ich so ein erbärmlicher Penner bin, dass ich alles von dir nehme, was ich kriegen kann, sollte ich besser zugreifen.«

»Rhage!«, schrie sie, um zu ihm durchzudringen.

»Mary!«, äffte er sie nach. »Tut mir leid, rede ich zu viel? Dir wäre es lieber, wenn mein Mund etwas anderes täte, stimmt doch? Soll er auf deinen Mund? Nein, auf deine Brüste. Warte mal, noch tiefer. Genau, am liebsten hast du meine Zunge noch tiefer. Und ich weiß genau, wie man es dir richtig besorgt.«

Sie stützte den Kopf in die Hände. »So will ich nicht gehen. Nicht im Streit.«

»Aber davon lässt du dich nicht aufhalten, richtig? Nicht du, nicht die starke Mary. Nein, du gehst einfach in die Welt hinaus –«

»Um *krank* zu sein, Rhage! Ich verlasse dich, um krank zu sein, kapiert? Morgen gehe ich zum Arzt. Auf mich wartet nicht gerade eine Riesenparty, wenn ich nach Hause komme.«

Er starrte sie durchdringend an. »Hältst du mich für so unwürdig, dass ich nicht für dich sorgen kann?«

»Was?«

»Du hältst mich für so einen armseligen Typen, dass du mich während deiner Krankheit nicht für dich sorgen lässt.«

Sie dachte daran, wie schwer der Anblick seiner Schmerzen für sie gewesen war und das Gefühl, ihm nicht helfen zu können.

»Warum solltest du das wollen?«, flüsterte sie.

Rhages Mundwinkel sanken herab, als hätte sie ihm eine Ohrfeige gegeben.

Wütend schoss er aus dem Bett. »Leck mich doch einfach, Mary.«

Er zwängte seine Beine in eine Lederhose und schnappte sich ein T-Shirt aus der Kommode.

»Pack deine Sachen zusammen, Süße. Du musst dich nicht länger mit einem streunenden Hund rumärgern.« Er zog sich das T-Shirt über den Kopf. »Ich lasse V so schnell wie möglich dein Haus verkabeln. Das sollte nicht lange dauern, und bis er fertig ist, kannst du woanders schlafen. Einer der *Doggen* wird dir dein neues Zimmer zeigen.«

Sie sprang von der Matratze und auf ihn zu, doch er durchbohrte sie mit einem eiskalten Blick, der sie abrupt stehen bleiben ließ.

»Weißt du, Mary, ich habe das verdient. Wirklich. So oft habe ich mit anderen dasselbe getan, bin einfach gegangen, ohne einen Scheiß auf ihre Gefühle zu geben.« Er öffnete die Tür. »Wobei die Frauen, die ich gevögelt habe, noch Glück hatten. Wenigstens erinnern sie sich nicht an mich. Und im Moment würde ich wirklich dafür töten, um dich zu vergessen, das kannst du mir glauben.«

Er knallte die Tür nicht zu. Er schloss sie leise und sanft.

9

O beugte sich über den Vampir und zog den Schraubstock fester. Er hatte den jungen Mann in einer Seitenstraße hinter dem *Screamer's* entführt, und bis jetzt funktionierte das neu gebaute Überzeugungszentrum ausgezeichnet. Auch mit seinem Gefangenen kam er gut voran. Es hatte sich herausgestellt, dass der Kerl eine lose Verbindung zur Bruderschaft unterhielt.

Unter normalen Umständen hätte O in Ekstase geraten müssen, soweit ihm das noch möglich war. Stattdessen sah er immer sich selbst und Omega vor sich, wenn er den Schüttelfrost und die glasigen, rollenden Augen des Vampirs betrachtete. Er sah sich selbst. Machtlos. Chancenlos. Gequält.

Die Erinnerung verklebte seine Lungen mit einem Schlick aus Furcht und Grauen, bis er wegsehen musste. Als der Vampir aufstöhnte, kam O sich vor wie ein Weichei.

Himmelherrgott, er musste sich endlich zusammenreißen.

O räusperte sich. Atmete ein. »Und, äh ... wie gut kennt deine Schwester die Bruderschaft?«

»Sie ...hat Sex ... mit ihnen.«

»Wo?«

»Das weiß ich nicht.«

»Ein bisschen mehr Mühe musst du dir schon geben.« O erhöhte den Druck noch etwas.

Der Gefolterte schrie auf, und seine wilden Augen kreisten hilflos im Kopf herum. Er stand kurz davor, wieder ohnmächtig zu werden, deshalb lockerte O die Schraube wieder etwas.

»Wo trifft sie sich mit ihnen?«

»Caith geht in alle Bars.« Der Vampir hustete schwach. *»Zero Sum. Screamer's.* Neulich war sie im *One Eye.«*

»One Eye?« Merkwürdig. Das lag mitten in der Prärie.

»Kann ich jetzt bitte nach Hause gehen? Meine Eltern machen sich –«

»Sie machen sich sicherlich Sorgen. Und das sollten sie auch.« O schüttelte den Kopf. »Aber ich kann dich nicht freilassen. Noch nicht.«

Er konnte ihn überhaupt nicht freilassen, aber das brauchte der Junge nicht zu wissen.

O zog den Schraubstock wieder zu. »Sag mal, wie hieß deine Schwester noch mal?«

»Caith.«

»Und welchen der Brüder bumst sie?«

»Auf jeden Fall ... den mit dem Bärtchen. Vishous. Sie mag auch den blonden Krieger. Aber er steht nicht auf sie.«

Der blonde Bruder mit der Bestie? »Wann hat sie den Blonden zuletzt gesehen?«

Undeutliche Laute kamen aus dem Mund des Jungen.

»Wie war das? Ich kann dich nicht hören.«

Der Junge versuchte zu sprechen, doch plötzlich bäumte

er sich auf und riss den Mund auf, als bekäme er keine Luft.

»Ach, komm schon«, murmelte O. »So weh tut es nun auch wieder nicht.«

Scheiße, diese Schraubstocknummer war doch bloß Kinderkram; das war doch noch nicht annähernd tödlich. Dennoch war der Vampir zehn Minuten später tot, und O stand über die Leiche gebeugt da und fragte sich, was zur Hölle eigentlich passiert war.

Die Tür ging auf und U kam hereingeschlendert. »Wie läuft's heute Nacht?«

»Der Kerl hier hat ins Gras gebissen, aber ich habe keinen blassen Schimmer, warum. Ich hatte gerade erst angefangen.«

O befreite die Hand des Vampirs aus dem Schraubstock und schleuderte das Gerät in die Ecke zu dem übrigen Werkzeug. Als er die leblose Hülle auf dem Tisch betrachtete, wurde ihm unvermittelt und schockierend übel.

»Wenn Sie ihm einen Knochen gebrochen haben, könnte sich ein Gerinnsel gebildet haben.«

»Was ... wie? Ach so. Aber nur von einem Finger? Bei einem Oberschenkelknochen vielleicht, aber es war seine Hand.«

»Spielt keine Rolle. Das kann sich überall bilden. Und wenn es bis zu den Lungen wandert und dort steckenbleibt, ist Schicht im Schacht.«

»Er hat nach Luft geschnappt.«

»Dann war es das wahrscheinlich.«

»Echt schlechtes Timing. Seine Schwester vögelt die Brüder, aber viel hab ich nicht aus ihm herausbekommen.«

»Seine Adresse?«

»Leider nein. Der Idiot hat sich die Brieftasche klauen lassen, direkt bevor ich ihn gefunden habe. War betrunken und wurde auf offener Straße überfallen. Er hat aber ein paar Orte genannt. Die üblichen Klubs in der Innenstadt, aber auch diese Hinterwäldlerkneipe, das *One Eye.*«

U runzelte die Stirn, während er seine Pistole herauszog und die Kammern überprüfte. »Sind Sie sicher, dass er nicht einfach nur geredet hat, damit Sie aufhören? Das *One Eye* ist nicht weit von hier, und diese Bastarde von Brüdern sind eher Stadtmenschen, oder nicht? Ich meine, da finden wir sie doch normalerweise.«

»Dort *lassen* sie sich von uns finden. Weiß der Himmel, wo sie wohnen.« O schüttelte den Kopf. »Mist, bevor er starb, hat er noch was gesagt. Ich konnte es nicht verstehen.«

»Diese Sprache, die sie benutzen, ist wirklich ein Hammer. Ich wünschte, wir hätten einen Dolmetscher.«

»Das kann man wohl sagen.«

U sah sich um. »Und, wie gefällt Ihnen das Gebäude?«

Das Gebäude ist mir scheißegal, dachte O.

»Perfekt«, sagte er. »Ich habe den Kerl ein Weilchen in eines der Rohre gesteckt, um ihn mürbe zu machen. Das Gurt-Seil-System funktioniert einwandfrei.« O klappte einen Arm des Vampirs auf seine Brust und tippte auf den Edelstahltisch, auf dem er lag. »Und dieser Tisch ist ein Gottesgeschenk. Die Abflusslöcher, die Kopfstützen.«

»Dachte ich mir doch, dass Ihnen das gefällt. Habe ich aus einem Leichenschauhaus gestohlen.«

»Sehr schön.«

U trat zu dem feuerfesten Schrank, in dem sie ihre Munition aufbewahrten. »Was dagegen, wenn ich mir was nehme?«

»Dazu ist sie da.«

U nahm eine faustgroße Schachtel mit der Aufschrift REMINGTON heraus. Während er seine Waffe nachlud, sagte er: »Ich hörte, Mr X hat Ihnen das Kommando für diese Einrichtung übertragen.«

»Er hat mir den Schlüssel gegeben, stimmt.«

»Gut. Dann wird sie wenigstens vernünftig geführt.«

Natürlich war eine Bedingung an das Vorrecht geknüpft gewesen. Mr X hatte gefordert, dass O hier einzog. Was auch sinnvoll war. Wenn sie hier Vampire über mehrere Tage gefangen halten wollten, musste jemand die Gefangenen bewachen.

O lehnte seine Hüfte an den Tisch. »Mr X wird eine Neuorientierung der Eliteeinheiten verkünden. Innerhalb der Eskadrone wird in Paaren gearbeitet, und ich durfte mir als Erstes jemanden aussuchen. Ich möchte Sie.«

U schloss lächelnd die Munitionsschachtel. »Ich war ein Trapper oben in Kanada, wussten Sie das? Damals in den 1820ern. Ich bin gern draußen unterwegs und fange Dinge ein.«

O nickte. Bevor er seinen Elan verloren hatte, hätten er und U ein unschlagbares Team abgegeben.

»Stimmt das denn mit Ihnen und X?«, wollte U wissen.

»Stimmt was?«

»Dass Sie sich kürzlich mit Omega getroffen haben?« U bemerkte, dass Os Augen bei der Erwähnung des Namens kurz flackerten, missdeutete die Reaktion aber Gott sei Dank. »Verdammter Mist, Sie haben ihn wirklich getroffen. Werden Sie etwa Xs Stellvertreter? Läuft es darauf hinaus?«

O schluckte mühsam, sein Magen schlug Purzelbäume. »Da müssen Sie schon den Sensei fragen.«

»Ja, klar. Das mache ich *ganz* bestimmt. Mir ist allerdings nicht klar, warum Sie ein Geheimnis daraus machen müssen.«

Da O auch nicht mehr wusste als der andere *Lesser,* blieb ihm kaum eine andere Wahl, als zu schweigen.

Mann, noch vor kurzer Zeit hätte ihn die Vorstellung, zweiter Haupt-*Lesser* zu sein, in Hochstimmung versetzt.

U ging zur Tür. »Also, wo und wann brauchen Sie mich?«

»Hier. Jetzt.«

»Was haben Sie vor?«

»Wir fahren zurück in die Stadt. Ich wollte die anderen zusammenrufen, um ihnen heute Abend eine Unterrichtsstunde zu erteilen. Aber es sieht wohl so aus, als hätte ich mein Anschauungsmaterial verloren.«

U neigte den Kopf. »Dann nichts wie los. Holen wir uns neues.«

Rhage betete inständig um ein Ventil, während er die Kneipenmeile der Innenstadt ablief. Es war kalt und regnerisch, und er war mit den Nerven am Ende. Innerlich kochte er vor Wut und Schmerz. Vishous hatte bereits vor zwei Stunden den Versuch aufgegeben, mit ihm zu sprechen.

Als sie wieder auf die Trade Street stießen, blieben sie neben der Tür des *Screamer's* stehen. Eine ungeduldige, fröstelnde Menge stand Schlange vor dem Klub, und zwischen den Menschen standen vier Vampire.

»Das ist mein letzter Versuch, Hollywood.« V zündete sich eine Selbstgedrehte an und schob seine Baseballkappe in den Nacken. »Was soll das Schweigen? Hast du noch Schmerzen von gestern Nacht?«

»Mir geht's bestens.«

Rhage schielte in eine dunkle Ecke der Straße.

Schwachsinn. Es ging ihm überhaupt nicht bestens. Seine Sehschärfe war beim Teufel, egal wie häufig er blinzelte, er konnte im Dunklen kaum etwas erkennen. Normalerweise vernahm er Geräusche aus einer Entfernung von über einem Kilometer, aber heute musste er sich schon voll konzentrieren, um das Geplapper aus der Schlange vor dem *Screamer's* zu hören.

Sicher, er war aufgewühlt wegen der Sache mit Mary;

von der Frau, die man liebte, derart auf Abstand gehalten zu werden, konnte einen Mann wirklich fertigmachen. Aber diese Veränderungen waren physiologisch, keine Gefühlsduselei.

Und er wusste auch, woran es lag. Die Bestie war heute Nacht nicht bei ihm.

Es hätte eine Erleichterung sein sollen. Das verdammte Biest los zu sein – und wenn auch nur vorübergehend – war ein Segen. Nur, dass er sich offensichtlich schon viel zu sehr daran gewöhnt hatte, sich auf die hellwachen Instinkte des Untiers zu verlassen. O Mann, der Gedanke, dass er eine Art symbiotische Beziehung mit seinem Fluch hatte, war wirklich eine Überraschung. Wie auch die Verletzlichkeit, die momentan damit einherging. Nicht dass er an seiner Geschicklichkeit im Faustkampf oder seiner Schnelligkeit mit dem Dolch zweifelte. Es war mehr, als versorge ihn die Bestie normalerweise mit Informationen über seine Umgebung, auf die er sich gewohnheitsmäßig verließ. Außerdem war die hässliche Kreatur ein sagenhafter Trumpf im Ärmel. Wenn sonst alles schieflief, machte sie einfach kurzen Prozess mit ihren Feinden.

»Sieh mal einer an«, ließ sich V vernehmen und nickte nach rechts.

Zwei *Lesser* kamen die Trade Street entlang, das weiße Haar leuchtete im Scheinwerferlicht eines Autos auf. Wie Marionetten, die an denselben Schnüren hingen, drehten die Köpfe sich gleichzeitig zu ihm und Vishous um. Die beiden verlangsamten ihren Schritt. Blieben stehen.

V ließ die Zigarette fallen und trat sie mit dem Stiefelabsatz aus. »Ganz schön viele Zeugen für einen Kampf.«

Die Jäger schienen das Gleiche zu empfinden, sie machten keine Anstalten anzugreifen. In einer Pattsituation kam die bizarre Etikette im Krieg zwischen der Bruderschaft und den *Lesser* zum Tragen: Unauffälligkeit unter

Angehörigen von *Homo sapiens* war entscheidend, um die Tarnung beider Seiten aufrechtzuerhalten. Mitten in einer Menschenmenge aufeinander loszugehen, nützte keinem von ihnen.

Während die Brüder und die *Lesser* einander finster anstarrten, bekamen die Menschen um sie herum nichts von der Anspannung mit. Die Vampire in ihrer Mitte allerdings wussten sehr genau, was los war. Unruhig traten sie von einem Fuß auf den anderen und dachten eindeutig an Flucht. Rhage blickte sie durchdringend an und schüttelte ganz langsam den Kopf. Der sicherste Ort für diese Jungs war hier in der Öffentlichkeit, und er hoffte inständig, dass sie das begriffen.

Doch natürlich rannten die vier los.

Die verdammten *Lesser* lächelten. Und sprinteten ihrer Beute hinterher wie zwei Leichtathletikweltmeister.

Rhage und Vishous gingen von null auf hundert und rasten hinterher.

Törichterweise rannten die Vampire in eine Seitenstraße hinein. Vielleicht hofften sie darauf, sich zu dematerialisieren. Vielleicht konnten sie vor Angst nicht mehr klar denken. In jedem Fall verringerten sie dadurch ihre Chancen, lebend aus der Sache herauszukommen, beträchtlich. Wegen des Eisregens waren dort keine Menschen unterwegs, und da es weder Straßenbeleuchtung noch Fenster in den Gebäuden gab, hinderte die Jäger nichts daran, ihre Arbeit im Freien zu erledigen.

Rhage und V rannten noch schneller, die Stiefel donnerten durch Pfützen und spritzten das Schmutzwasser in alle Richtungen. Sie holten auf, und es sah so aus, als würden sie die *Lesser* erreichen, bevor die wiederum die vier Vampire erwischten.

Gerade wollte Rhage den Rechten der beiden packen, als ein dunkler Pick-up von vorn in die Straße einbog, auf der glatten Straße ins Schleudern geriet und dann wieder Haftung bekam. Genau als der *Lesser* einen der Vampire einfing, wurde der Wagen langsamer. Unsanft schleuderten die beiden Jäger den jungen Mann hinten auf die Ladefläche und wirbelten dann herum, bereit zum Kampf.

»Ich schnapp mir den Lieferwagen«, rief Rhage.

V nahm sich die *Lesser* vor, als Rhage losspurtete. Die Reifen des Wagens drehten durch, als er beschleunigen wollte, was Rhage ein, zwei zusätzliche Sekunden verschaffte. Doch gerade als er ihn erreichte, fing sich der Fahrer wieder und schoss davon. Mit einem Riesensatz warf Rhage sich hoch in die Luft und erwischte gerade noch rechtzeitig den Rand der Ladefläche.

Doch seine Hand rutschte an dem glatten Metall ab. Er versuchte verzweifelt, einen besseren Halt zu bekommen, als sich das Rückfenster öffnete und eine Gewehrmündung heraus geschoben wurde. Er duckte sich in Erwartung des lauten Knalls einer abgefeuerten Kugel. Doch stattdessen zuckte der Vampir, der gerade von der Ladefläche springen wollte, zusammen und klammerte sich an Rhages Schulter. Dann sah er sich verwirrt um und fiel wie in Zeitlupe rückwärts auf die Ladefläche.

Der Pick-up schüttelte Rhage ab, und im Fallen gelang es ihm, sich umzudrehen, so dass er mit dem Gesicht nach oben landete. Er knallte auf dem Asphalt auf und schlitterte weiter. Ohne seinen Ledermantel wäre er zerfetzt worden.

Blitzschnell sprang er auf die Füße und sah dem Wagen nach, der in der Ferne um eine Ecke bog. Fluchend rannte er zurück zu V. Der Kampf war in vollem Gange und sehr heftig, die Vampirjäger hatten großes Zutrauen in ihre eigenen Fähigkeiten, sie waren längst keine Anfänger mehr. V stand in Abwehrhaltung da und hielt sie mit dem Dolch in Schach.

Rhage stürzte sich auf den erstbesten *Lesser,* den er in die Finger bekam; er war stinksauer, dass er den Vampir nicht aus dem Pick-up hatte retten können. Am liebsten hätte er die ganze Welt kurz und klein geschlagen – wegen Mary. Mit den Fäusten prügelte er den Mistkerl windelweich, die Knochen brachen und stachen durch die Haut. Schwarzes Blut spritzte ihm ins Gesicht und in die Augen. Er hörte nicht auf, bis V ihn von hinten wegzog und ihn mit dem Rücken an eine Mauer drückte.

»Was zum Teufel machst du da?« Rhage hatte gute Lust, sich V auch gleich noch vorzuknöpfen, weil der sich zwischen ihn und den *Lesser* stellte.

Mit beiden Händen packte V Rhage am Revers und schüttelte ihn kräftig, wie um ihn wieder zur Vernunft zu bringen. »Der Kerl bewegt sich nicht mehr. Sieh mich an, mein Bruder. Er liegt auf dem Boden, und da bleibt er auch.«

»Ist mir scheißegal!« Rhage versuchte, sich loszureißen, aber V hielt ihn fest. Mit knapper Not.

»Rhage! Komm schon, Mann, was ist los? Was läuft hier? Wo bist du, Bruder?«

»Ich muss ihn einfach töten ... ich muss ...« Aus dem Nichts schlich sich plötzlich Hysterie in seine Stimme. »Wegen dem, was sie tun ... die Zivilisten können sich nicht wehren ... ich muss ihn töten ...« Er war kurz vor dem Durchdrehen, doch er konnte nicht aufhören. »O Gott, Mary, sie wollen sie holen ... sie werden sie mitnehmen, so wie diesen Jungen, V. Ach Scheiße, mein Bruder ... was soll ich nur tun, um sie zu retten?«

»Sch-sch. Ganz ruhig, Hollywood. Jetzt entspann dich mal.«

V griff Rhage um den Nacken und strich mit dem Daumen beruhigend über seine Halsschlagader. Das hypnotische Streicheln beruhigte ihn erst kaum merklich, dann schlagartig.

»Besser?«, fragte V.

»Ja, besser.«

Rhage holte tief Luft und lief eine Weile auf und ab. Dann ging er zurück zu der Leiche des Lesser. Er durchwühlte seine Taschen, fand eine Brieftasche, etwas Bargeld, eine Waffe.

Hey, das war gut.

»Sieh dir das mal an«, murmelte er. »Schönen guten Tag, Mr BlackBerry.«

Er warf V das Gerät zu, der anerkennend pfiff. »Sehr schön.«

Rhage zückte einen seiner Dolche und vergrub die schwarze Klinge in der Brust des Jägers. Mit einem Zischen und einem Blitz löste sich das Wesen in Luft auf. Doch Rhage hatte immer noch nicht das Gefühl, genug getan zu haben. Er wollte gleichzeitig brüllen und weinen.

Er und V machten noch einen schnellen Rundgang durch die Nachbarschaft. Alles ruhig. Mit ein bisschen Glück hatten es die anderen drei Vampire nach Hause und in Sicherheit geschafft und erholten sich gerade von der Überdosis Adrenalin.

»Ich will die Kanopen der *Lesser* haben«, sagte Rhage. »Hatte deiner irgendetwas dabei?«

V wedelte mit einer Brieftasche herum. »Im Führerschein steht 195 LaCrosse Street. Und bei dir?«

Rhage blätterte durch. »Nichts. Kein Führerschein. Warum zum Teufel hatte er – hm. Na, das ist ja mal interessant.«

Die kleine Karteikarte war ordentlich in der Mitte gefaltet worden. Innen war eine Adresse notiert, nicht weit von dem Ort, an dem sie sich befanden.

»Das sehen wir uns mal genauer an, bevor wir rüber in die LaCrosse fahren.«

10

Unter Fritz' wachsamen Augen packte Mary ihre Reisetasche. Der Butler wollte ihr unbedingt behilflich sein und trat unruhig von einem Bein aufs andere. »Das wäre doch eigentlich meine Aufgabe«, sagte er freundlich, aber bestimmt.

»Ich bin so weit«, sagte sie schließlich, auch wenn es nicht so war.

Fritz lächelte, endlich konnte er sich wieder nützlich machen. Er führte sie über die Galerie zu einem Zimmer, das auf den Garten hinter dem Haus hinaussah. Eines musste sie ihm wirklich lassen: Er war unglaublich diskret. Falls er es merkwürdig fand, dass sie aus Rhages Zimmer auszog, dann ließ er es sich jedenfalls nicht anmerken. Und er behandelte sie mit derselben Höflichkeit wie immer.

Als sie allein war, dachte sie über ihre Möglichkeiten nach. Sie wollte nach Hause, aber sie war nicht dumm. Von diesen *Dingern* da im Park ging eine tödliche Gefahr aus, und so sehr sie auch etwas Raum für sich brauchte – um-

bringen lassen würde sie sich nicht für ein bisschen Unabhängigkeit. Außerdem, wie lange konnte es schon dauern, eine Alarmanlage einzubauen? Vielleicht arbeitete dieser Vishous genau in diesem Augenblick schon daran.

Sie dachte an ihren Arzttermin morgen Nachmittag. Rhage hatte gesagt, er würde sie dorthin gehen lassen, und egal wie wütend er vorhin gewesen war, sie wusste, dass er sie nicht davon abhalten würde. Fritz würde sie wahrscheinlich ins Krankenhaus fahren, dachte sie. Er hatte ihr erklärt, dass er sich tagsüber draußen aufhalten konnte.

Mary warf einen Blick auf ihre Tasche. Da es vielleicht ein Abschied für immer wurde, konnte sie Rhage nicht so im Streit verlassen, das war ihr bewusst. Vielleicht würde er sich unterwegs etwas beruhigen. Sie selbst fühlte sich auf jeden Fall schon wieder etwas vernünftiger.

Sie öffnete die Zimmertür weit genug, um ihn hören zu können, wenn er heimkam. Und dann setzte sie sich aufs Bett und wartete.

Es dauerte nicht lange, bis sie ganz zappelig vor Nervosität wurde, also schnappte sie sich das Telefon. Als Bella abhob, war sie erleichtert, die Stimme ihrer Freundin zu hören. Sie plauderten ein Weilchen über nichts Besonderes. Dann, als sie sich stark genug fühlte, erklärte Mary, dass sie heimkäme, sobald das Sicherheitssystem in ihrem Haus installiert war. Sie war dankbar, dass Bella keine Einzelheiten wissen wollte.

Danach entstand eine längere Pause. »Ähm, Mary, darf ich dich etwas fragen?«

»Klar.«

»Hast du welche der anderen Krieger gesehen?«

»Ein paar, ja. Aber ich weiß nicht, ob ich schon allen begegnet bin.«

»Und was ist mit dem, der … der die Narbe im Gesicht hat?«

»Das ist Zsadist. Sein Name ist Zsadist.«

»Aha. Ähm, ist er …«

»Was?«

»Na ja, man erzählt sich so einiges von ihm. Er hat einen ziemlich düsteren Ruf.«

»Das kann ich mir gut vorstellen. Aber weißt du, ich glaube eigentlich nicht, dass er wirklich einen schlechten Charakter hat. Ich denke eher, er will, dass jeder ihn für gefährlich hält, damit ihm niemand zu nahe kommt. Warum fragst du?«

»Ach, nur so. Ehrlich.«

Um ein Uhr morgens verließ John Matthew das *Moe's* und machte sich auf den Heimweg. Tohrment war nicht gekommen. Vielleicht würde er gar nicht kommen. Vielleicht hatte er die Chance vertan, durch seine Hilfe seinem tristen Leben zu entfliehen.

Allein in der kalten Nacht fühlte John sich verzweifelt, wenn er nicht bald aus seiner Wohnung wegkam, würde er noch wahnsinnig. Er hatte solche Angst, dass sie ihn bis in seine Träume verfolgte. Vor seiner Schicht hatte er noch ein kurzes Nickerchen gemacht, und seine Alpträume waren entsetzlich gewesen, voller weißhaariger Männer, die ihn verfolgten und einfingen und ihn an einen dunklen Platz unter der Erde brachten.

Er hielt den Schlüssel schon in der Hand, als er auf seine Wohnungstür zuging, und ohne zu trödeln flitzte er hinein, schlug die Tür zu und verrammelte alles: Zwei Riegel, die Kette. Trotzdem fühlte er sich noch nicht sicher.

Er wusste, dass er etwas essen musste, aber er hatte einfach nicht die Kraft, sich damit auseinanderzusetzen. Also ließ er sich auf sein Bett sinken, in der Hoffnung, seine schwindenden Energien würden sich auf magische Art und Weise von allein wieder aufladen. Er würde sie brauchen. Morgen musste er losziehen und sich nach einer neuen Unterkunft umsehen. Er musste die Dinge selbst in die Hand nehmen, es war höchste Zeit.

Aber bei Gott, er wünschte wirklich, er wäre damals mit Tohrment mitgegangen, als –

Es klopfte an der Tür. John sah auf, Hoffnung und Furcht schnürten ihm die Brust zusammen.

»Sohn? Ich bin es, Tohrment. Mach auf.«

John rannte durch den Raum, riss die Kette und die Riegel zurück und warf sich dem Mann beinahe in die Arme.

Tohrment zog die dunklen Brauen über den blauen Augen zusammen. »Was ist los, John? Hast du Ärger?«

Er war nicht sicher, wie viel er von dem blassen Mann im Flur erzählen sollte. Am Ende beschloss er, nichts zu sagen. Er würde nicht riskieren, dass Tohrment es sich anders überlegte, weil der Junge, den er zu sich holen wollte, ein paranoider Psychofreak war.

»Sohn?«

John holte seinen Block und den Stift, während Tohrment die Tür schloss.

Ich bin froh, dass Sie gekommen sind. Vielen Dank.

Tohrment las die Worte. »Ja, ich wäre auch schon eher gekommen, aber vergangene Nacht musste ich … etwas erledigen. Hast du es dir noch mal überlegt?«

John nickte und kritzelte eilig *Ich möchte mit Ihnen kommen.*

Tohrment lächelte. »Das ist gut, mein Sohn. Das ist eine gute Entscheidung.«

John atmete tief ein, ihm fiel ein Stein vom Herzen.

»Wir machen es so. Ich komme morgen Nacht wieder und hole dich hier ab. Jetzt im Moment kann ich dich nicht mit nach Hause nehmen, weil ich noch bis zum Morgengrauen unterwegs bin.«

John schluckte seine neuerliche Panik herunter. *Jetzt komm schon,* sagte er zu sich selbst. Was war schon ein Tag?

Zwei Stunden vor Sonnenaufgang standen Rhage und Vishous vor der Grotte. Rhage wartete im Wald, während Vishous die Kanope hineinbrachte, die sie in der Wohnung des *Lesser* in der LaCrosse Street gefunden hatten.

Die andere Adresse hatte sich als verlassener Folterkeller herausgestellt. Im stickigen Untergeschoss des einfachen Hauses hatten sie verstaubte Instrumente, einen Tisch und Fesseln gefunden. Der Ort war ein schrecklicher Beweis für den Strategiewechsel der Gesellschaft von der Bekämpfung der Bruderschaft hin zu Angriffen auf zivile Vampire. Beide hatten sie nach Vergeltung gelechzt, als sie das Haus wieder verlassen hatten.

Auf dem Weg zurück waren sie kurz bei Marys Haus vorbeigefahren, damit V die Räumlichkeiten in Augenschein nehmen und abschätzen konnte, was er brauchen würde, um das Haus einbruchssicher zu machen. Dort zu sein, war für Rhage die Hölle gewesen. Ihre Sachen zu sehen. An die erste Nacht zu denken, als er bei ihr gewesen war. Die Couch hatte er sich überhaupt nicht ansehen können, sie erinnerte ihn zu sehr daran, was er dahinter auf dem Boden mit ihr gemacht hatte.

All das kam ihm vor, als wäre es schon ewig her.

Rhage fluchte und suchte wieder den Wald um den Eingang der Höhle ab. Als V herauskam, dematerialisierten sich die beiden in den Hof des großen Hauses.

»Hey, Hollywood. Butch und ich gehen noch auf einen Absacker ins *One Eye.* Kommst du mit?«

Rhage blickte zum dunklen Fenster seines Zimmers.

Auch wenn ihn ein Besuch des *One Eye* eigentlich kalt ließ, wusste er, dass er lieber nicht allein sein sollte. In seinem derzeitigen Zustand würde er höchstwahrscheinlich nach Mary suchen und sich wieder zum Idioten machen, indem er sie anflehte, es sich anders zu überlegen. Was wirklich eine überflüssige Erniedrigung wäre. Sie hatte eindeutig klar gemacht, wo sie stand, und sie war nicht die Sorte Frau, die man leicht überreden konnte. Außerdem hatte er es satt, den liebeskranken Penner zu spielen.

Mehr oder weniger.

»Klar. Ich komm mit.«

Vs Augen blitzten auf, als hätte er nur höflich sein wollen und nicht mit einer Zusage gerechnet. »Okay, super. Wir fahren in einer Viertelstunde. Ich muss nur noch schnell duschen.«

»Ich auch.« Er wollte sich das Blut des Lesser abwaschen.

Auf dem Weg durch die Eingangshalle kam ihm Fritz aus dem Esszimmer entgegen.

Der Butler verneigte sich tief. »Guten Abend, Sir. Euer Gast ist hier.«

»Gast?«

»Die Abgesandte der Auserwählten. Sie gab zu verstehen, dass Ihr sie gerufen hättet.«

Mist. Er hatte völlig vergessen, dass er diese Bitte geäußert hatte. Außerdem benötigte er ihre Dienste eigentlich gar nicht mehr. Ohne Mary in seinem Leben brauchte er keine speziellen Arrangements mehr, um sich zu ernähren. Er war frei wie ein Vogel und konnte beißen und bumsen, wen er wollte. Yippie. Gott, die Vorstellung, mit einer anderen als Mary zusammen zu sein, hatte die gleiche Wirkung auf seinen Schritt wie eiskaltes Wasser.

»Herr? Lasst Ihr bitten?«

Er wollte schon nein sagen, doch dann überlegte er sich, dass das sicherlich kein besonders schlauer Schachzug war. In Anbetracht seiner vergangenen Probleme mit der Jungfrau der Schrift war es sicher nicht gerade klug, ihre auserwählten Dienerinnen zu kränken.

»Sag ihr, ich bin in zwei Minuten da.«

Er rannte die Treppe hinauf, drehte die Dusche auf, um sich aufzuwärmen, und rief dann V an. Der Bruder wirkte nicht überrascht, dass er den Trip zur Kneipe absagte.

Schade nur, dass es nicht aus dem Grund geschah, von dem Vishous offenbar ausging.

Mary wurde wach, weil sie Stimmen aus der Eingangshalle hörte. Eine davon gehörte zu Rhage, dieses tiefe Grollen hätte sie überall herausgehört.

Sie rutschte vom Bett und ging zu dem Türspalt, den sie offen stehen gelassen hatte.

Rhage kam die Treppe hinauf. Sein Haar war feucht, als hätte er gerade geduscht, und er trug ein weites schwarzes Hemd und eine ausgebeulte schwarze Hose. Sie wollte gerade in den Flur treten, als sie bemerkte, dass er nicht allein war. Die Frau bei ihm war hoch gewachsen und hatte das volle Haar zu einem langen Zopf geflochten. Sie trug ein hauchdünnes weißes Kleid. Zusammen sahen sie aus wie ein Goth-Hochzeitspaar, er ganz in Schwarz, sie in zarten Spitzenstoff gehüllt. Als sie oben ankamen, blieb die Frau stehen, als wüsste sie nicht, in welche Richtung sie gehen würden. Rhage schob ihr besorgt die Hand unter den Ellbogen, als sei sie zu zerbrechlich, um es überhaupt in den ersten Stock zu schaffen.

Mary sah sie gemeinsam in sein Zimmer gehen. Die Tür schloss sich hinter ihnen.

Langsam ging sie zurück zu ihrem Bett und setzte sich. Bilder stürzten auf sie ein. Rhages Mund und seine Hände, die überall auf ihrem Körper lagen. Rhage, der sich bei ihr für das Essen bedankte. Rhage, der ihr in die Augen sah und ihr sagte, dass er sie liebte.

Eine wirklich große Liebe. Er liebte sie so sehr, dass er in diesem Moment mit einer anderen schlief.

Im selben Augenblick wusste sie, dass das unsinnig war. Sie hatte ihn von sich weggeschoben. Er hatte nur reagiert. Sie hatte nicht das Recht, ihm Vorwürfe zu machen, weil er mit einer anderen Sex hatte.

Sie bekam genau das, worum sie gebeten hatte.

Er ließ sie gehen.

11

Am folgenden Abend direkt vor Sonnenuntergang machte Rhage sich auf den Weg in den Kraftraum, sozusagen als Dienst an der Allgemeinheit. Als er genug Gewichte gestemmt hatte, kam das Laufband an die Reihe, und er begann zu rennen. Die ersten acht Kilometer vergingen wie im Flug. Nach zehn Kilometern lief ihm der Schweiß in Strömen herunter. Ab dem fünfzehnten Kilometer wurde es richtig heftig.

Er erhöhte die Steigung und lief im selben Schritt weiter. Seine Oberschenkel brannten, seine Lungen standen lichterloh in Flammen. Die Füße und Knie schmerzten.

Mit dem T-Shirt, das er ausgezogen und über die Konsole gehängt hatte, wischte er sich den Schweiß aus den Augen. Sicher war er schon total dehydriert, aber er stieg bestimmt nicht für einen Schluck Wasser ab. Er hatte die feste Absicht so lange weiter zu laufen, bis er umfiel.

Um das mörderische Tempo beizubehalten, verlor er sich in der Musik, die aus den Lautsprechern dröhnte.

Marilyn Manson, Nine Inch Nails, Nirvana. Der Lärm war so ohrenbetäubend, dass er das Brummen des Laufbands übertönte, die Songs kreischten durch den Raum. Böse, aggressiv, verletzt. Passend zu seiner Stimmung.

Als die Musik plötzlich abbrach, machte er sich nicht die Mühe, sich umzusehen. Entweder hatte er die Anlage zerschossen oder jemand wollte mit ihm sprechen. Beides interessierte ihn nicht die Bohne.

Tohr trat vor das Gerät. Beim Anblick seines Gesichtsausdrucks sprang Rhage vom Band und brachte es zum Stehen.

»Was gibt's?« Er keuchte und rubbelte sich wieder mit dem T-Shirt übers Gesicht.

»Sie ist weg. Mary. Sie ist weg.«

Rhage erstarrte, das nasse Stoffknäuel unter dem Kinn. »Was soll das heißen, weg?«

»Fritz hat fast drei Stunden vor dem Ärztezentrum auf sie gewartet. Als er endlich hineingegangen ist, war die Praxis, in der sie den Termin hatte, schon geschlossen. Also ist er zu ihrem Haus gefahren. Als sie da auch nicht war, ist er wieder zurückgefahren und hat das gesamte Ärztehaus nach ihr abgesucht.«

Rhages Schläfen pochten jetzt vor Sorge statt vor Anstrengung.

»Irgendwelche Anzeichen von gewaltsamem Eindringen oder Gewalt in ihrem Haus?«, zischte er.

»Nein.«

»Stand ihr Auto in der Garage?«

»Ja.«

»Wann hat er sie zuletzt gesehen?«

»Das war um drei, als sie zu dem Termin ging. Nur zu deiner Information, Fritz hat wiederholt versucht, dich telefonisch zu erreichen. Aber es ging immer nur die Mailbox dran.«

Rhage sah auf die Uhr. Es war kurz nach sechs. Der Arzttermin hatte vermutlich etwa eine Stunde gedauert, was bedeutete, dass sie seit zwei Stunden vermisst wurde.

Schwer vorstellbar, dass die Lesser sie einfach auf der Straße aufgelesen hatten. Ein viel wahrscheinlicheres Szenario war, dass sie nach Hause gefahren war und die Jäger sie dort angetroffen hatten. Aber ohne Hinweise auf einen Kampf bestand immer noch die Möglichkeit, dass ihr nichts zugestoßen war.

Aber vielleicht war hier auch der Wunsch Vater des Gedanken.

»Ich muss mich bewaffnen.«

Tohr drückte ihm eine Wasserflasche in die Hand. »Trink das erst mal. Phury bringt dir deine Ausrüstung. Ihr trefft euch im Umkleideraum.«

Rhage rannte los.

»Die Bruderschaft wird dir helfen, sie zu finden«, rief Tohr ihm noch nach.

Bei Einbruch der Dunkelheit kam Bella die Treppe hoch und stieß triumphierend die Küchentür auf. Jetzt wo die Tage kürzer wurden, hatte sie so viel mehr Zeit unterwegs zu sein. Es war erst sechs Uhr, aber schon stockfinster. Wunderbar.

Sie schwankte noch zwischen Toast und Pfannkuchen, als sie Licht am anderen Ende der Wiese bemerkte. Jemand war in Marys Haus. Vermutlich die Krieger, die das Sicherheitssystem installierten.

Was bedeutete, dass sie vielleicht den vernarbten Mann wiedersehen würde.

Seit sie ihm begegnet war, ging Zsadist ihr nicht mehr aus dem Kopf. Inzwischen häuften sich in ihrem Tagebuch die Mutmaßungen über ihn. Er war einfach so ... wild. Und nachdem sie jahrelang von ihrem Bruder verhätschelt worden war, sehnte sie sich danach, etwas Neues und Wildes zu erleben.

Zsadists derbe Sexualität war da genau das Richtige.

Sie zog sich einen Mantel an und tauschte ihre Schlappen gegen Turnschuhe. Kurz bevor sie Marys Garten erreichte, verlangsamte sie ihren Schritt. Sie war alles anderes als scharf darauf, einem *Lesser* über den Weg zu –

»Mary! Was machst du denn hier?«

Sie wirkte benommen, als sie von ihrem Liegestuhl aufsah. Obwohl es kalt war, trug sie nur einen Pulli und Jeans.

»Ach … hallo. Wie geht's dir?«

Bella setzte sich auf die Kante des Liegestuhls. »Ist Vishous schon fertig?«

»Womit?« Marys Bewegungen waren steif, als sie sich aufsetzte. »Ach, die Alarmanlage. Ich glaube nicht. Oder zumindest hat niemand mir gegenüber was erwähnt, und drinnen sieht alles noch aus wie vorher.«

»Wie lange bist du schon hier?«

»Nicht lange.« Sie rieb sich die Arme, dann blies sie in ihre Hände. »Ich hab mir nur den Sonnenuntergang angesehen.«

Bella warf einen schnellen Blick auf das Haus, sie bekam Angst. »Holt Rhage dich bald ab?«

»Rhage kommt nicht.«

»Dann einer der *Doggen?*«

Mary zuckte zusammen und stand auf. »Mann, es wird langsam echt kalt.«

Als sie wie ein Zombie auf ihr Haus zuschwankte, folgte Bella ihr. »Mary, äh … du solltest wirklich nicht allein hier sein.«

»Ich weiß. Ich dachte, ich wäre in Sicherheit, weil es noch hell war.«

»Hat Rhage oder einer der Brüder dir gesagt, dass die

Lesser kein Sonnenlicht vertragen? Ich bin mir nämlich nicht sicher.«

Mary zuckte die Achseln. »Bisher haben sie mir noch nichts getan, aber ich bin nicht blöd. Ich werde in ein Hotel gehen. Ich muss nur ein paar Sachen packen.«

Im Haus ging sie jedoch nicht die Treppe hoch, sondern wanderte merkwürdig desorientiert im Erdgeschoss herum.

Sie musste unter einer Art Schock stehen, dachte Bella. Aber was auch immer los war, sie beide mussten schnellstens von hier verschwinden.

»Mary, wie wär's, wenn du zu mir kommst und etwas isst?« Sie beäugte die Hintertür. »Und weißt du, bis Vishous hier fertig ist, kannst du auch bei mir bleiben. Mein Bruder hat mein Haus absolut einbruchssicher gemacht. Es gibt sogar einen unterirdischen Fluchtweg. Ich bin dort sicher, und es ist auch weit genug weg von hier. Wenn die *Lesser* nach dir suchen, kommen sie nicht auf die Idee, dass du bei mir sein könntest.«

Sie stellte sich innerlich auf Gegenwehr ein und legte sich schon mal Argumente zurecht.

»Gut, danke«, sagte Mary. »Ich brauche nur eine Minute.«

Sie ging in den ersten Stock, und Bella tigerte unruhig auf und ab. Wenn sie doch wenigstens eine Waffe hätte und wüsste, wie man sie benutzt.

Als Mary fünf Minuten später mit einer Reisetasche in der Hand wieder herunterkam, atmete Bella tief durch.

»Wie wär's mit einer Jacke?«, sagte sie, als Mary zur Tür wollte.

»Ach ja. Eine Jacke.« Mary ließ die Tasche fallen, ging zu einem Schrank und zog einen roten Parka an.

Auf dem Weg über die Wiese versuchte Bella, das Tempo zu erhöhen.

»Fast Vollmond«, bemerkte Mary, während sie durch das Gras liefen.

»Stimmt.«

»Wenn wir bei dir sind, möchte ich nicht, dass du Rhage anrufst oder so was. Er und ich ... gehen ab jetzt getrennte Wege. Also belästige ihn nicht meinetwegen.«

Bella schluckte ihre Überraschung hinunter. »Weiß er denn gar nicht, dass du weg bist?«

»Nein. Und das wird er ganz allein herausfinden. Okay?«

Bella willigte nur ein, damit Mary weiterlief. »Darf ich dich trotzdem was fragen?«

»Natürlich.«

»Hat er es beendet oder du?«

Einen Moment lang schwieg Mary. »Ich.«

»Ähm, also, habt ihr möglicherweise ... Wart ihr beide intim miteinander?«

»Ob wir Sex hatten?« Mary nahm die Reisetasche in die andere Hand. »Ja.«

»Und als ihr euch geliebt habt, ist dir da ein Duft aufgefallen, der von seiner Haut ausging? Ein dunkler, würziger Geruch und –«

»Warum fragst du mich das?«

»Entschuldige. Ich wollte nicht aufdringlich sein.«

Sie waren schon beinahe bei Bellas Haus angelangt, als Mary murmelte: »Das war der wunderbarste Duft, den ich je gerochen habe.«

Bella unterdrückte ihren Fluch. Egal, was Mary zu glauben schien, der blonde Krieger würde kommen, um sie zu holen. Ein Vampir, der sich gebunden hatte, ließ seinen Partner nicht gehen. Niemals. Und das waren nur ihre Erfahrungen mit normalen Männern.

Sie konnte sich ungefähr vorstellen, was ein Krieger tun würde, wenn sich seine Frau aus dem Staub machte.

Rhage suchte jeden Raum in Marys Haus ab. Oben im Badezimmer fand er ein Schränkchen unter dem Waschbecken offen stehen. Darin standen säuberlich aufgereiht Vorräte an Toilettenartikeln wie Seife, Zahnpasta und Deo. In den ordentlichen Reihen waren Lücken, als hätte sie etwas mitgenommen.

Sie wollte also nicht in ihrem Haus bleiben, dachte er und blickte aus dem Fenster. Wenn sie in einem Hotel war, hätte er keine Chance. Sicher würde sie unter falschem Namen einchecken. Vielleicht sollte er es bei ihrer Arbeitsstelle –

Er betrachtete das Bauernhaus auf der anderen Seite der Wiese. In den Fenstern blitzte Licht auf.

Konnte es sein, dass sie zu Bella gegangen war?

Rhage ging die Treppe hinunter und schloss die Tür ab. Den Bruchteil einer Sekunde später materialisierte er sich auf Bellas Veranda und hämmerte an die Tür. Als Bella aufmachte, trat sie einfach nur einen Schritt zur Seite, als hätte sie ihn erwartet.

»Sie ist oben.«

»Wo?«

»Erstes Zimmer links.«

Rhage nahm immer zwei Stufen auf einmal. Nur eine Tür war geschlossen; er klopfte nicht an, riss sie einfach auf. Licht aus dem Gang flutete herein.

Mary schlief tief und fest in einem riesigen Messingbett, in einem Pulli und einer Jeans, die er wiedererkannte. Eine Tagesdecke war über ihre Beine gezogen, und sie lag halb auf dem Bauch, halb auf der Seite. Sie sah völlig erschöpft aus.

Sein erster Impuls war, sie in die Arme zu nehmen.

Doch er rührte sich nicht vom Fleck.

»Mary.« Er bemühte sich um einen sachlichen Tonfall. »Mary. Wach auf.«

Ihre Augenlider flatterten, doch sie seufzte nur und drehte den Kopf ein bisschen.

»Mary.«

Verdammt noch mal.

Er ging zum Bett und brachte die Matratze mit den Händen zum Wackeln. Das wirkte. Sie schoss hoch, die Augen vor Schreck weit aufgerissen, bis sie ihn erkannte.

Und dann sah sie ihn völlig verwirrt an.

»Was machst du denn hier?« Sie schob sich die Haare aus dem Gesicht.

»Warum beantwortest du mir nicht zuerst mal die gleiche Frage?«

»Ich bin nicht zu Hause.«

»Nein, das bist du nicht. Du bist auch nicht da, wo du sein solltest.«

Sie ließ sich zurück aufs Kissen sinken, und er bemerkte mit Schrecken die dunklen Ringe unter ihren Augen, ihre blassen Lippen ... und die Tatsache, dass sie sich nicht mit ihm stritt.

Frag nicht nach, ermahnte er sich.

Verdammte Scheiße. »Was ist heute Nachmittag passiert?«

»Ich brauchte einfach ein bisschen Zeit für mich.«

»Ich spreche nicht davon, wie du Fritz hast sitzen lassen. Darauf kommen wir später zurück. Ich will wissen, was der Arzt gesagt hat.«

»Ach so. Das.«

Er sah sie durchdringend an, während sie am Saum der Decke herumfummelte. Er hätte am liebsten gebrüllt, weil sie schwieg. Mit Sachen geworfen. Etwas angezündet.

»Also?«, bohrte er.

»Es war nicht, weil ich dich für unwürdig halte.«

Wovon zum Henker redete sie da? Ach so, die hübsche Unterhaltung über ihre Pflege, wenn sie krank war. Junge, Junge, sie war voll auf Ausweichkurs.

»Wie schlimm ist es, Mary? Und wag es nicht, mich anzulügen.«

Sie sah ihm in die Augen. »Ich soll nächste Woche mit der Chemo anfangen.«

Langsam stieß Rhage die Luft aus. Das zog ihm den Boden unter den Füßen weg. Er setzte sich auf die Bettkante und ließ die Tür ins Schloss fallen. »Wird es helfen?«

»Ich glaube. In ein paar Tagen treffe ich mich wieder mit meiner Ärztin, bis dahin berät sie sich noch mit ein paar Kollegen. Die wichtigste Frage ist, wie viel von der Behandlung mein Organismus noch verkraften kann. Deshalb haben sie mir Blut abgenommen, um Leber und Nieren zu testen. Ich hab ihnen gesagt, ich nehme, so viel ich kriegen kann.«

Er rieb sich über das Gesicht. »Lieber Gott.«

»Ich habe meiner Mutter beim Sterben zugesehen«, begann sie leise. »Es war schrecklich. Zu beobachten, wie sie nach und nach die Kraft verlor und solche Schmerzen hatte. Am Ende sah sie überhaupt nicht mehr aus wie sie selbst, sie benahm sich auch nicht mehr wie sie selbst. Sie war schon weg, nur ihr Körper weigerte sich, seine Grundfunktionen einzustellen. Ich will damit nicht sagen, dass es bei mir genauso sein wird. Aber es wird hart.«

Verflucht, seine Brust tat weh. »Und du willst nicht, dass ich das mit dir durchmache?«

»Nein, das will ich nicht. Für keinen von uns. Ich möchte lieber, dass du mich so im Gedächtnis behältst, wie ich jetzt bin. Und ich möchte uns so im Gedächtnis behalten, wie wir waren. Ich werde ein paar glückliche Erinnerungen brauchen.«

»Ich will für dich da sein.«

»Und genau das will ich auch nicht. Ich werde nicht die Energie haben, um eine Fassade aufrechtzuerhalten. Und Schmerz … Schmerz verändert Menschen.«

Und wie er das tat. Seit er sie kennen gelernt hatte, fühlte er sich hundert Jahre älter.

»Ach, Rhage …« Als ihre Stimme brüchig wurde, räusperte sie sich heftig. Und er verachtete sie dafür, immer die Kontrolle behalten zu müssen. »Ich werde dich … vermissen.«

Über die Schulter hinweg sah er sie an. Er wusste, wenn er jetzt versuchen würde, sie in den Arm zu nehmen, würde sie aus dem Zimmer stürzen. Also umklammerte er die Ecke der Matratze. Und drückte zu.

»Was mache ich denn da?« Sie lachte verlegen. »Tut mir leid, dass ich dich mit all dem Zeug belaste. Ich weiß ja, dass du damit abgeschlossen hast.«

»Abgeschlossen?«, knirschte er. »Wie kommst du denn darauf?«

»Die Frau letzte Nacht. Wie dem auch sei –«

»Was für eine Frau?«

Als sie den Kopf schüttelte, verlor er die Geduld. »Himmelherrgott noch mal, kannst du nicht *einmal* eine Frage beantworten, ohne zu streiten? Und wenn du es nur aus Mitleid tust. Wäre doch mal was Neues. In ein paar Minuten bin ich sowieso weg, also musst du dir über Wiederholungen keine Sorgen machen.«

Als sie die Schultern hängen ließ, fühlte er sich furchtbar, weil er sie angebrüllt hatte. Doch bevor er sich noch entschuldigen konnte, sagte sie: »Ich spreche von der Frau, mit der du gestern Nacht ins Bett gestiegen bist. Ich … ich habe auf dich gewartet, um mich bei dir zu entschuldigen. Und dann hab ich gesehen, wie du mit ihr in dein Zimmer gegangen bist. Hör mal, ich erzähle dir das nicht, um dir ein schlechtes Gewissen zu machen oder so.«

Nein, natürlich nicht. Sie wollte ja nichts von ihm. Nicht seine Liebe, nicht seine Unterstützung. Nicht seine Gewissensbisse. Nicht einmal Sex.

Er schüttelte den Kopf, seine Stimme wurde tonlos. Er war es so müde, sich ihr zu erklären, doch aus Reflex tat er es trotzdem. »Das war die Abgesandte der Auserwählten. Wir haben darüber gesprochen, wie sie mich nähren kann, Mary. Ich hatte keinen Sex mit ihr.«

Er blickte zu Boden. Dann ließ er das Bett los und legte den Kopf in die Hände.

Eine lange Pause entstand. »Es tut mir leid, Rhage.«

»Ja. Mir auch.«

Er hörte ein schluchzendes Geräusch und blinzelte durch die Finger. Aber sie weinte nicht. Nein, nicht Mary. Sie war viel zu stark dafür.

Er aber nicht. Er hatte Tränen in den Augen.

Rhage räusperte sich und blinzelte hektisch. Als er sie wieder ansah, betrachtete sie ihn mit einer Zärtlichkeit, die ihn wütend machte.

Großartig. Jetzt hat sie Mitleid mit mir, weil ich so rührselig bin. Mann, wenn er sie nicht so lieben würde, hätte er sie in diesem Moment gehasst.

Er stand auf. Und ließ seine Stimme so hart klingen, wie er konnte. »Die Anlage in deinem Haus wird mit dem Anwesen verkabelt. Wenn ein Alarm ausgelöst wird, komme ich« – er verbesserte sich – »kommt einer von uns sofort her. Vishous wird dir hier Bescheid geben, wenn alles funktioniert.«

Als die Stille sich ausdehnte, zuckte er die Achseln. »Also dann … ciao.«

Auf dem Weg zur Tür verbot er sich, noch einmal zurückzuschauen. Er ging die Treppe hinunter und fand Bella im Wohnzimmer sitzend. Sobald sie ihn bemerkte, riss sie die Augen auf. Eindeutig sah er so schlimm aus, wie er sich fühlte.

»Danke«, sagte er, ohne sich ganz sicher zu sein, wofür er sich bedankte. »Und nur damit du Bescheid weißt: Die

Bruderschaft wird regelmäßig hier bei dir vorbeifahren. Auch wenn sie weg ist.«

»Das ist sehr freundlich von euch.«

Er nickte und hielt sich nicht länger auf. Er schaffte es gerade noch, die Tür hinter sich zuzumachen, ohne zusammenzubrechen und zu heulen wie ein Baby.

Ziellos spazierte er noch ein bisschen über die Wiese. Er hatte keine Ahnung, was er jetzt tun, wo er hingehen sollte. Wahrscheinlich müsste er Tohr anrufen und herausfinden, was die anderen Brüder trieben.

Stattdessen blieb er abrupt stehen. Vor ihm erhob sich der Mond gerade knapp über die Baumwipfel, und er war voll, eine leuchtende Scheibe in der kalten, wolkenlosen Nacht. Er streckte einen Arm aus und kniff ein Auge zu. Dann brachte er seinen Blickwinkel in Einklang, bis er den strahlenden Himmelskörper in der gekrümmten Handfläche wog. Vorsichtig hielt er die Erscheinung fest.

Gedämpft hörte er ein donnerndes Geräusch aus Bellas Haus. Eine Art rhythmisches Klopfen.

Rhage blickte sich um, als es lauter wurde.

Die Eingangstür flog auf, und Mary kam aus dem Haus geschossen, sprang von der Veranda, machte nicht den Umweg über die Stufen. Barfuß rannte sie über den mit Reif bedeckten Rasen und warf sich ihm in die Arme. Beide Hände schlangen sich um seinen Nacken. Sie drückte ihn so fest, dass seine Wirbelsäule knackte.

Sie schluchzte. Heulte. Weinte so heftig, dass sie am ganzen Körper zitterte.

Er stellte keine Fragen, er nahm sie einfach nur in die Arme.

»Es geht mir nicht gut«, stieß sie heiser zwischen zwei Schluchzern aus. »Rhage … es geht mir nicht gut.«

Er schloss die Augen und hielt sie fest.

12

O hob den Deckel aus Drahtgeflecht von dem Abflussrohr und leuchtete mit einer Taschenlampe in das Loch. Der junge Vampir da unten war der, den sie vergangene Nacht mit dem Pick-up gefangen hatten. Er hatte den Tag offenbar überstanden und war noch am Leben. Die Aufbewahrungsvorrichtung hatte sich bewährt.

Die Tür schwang auf, und Mr X marschierte herein, mit schweren Stiefeln und scharfem Blick. »Hat er überlebt?«

O nickte und klappte den Deckel wieder zu. »Ja.«

»Sehr gut.«

»Ich wollte ihn gerade herausholen.«

»Nicht jetzt. Ich möchte, dass Sie diese *Lesser* aufsuchen.« Mr X reichte ihm einen Zettel mit sieben Adressen darauf. »Die Meldepflicht per E-Mail ist zwar effektiv, erweist sich aber als etwas unzuverlässig. Von diesen Betas hier bekomme ich zwar regelmäßig Bestätigungen, aber wenn ich mit ihren Eskadronen spreche, muss ich hören, dass sie zum Teil seit Tagen nicht gesehen wurden.«

Sein Instinkt sagte O, dass Vorsicht geboten war. Mr X hatte ihn zwischen den Zeilen beschuldigt, die Betas im Park getötet zu haben. Und jetzt wollte der Haupt-*Lesser*, dass ausgerechnet er sie überprüfte?

»Gibt es ein Problem, Mr O?«

»Nein. Kein Problem.«

»Und noch etwas. Ich habe drei neue Rekruten für die Gesellschaft. Ihre Initiationen werden innerhalb der nächsten zehn Tage stattfinden. Möchten Sie kommen? Für einen unbeteiligten Zuschauer ist das wirklich ein sehenswertes Schauspiel.«

O schüttelte den Kopf. »Ich sollte mich besser auf das hier konzentrieren.

Mr X lächelte süffisant. »Besorgt, dass Omega sich von ihren Reizen ablenken lassen könnte?«

»Omega lässt sich durch nichts ablenken.«

»Wie Unrecht Sie damit haben. Er spricht unentwegt von Ihnen.«

Auch wenn O bewusst war, dass Mr X ihn sehr wahrscheinlich nur mental testen wollte, war sein Körper nicht ganz so zuversichtlich. Seine Knie gaben nach und kalter Schweiß brach ihm aus. »Ich fange sofort mit der Liste an«, sagte er und ging Jacke und Schlüssel holen.

Mr Xs Augen glitzerten. »Tun Sie das, mein Sohn, laufen Sie nur. Ich spiele in der Zeit ein bisschen mit unserem Gast.«

»Das ist jetzt also mein Zuhause«, murmelte Mary, als Rhage die Tür zu ihrem Schlafzimmer schloss.

Sie spürte, wie er von hinten seine Arme um ihre Taille legte, dann zog er sie an sich. Als sie auf die Uhr sah, wurde ihr bewusst, dass sie Bellas Haus erst vor eineinhalb Stunden verlassen hatte. Doch ihr gesamtes Leben hatte sich in diesem kurzen Zeitraum verändert.

»Ja, das ist jetzt dein Zuhause. Unser Zuhause.«

In den drei Kartons an der Wand waren ihre Kleider, ihre Lieblingsbücher, ein paar DVDs, einige Fotos. Mit Vishous', Butchs und Fritz' Hilfe hatte es nicht lange gedauert, ein paar Sachen zusammenzupacken, sie in Vs Escalade zu verfrachten und zurück zum großen Haus zu fahren. Später würden sie und Rhage noch einmal zurückfahren, um den Rest zu erledigen. Und am nächsten Morgen würde sie im Anwaltsbüro anrufen und kündigen. Das Haus wollte sie von einem Maklerbüro verkaufen lassen.

Meine Güte, sie hatte es wirklich getan. Sie war bei Rhage eingezogen und hatte ihr altes Leben für immer hinter sich gelassen.

»Ich sollte auspacken.«

Doch Rhage zog sie an den Händen zum Bett. »Ich möchte, dass du dich ausruhst. Du siehst so müde aus, als könntest du im Stehen einschlafen.«

Während sie sich hinlegte, zog er seinen Trenchcoat aus und legte das Halfter und den Pistolengürtel ab. Dann legte er sich neben sie. Unter seinem Gewicht sank die Matratze ein, und Mary wurde förmlich zu ihm gesaugt. Alle Lampen gingen auf einmal aus, der Raum wurde schwarz wie Tinte.

»Bist du sicher, dass du bereit für all das bist?«, fragte sie, nachdem sich ihre Augen langsam an das schwache Licht gewöhnt hatten, das von draußen hereindrang.

»Fang bloß nicht schon wieder an.«

Sie lachte. »Nein, es ist ja nur –«

»Mary, ich liebe dich. Ich bin mehr als bereit.«

Sie legte ihre Hand auf sein Gesicht, und einen Moment lagen sie beide still. Sie taten nichts als gemeinsam zu atmen.

Gerade, als sie fast eingeschlafen war, sagte er: »Mary, was meine Vorkehrungen für das Trinken betrifft. Von deinem Haus aus habe ich die Auserwählten kontaktiert. Jetzt wo du wieder bei mir bist, werde ich ihre Dienste benötigen.«

Erst versteifte sie sich. Aber zur Hölle, wenn sie schon mit einem Vampir zusammen war und er von ihrem Blut nicht leben konnte, dann mussten sie das Problem eben anders lösen.

»Wann wirst du es tun?«

»Heute Nacht soll eine Vampirin kommen, und wie ich schon sagte, ich hätte dich gern dabei. Wenn dir das recht ist.«

Wie würde es wohl aussehen, wenn er trinkt?, überlegte sie. Würde er die Frau in den Armen halten und an ihrem Hals saugen? Gott, selbst wenn er keinen Sex mit ihr hätte, war Mary sich nicht sicher, ob sie dabei zusehen könnte.

Er küsste ihre Hand. »Vertrau mir. Es ist besser so.«

»Und wenn … wenn ich damit nicht klarkomme?«

»Ich werde dich nicht zwingen, zuzusehen. Es ist nur so, dass der ganzen Sache eine unvermeidliche Intimität innewohnt, und ich glaube, wir werden uns beide wohler fühlen, wenn du dabei bist. Dann weißt du ganz genau, worum es geht. Es ist nichts Geheimes oder Zwielichtiges daran, und ich will, dass du das mit eigenen Augen siehst.«

Sie nickte. »In Ordnung.«

Er atmete tief durch. »Es gehört nun mal zu meinem Leben, daran kann ich nichts ändern.«

Mary strich ihm mit der Hand über die Brust. »Weißt du, auch wenn es ein bisschen erschreckend ist, aber ich wünschte, ich könnte es tun.«

»Ach, Mary, ich auch.«

John sah auf die Uhr. In fünf Minuten würde Tohrment ihn abholen, also sollte er lieber hinunter zum Eingang gehen. Mit beiden Händen hob er seinen Koffer hoch und schleppte ihn zur Tür. Er betete, dass er nicht dem bleichen Mann auf der Treppe oder vor dem Haus begegnen würde. Aber er wollte draußen auf Tohrment warten. Irgendwie fühlte er sich ihm dann ebenbürtiger.

Als er unten ankam, blickte er noch einmal zu den beiden Fenstern hinauf, aus denen er so viele Stunden gestarrt hatte. Die Matratze und die Hanteln ließ er zurück, wie auch seine Kaution und die letzte Miete. Er müsste nur noch einmal hochgehen, um sein Fahrrad zu holen, wenn Tohrment da war. Abgesehen davon war dieses Kapitel seines Lebens abgeschlossen.

Er blickte die Straße auf und ab und überlegte, aus welcher Richtung der Mann wohl käme. Und was für ein Auto er wohl fuhr. Und wo er wohnte. Und mit wem er verheiratet war.

Bibbernd vor Kälte schaute John schon wieder auf die Uhr. Punkt neun.

Ein einzelner Scheinwerfer blitzte rechts von ihm auf. Er war sich ziemlich sicher, dass Tohrment ihn nicht mit einem Motorrad abholen würde. Aber die Vorstellung, auf einem Bike durch die Nacht zu brausen, war erhebend.

Als die Harley an ihm vorbeidröhnte, blickte er über die Straße hinüber zu den Büros der Selbstmordhotline. Ihre Freitags- und Samstagsschicht hatte Mary ebenfalls verpasst. Er hoffte inständig, dass sie nur Urlaub machte. Sobald er sich in seinem neuen Zuhause eingewöhnt hatte, würde er sie besuchen und sich davon überzeugen, dass es ihr gut ging.

Nur … er hatte keinen blassen Schimmer, wohin er eigentlich gebracht wurde. Er ging zwar davon aus, in dieser Gegend zu bleiben, aber wer wusste das schon? Vielleicht fuhr er ja ganz weit weg. Allein der Gedanke, Caldwell zu verlassen, sandte ein Kribbeln durch seine Glieder. O Mann, er würde wirklich gern noch mal neu anfangen.

Und er würde immer einen Weg finden, zu Mary zu kommen, auch wenn der Weg weit war.

Zwei weitere Autos und ein LKW fuhren vorbei.

Es war so einfach gewesen, sich aus seinem armseligen Leben zu verabschieden. Bei *Moe's* interessierte es niemanden, dass er fristlos kündigte. Spüljungen gab es wie Sand am Meer. Und es verstand sich von selbst, dass niemand in seinem Mietshaus ihn vermissen würde. Dementsprechend waren auch die Seiten seines Adressbuches blütenweiß – er besaß keine Freunde und keine Familie.

Um ehrlich zu sein, hatte er noch nicht einmal ein Adressbuch.

John blickte an sich hinunter. *Schon ziemlich erbärmlich, oder?* Seine Turnschuhe waren so dreckig, dass die weißen Stellen inzwischen grau waren. Seine Klamotten waren zwar sauber, aber die Jeans war schon zwei Jahre alt, und das Button-down-Hemd – sein bestes – sah aus, als ob es aus der Altkleidersammlung stammen würde. Er hatte nicht einmal eine Jacke, weil sein Parka letzte Woche bei *Moe's* geklaut worden war und er erst Geld sparen müsste, um sich einen neuen zu kaufen.

Er wünschte sich, er sähe besser aus.

Von der Trade Street bogen Scheinwerfer um die Ecke und blitzten dann nach oben, als hätte der Fahrer das Gaspedal durchgetreten. Was nicht gut war. In dieser Gegend bedeutete so ein rasanter Fahrstil normalerweise, dass jemand auf der Flucht vor den Bullen war oder es zumindest bald sein würde.

John trat hinter einen verbeulten Briefkasten und versuchte, total unauffällig zu wirken. Trotzdem blieb der Range Rover mit quietschenden Reifen genau vor ihm stehen. Verdunkelte Scheiben. Protzige Chromfelgen. Und G-Unit dröhnte heraus, der Rap wummerte so laut, dass man ihn im ganzen Viertel hören konnte.

John schnappte sich seinen Koffer und verkrümelte sich Richtung Eingang. Selbst wenn er dem bleichen Mann begegnete, wäre er im Hausflur vermutlich immer noch sicherer als in der Nähe dieses Drogendealers mit dem Rover. Er drängte sich gerade durch die Tür, als die Musik aufhörte.

»Fertig, Junge?«

Beim Klang von Tohrments Stimme drehte John sich um. Der Mann trat gerade um die Motorhaube, im Halbdunkel wirkte er ungemein bedrohlich, eine riesenhafte Gestalt, vor der jeder vernünftige Mensch Reißaus nehmen würde.

»Junge? Können wir los?«

Tohrment trat in das trübe Licht einer Straßenlaterne, und Johns Blick fiel auf sein Gesicht. Himmel, er hatte ganz vergessen, wie einschüchternd der Mann mit seinem Bürstenschnitt und dem kantigen Kinn aussah.

Vielleicht war das doch keine so gute Idee, dachte John. Eine Entscheidung aus Furcht zu treffen, die ihn nur noch tiefer in den nächsten Ärger verstrickte. Er wusste noch nicht einmal, wo es hingehen sollte. Und Jungs wie er landeten schnell mal im Fluss, wenn sie in so ein Auto einstiegen. Mit so einem Mann.

Als könne er Johns Unentschlossenheit spüren, lehnte sich Tohrment rückwärts gegen den Rover und verschränkte die Beine an den Knöcheln.

»Ich möchte nicht, dass du dich gedrängt fühlst, mein Junge. Aber ich kann dir sagen, dass meine Shellan ein gutes Essen für uns gekocht hat, und ich bin hungrig. Vielleicht kommst du einfach mit, isst mit uns und siehst dir das Haus mal an? Checkst die Lage. Deine Sachen könnten wir solange ja noch hier lassen. Wie klingt das?«

Die Stimme war ruhig, gleichmäßig. Unbedrohlich. Aber wer wusste schon, ob der Kerl nicht brutal wurde, sobald er erst mal im Auto saß?

Ein Handy klingelte. Tohrment griff in seine Lederjacke und klappte es auf.

»Ja. Nein, ich bin gerade bei ihm.« Ein Lächeln glitt über sein Gesicht. »Wir denken darüber nach. Ja, das sage ich ihm. M-hm. Okay. Gut, mach ich. Ja, das auch. Wellsie, ich … ich weiß. Tut mir leid, ich wollte es nicht liegen lassen – ich tu's nie wieder. Versprochen. Nein … ja, ehrlich … M-hm. Tut mir leid, *Lielan.*«

Das ist seine Frau, dachte John. Und sie geigte ihm gerade ordentlich die Meinung. Und der Mann ließ es brav über sich ergehen.

»Okay. Ich liebe dich. Ciao.« Tohrment klappte das Handy zu und steckte es wieder in die Tasche. Er wandte sich wieder John zu. Eindeutig achtete er seine Frau so hoch, dass er weder die Augen verdrehte noch eine Macho-Bemerkung über nervige Weiber machte. »Wellsie lässt ausrichten, dass sie sich sehr darauf freut, dich kennen zu lernen. Sie hofft, du bleibst bei uns.«

Na … dann gut.

Seine innere Stimme sagte ihm, dass Tohrments Gesellschaft Sicherheit versprach, egal wie er aussah. Also schleifte John sein Gepäck zum Auto.

»Ist das alles?«

John errötete und nickte.

»Es gibt keinen Grund, dich dafür zu schämen, mein Junge«, sagte Tohrment sanft. »Nicht, solange du bei uns bist.«

Der Mann hob den Koffer auf, als wöge er überhaupt nichts und schleuderte ihn lässig auf den Rücksitz.

Als Tohrment zur Fahrertür ging, fiel John ein, dass er sein Fahrrad vergessen hatte. Er klopfte auf die Motorhaube des Rovers, um die Aufmerksamkeit des Mannes zu erregen; dann deutete er auf das Haus und hielt seinen Zeigefinger hoch.

»Brauchst du noch was?«

John nickte und schoss die Treppe zu seiner Wohnung hinauf. Er hatte sein Fahrrad schon in der Hand und wollte gerade die Schlüssel auf die Spüle legen, als er innehielt und sich noch einmal umsah. Jetzt wo er die Wohnung wirklich endgültig verließ, wurde ihm erst richtig bewusst, wie ungemütlich sie war. Und trotzdem war sie eine Zeitlang sein Reich gewesen, das Beste, was er sich hatte leisten können. Aus einem Impuls heraus holte er einen Stift aus der Tasche, öffnete einen der klapprigen Hängeschränke und schrieb seinen Namen und das Datum innen an die Wand.

Dann schob er sein Fahrrad in den Flur, schloss die Tür und eilte die Treppe hinunter.

13

»Mary? Mary, wach auf. Sie ist da.«

Mary spürte ein Rütteln an der Schulter, und als sie die Augen öffnete, sah sie Rhage, der sich über sie beugte. Er hatte sich umgezogen und trug jetzt ein langärmeliges Oberteil und eine weite Hose, beides in Weiß.

Sie setzt sich auf, noch immer etwas benommen. »Hab ich noch eine Minute Zeit?«

»Aber sicher.«

Sie ging ins Badezimmer und wusch sich das Gesicht. Das kalte Wasser tropfte ihr von den Wangen, und sie sah in den Spiegel. Ihr Liebhaber würde jetzt gleich Blut trinken. Vor ihren Augen.

Und das war noch nicht einmal das Merkwürdigste an der Sache. Sie fühlte sich unzulänglich, weil es nicht ihr Blut war, das ihn nährte.

Doch in dieses gefährliche Fahrwasser wollte sie sich nicht begeben. Also nahm sie ein Handtuch und rubbelte sich kräftig ab. Zeit sich umzuziehen blieb nicht mehr, also behielt sie Jeans und Pullover an. Eigentlich wollte sie auch gar nichts anderes tragen.

Als sie wieder herauskam, nahm Rhage seine Armbanduhr ab.

»Soll ich die für dich aufbewahren?« Sie dachte an das erste Mal, als sie auf seine Rolex aufgepasst hatte.

Er kam zu ihr und legte die schwere Uhr in ihre Handfläche. »Küss mich.«

Sie stellte sich auf die Zehenspitzen, und er beugte sich zu ihr herunter. Ihre Lippen trafen sich für einen kurzen Moment.

»Komm.« An der Hand führte er sie in den Flur. Als sie ihn verwirrt ansah, meinte er: »Ich möchte das nicht in unserem Schlafzimmer tun. Das ist unser Reich.«

Dann brachte er sie zu einem weiteren Gästezimmer, öffnete die Tür und ließ sie eintreten.

Als Erstes roch Mary Rosen, dann bemerkte sie die Frau in der Ecke. Ihr sinnlicher Körper steckte in einem weißen Wickelkleid, das rötlich-blonde Haar war hochgesteckt. Durch den tiefen Ausschnitt und ihre Frisur war ihr Hals so entblößt wie nur möglich.

Sie lächelte und verneigte sich, dann sagte sie etwas in der fremden Sprache.

»Nein«, sagte Rhage. »Auf Englisch. Wir werden Englisch reden.«

»Selbstverständlich, Krieger.« Die Stimme der Frau war hoch und rein, schön wie die eines Singvogels. Ihre blassgrünen, wunderschönen Augen ruhten auf Rhages Gesicht. »Ich bin entzückt, Euch dienen zu dürfen.«

Mary trat von einem Fuß auf den anderen und versuchte krampfhaft, sich davon abzuhalten, ihr Revier zu verteidigen. *Sie ist erfreut, ihm zu dienen?*

»Wie ist dein Name, Auserwählte?«, fragte Rhage.

»Ich bin Layla.« Wieder verneigte sie sich. In der Aufwärtsbewegung wanderte ihr Blick an Rhages Körper empor.

»Und das hier ist Mary.« Er legte den Arm um ihre Schultern. »Sie ist meine …«

»Freundin«, fiel Mary ihm scharf ins Wort.

Rhages Mund zuckte. »Sie ist meine Partnerin.«

»Selbstverständlich, Krieger.« Noch einmal verneigte sich die Frau, dieses Mal vor Mary. Als sie den Kopf wieder hob, lächelte sie warm. »Herrin, ich bin entzückt, auch Euch dienen zu dürfen.«

Von mir aus, dachte Mary. *Wie wär's dann, wenn du deinen dürren Hintern hier heraus bewegst und stattdessen einen hässlichen Drachen in einem Kartoffelsack vorbeischickst.*

»Wie möchtet Ihr mich?«, fragte Layla.

Rhage blickte sich im Zimmer um, dann zeigte er auf das luxuriöse Himmelbett. »Dort.«

Mary ließ sich ihren Schrecken nicht anmerken. Das fand sie jetzt überhaupt nicht verlockend.

Gehorsam schritt Layla zum Bett. Das seidene Kleid wirbelte um ihre Beine. Sie setzte sich auf die Satindecke, doch als sie die Beine darauf legen wollte, schüttelte Rhage den Kopf.

»Nein, bleib sitzen.«

Layla runzelte die Stirn, widersprach aber nicht. Sie lächelte wieder, als er einen Schritt auf sie zumachte.

»Komm mit.« Er zog an Marys Hand.

»Das ist nah genug.«

Er küsste sie, ging zu der Frau und sank vor ihr auf die Knie. Als ihre Hände an das Kleid wanderten, als wollte sie es aufschnüren, unterbrach Rhage sie.

»Ich trinke aus dem Handgelenk. Und du sollst mich nicht berühren.«

Ihre Miene drückte Bestürzung aus, die Augen weiteten sich. Dieses Mal schien sie den Kopf aus Scham zu senken, nicht aus Ehrerbietung. »Ich wurde für Euch gebührend gereinigt, Herr. Solltet Ihr das wünschen, dürft Ihr mich selbstverständlich untersuchen, bevor Ihr mich benutzt.«

Mary schlug sich die Hand auf den Mund. Dass diese Frau sich selbst lediglich als Objekt sah, war vollkommen abscheulich.

Rhage schüttelte den Kopf, auch er fühlte sich sichtlich unbehaglich bei dieser Antwort.

»Möchtet Ihr eine andere von uns?«, fragte Layla leise.

»Ich möchte das überhaupt nicht.«

»Aber warum habt Ihr dann die Auserwählten angerufen, wenn Ihr nicht die Absicht hattet, von uns Gebrauch zu machen?«

»Ich hatte nicht damit gerechnet, dass es so schwer sein würde.«

»Schwer?« Laylas Stimme wurde lauter. »Ich bitte um Vergebung, aber wie bereitete ich Euch Ungemach?«

»Das meine ich nicht, und ich möchte dich nicht kränken. Meine Mary ... sie ist ein Mensch, und ich kann nicht von ihr trinken.«

»Dann wird sie also nur die Verzückungen des Bettes mit uns teilen. Es wird mir eine Ehre sein, mich ihrer ebenfalls anzunehmen.«

»Äh, also, das ist nicht so ... Sie ist nicht hier, um ... äh, ich meine, wir drei werden nicht –« Du meine Güte, Rhage wurde ja rot. »Mary ist hier, weil ich bei keiner anderen Frau liegen will; aber ich muss mich nähren, verstehst du?« Rhage fluchte und stand auf. »Das hier funktioniert einfach nicht. Ich kann das nicht.

Laylas Augen blitzten auf. »Ihr sagt, Ihr müsst Euch nähren, aber Ihr könnt ihre Vene nicht nutzen. Ich bin hier. Ich bin bereit. Es wäre mir eine Freude, Euch zu geben, was Ihr braucht. Warum solltet Ihr Euch dabei unbehaglich fühlen? Oder vielleicht möchtet Ihr noch etwas länger warten? Bis der Hunger Euch verzehrt und Gefahr auf Eure Partnerin lauert?«

Rhage schob sich die Hand ins Haar. Packte eine Strähne und zog kräftig daran.

Layla schlug die Beine übereinander, ihr Kleid fiel dabei bis zum Oberschenkel auseinander. Sie sah wunderschön aus, wie sie da auf dem prächtigen Bett saß, so züchtig und gleichzeitig so unglaublich sexy.

»Ist denn Eure Erinnerung an unsere Traditionen bereits so verblasst, Krieger? Ich weiß, es ist lange her, doch wie könnt Ihr unzufrieden damit sein, dass ich Euch diene? Es ist eine meiner Pflichten, und ich empfinde es als große Ehre.« Layla schüttelte den Kopf. »Oder sollte ich sagen: früher empfand ich so. Wir empfanden so. Die Auserwählten haben in den vergangenen Jahrhunderten gelitten. Niemand aus der Bruderschaft wendet sich mehr an uns, wie sind nicht mehr gewünscht, werden nicht mehr gebraucht. Als Ihr schließlich auf uns zugekommen seid, waren wir glücklich.«

»Es tut mir leid.« Rhage warf einen Blick auf Mary. »Aber ich kann nicht –«

»Ihretwegen sorgt Ihr Euch, ist es so?«, murmelte Layla. »Ihr sorgt Euch, was sie empfinden wird, wenn sie Euch an meinem Handgelenk sieht.«

»Sie ist an unsere Sitten nicht gewöhnt.«

Die Frau streckte ihre Hand aus. »Herrin, setzt Euch zu mir. So kann er Euch anblicken, während er trinkt. So kann er Euch spüren, so werdet Ihr ein Teil davon sein. Sonst wird er mich zurückweisen, und wo wird Euch beide das hinführen?« Als niemand ein Wort sagte, und Mary sich nicht vom Fleck rührte, machte die Frau eine ungeduldige Geste. »Euch ist doch bewusst, dass er sonst nicht trinken wird? Ihr *müsst* das für ihn tun.«

»Da wären wir also«, sagte Tohrment, als er den Rover vor einem hübschen, modernen Haus parkte.

Sie waren in einem Stadtviertel, das John nicht kannte. Die Häuser lagen hier nicht direkt an der Straße und hielten alle ein wenig Abstand voneinander. Es gab viele schwarze Eisentore und gepflegte Rasenflächen, und die Bäume waren nicht nur einfache Ahorne und Eichen, sondern edlere Sorten, deren Namen er nicht kannte.

John schloss die Augen. Er wünschte sich, er trüge ein Hemd, das noch alle Knöpfe hatte. Vielleicht würde Tohrments Frau nichts von seiner Misere merken, wenn er den Arm über den Bauch hielt.

Gott ... was, wenn sie Kinder hatten? Würden sie sich über ihn lustig machen?

Haben Sie Kinder?, fragte John ohne nachzudenken in Zeichensprache.

»Was meinst du, mein Junge?«

John kramte in seiner Hosentasche nach einem Stück Papier. Rasch schrieb er etwas auf und hielt Tohrment den Zettel hin.

Tohrment wurde still und blickte zu seinem Haus. Sein Gesichtsausdruck wurde angespannt, als habe er Angst vor dem, was im Inneren geschah.

»Wir bekommen vielleicht ein Kind. In etwas über einem Jahr. Meine Wellsie ist schwanger, aber für unsere Frauen ist eine Geburt etwas sehr Schwieriges.« Tohrment schüttelte den Kopf, seine Lippen wurden schmal. »Wenn man älter wird, lernt man eine Schwangerschaft zu fürchten. Das ist ein verdammter Killer. Um ehrlich zu sein, hätte ich lieber keine Kinder, als meine *Shellan* zu verlieren.« Er räusperte sich. »Jedenfalls sollten wir jetzt erst mal reingehen. Wir essen etwas, und dann gebe ich dir eine Führung durch unser Trainingszentrum.«

Tohrment öffnete mit einem Knopfdruck das Garagentor und stieg aus. Während John seinen Koffer vom Rücksitz holte, hievte er das Zehngangrennrad aus dem Kofferraum. Dann gingen sie in die Garage, und Tohrment machte das Licht an.

»Ich stelle dein Fahrrad hier an die Wand, okay?«

John nickte und sah sich um. Da stand ein Volvo Kombi und ... ein Corvette-Sting-Ray-Cabrio aus den Sechzigern.

John blieb der Mund offen stehen.

Tohrment lachte leise. »Du kannst es dir ruhig mal näher ansehen.«

John stellte den Koffer ab und ging verliebt zu dem Wagen. Er wollte das glatte Metall streicheln, doch dann zog er die Hand wieder zurück.

»Nein, fass ihn ruhig an. Er steht gern im Mittelpunkt«, sagte Tohrment und zwinkerte John zu.

Das Auto war einfach wunderschön. Der Lack war glänzend metallic-eisblau. Das Dach war geöffnet, weshalb er ins Wageninnere sehen konnte. Die weißen Sitze waren einfach umwerfend. Das Lenkrad glänzte, und das Armaturenbrett war aus poliertem Holz gefertigt. Er mochte wetten, dass der Motor dröhnte wie ein Donnerschlag, wenn man ihn startete. Und er roch vermutlich nach frischem Öl, wenn man die Heizung anstellte.

Er blickte zu Tohrment und hatte das Gefühl, die Augen müssten ihm aus dem Kopf fallen. Wenn er doch nur sprechen könnte, nur um dem Mann zu erklären, wie großartig er den Wagen fand.

»Sieht wirklich klasse aus, was? Hab ihn selbst wieder hergerichtet. Über den Winter werde ich ihn stilllegen, aber wir könnten später damit ins Trainingszentrum fahren, was hältst du davon? Es wird bestimmt ein bisschen kühl, aber wir können uns ja dick einpacken.«

John strahlte. Und er grinste weiter, als der schwere Arm des Mannes sich um seine schmalen Schultern legte.

»Dann wollen wir dich mal füttern, mein Junge.«

Tohrment nahm den Koffer auf, und sie gingen ins Haus. Der Geruch von mexikanischem Essen lag würzig in der Luft.

Johns Nase war entzückt, aber sein Magen schlug Purzelbäume. Mist, wie sollte er denn so etwas herunterkriegen? Und was, wenn Tohrments Frau böse wurde ...?

Dann trat ihnen eine atemberaubende Rothaarige entgegen. Sie war mindestens eins achtzig groß, hatte eine Haut wie weißes Porzellan und trug ein weites, gelbes Kleid. Ihr Haar war einfach fantastisch – es fiel ihr in großzügigen, leuchtenden Wellen über den ganzen Rücken.

John legte sich den Arm vor den Leib, um den fehlenden Knopf zu verdecken.

»Wie geht es meinem *Hellren?«*, fragte die Frau und bot Tohrment den Mund für einen Kuss dar.

»Mir geht es gut, *Lielan.* Wellsie, das ist John Matthew. John, das ist meine *Shellan.«*

»Herzlich willkommen, John.« Sie hielt ihm die Hand hin. »Ich bin so glücklich, dass du bei uns bleiben willst.«

John schüttelte ihre Hand und legte dann den Arm rasch wieder vor den Bauch.

»Kommt, Jungs. Das Essen ist fertig.«

Die Küche war ein Traum aus Kirschholz, Granit und glänzenden Geräten. Ein runder Glastisch auf einem Metallgestell in einer Nische war für drei Personen gedeckt. Alles sah brandneu aus.

»Setzt euch«, sagte Wellsie. »Ich hole das Essen.«

Er betrachtete das Spülbecken. Es war aus weißem Porzellan, und ein eleganter Messingwasserhahn erhob sich in der Mitte.

»Möchtest du dir die Hände waschen?«, fragte sie. »Mach nur.«

In einer kleinen Schale lag ein Stück Seife, und John achtete darauf, sich gründlich abzuschrubben. Als er und Tohrment sich hingesetzt hatten, brachte Wellsie Platten und Schüsseln, auf denen sich das Essen häufte. Enchiladas. Quesadillas. Und sie holte noch mehr.

»Siehst du, das hatte ich gemeint«, begann Tohrment, während er sich großzügig den Teller voll schaufelte. »Wellsie, das sieht fantastisch aus.«

John beäugte das Angebot; auf dem Tisch stand nichts, was sein Magen vertrug. Vielleicht sollte er ihnen erzählen, er habe schon gegessen …

Da stellte Wellsie eine Schüssel vor ihm ab. Darin war Reis mit einer Art blasser Soße. Es duftete nur schwach, aber appetitlich.

»Das wird deinen Magen etwas besänftigen, da ist Ingwer drin«, erklärte sie. »Und die Soße enthält viel Fett, damit du ein bisschen zunimmst. Als Nachtisch habe ich Bananenpudding für dich gemacht, der ist Magen schonend und hat viele Kalorien.«

Ungläubig starrte John das Essen an. Sie wusste es. Sie wusste genau, was er nicht essen konnte. Und was er vertrug.

Die Schüssel verschwamm vor seinen Augen. Rasch blinzelte er ein paar Mal.

Krampfhaft presste er die Lippen zusammen und ballte die Hände im Schoß, bis die Knöchel knackten. Er würde nicht losheulen wie ein Baby. Auf keinen Fall würde er sich so blamieren.

Wellsies Stimme war ruhig, als sie sagte: »Tohr, könntest du uns mal eine Minute allein lassen?«

Ein Stuhl wurde zurückgeschoben, dann spürte John kurz eine feste Hand auf der Schulter. Schwere Schritte entfernten sich.

»Du kannst jetzt loslassen. Er ist weg.«

John schloss die Augen und sackte in sich zusammen, Tränen rannen ihm über die Wangen.

Leise zog Wellsie einen Stuhl zu ihm heran und begann, ihm langsam und sachte über den Rücken zu streicheln.

Er war so froh, dass Tohrment ihn gerade noch rechtzeitig gefunden hatte. Dass er in diesem hübschen, sauberen Haus würde leben dürfen. Dass Wellsie ihm etwas Besonderes zubereitet hatte, etwas, das sein Magen vertrug.

Dass sie beide ihm seinen Stolz gelassen hatten.

Dann wurde John zur Seite gezogen, in den Arm genommen und sacht hin und her gewiegt.

Wie ein Verdurstender saugte er diese Freundlichkeit in sich auf.

Etwas später hob er den Kopf und Wellsie drückte ihm eine Serviette in die Hand. Damit wischte er sich die Augen ab, drückte die Schultern durch und sah Wellsie an.

Sie lächelte. »Besser?«

Er nickte.

»Dann hole ich Tohr, ja?«

Wieder nickte John und nahm die Gabel in die Hand. Als er den Reis probierte, stöhnte er auf. Er hatte zwar nicht viel Geschmack, aber als er seinen Magen erreichte, fühlte es sich einfach gut an. Er genoss das Essen, statt wie üblich Krampfanfälle davon zu bekommen. Es war, als wäre es exakt auf seine Ernährungsbedürfnisse zugeschnitten.

Er konnte den Blick nicht heben, als Tohrment und Wellsie sich wieder hinsetzten, und er war erleichtert, dass sie von ganz normalen Dingen sprachen. Von ihren Erledigungen, ihren Freunden, ihren Plänen.

Er aß die ganze Schüssel leer und blickte zum Herd, ob es wohl noch mehr gab. Aber noch bevor er fragen konnte, nahm Wellsie seine Schüssel und füllte sie nach. Drei Portionen schaffte er, und danach noch etwas Bananenpudding. Als er den Löffel hinlegte, wurde ihm klar, dass er zum ersten Mal in seinem Leben satt war.

Er atmete tief ein, lehnte sich zurück und schloss die Augen. Zufrieden lauschte er Tohrments tiefer Stimme und Wellsies melodischen Antworten.

Es klang wie ein Wiegenlied, dachte er. Besonders, als sie in eine Sprache fielen, die er nicht kannte.

»John?«, hörte er Tohrment.

Er versuchte, sich aufzusetzen, aber er war so schläfrig, dass er kaum die Lider heben konnte.

»Wie wäre es, wenn ich dich auf dein Zimmer bringe und du dich ein bisschen aufs Ohr haust? In das Trainingszentrum können wir auch noch in ein paar Tagen fahren. Gewöhn dich erstmal hier ein.«

John nickte. Er konnte nur daran denken, einmal richtig auszuschlafen.

Dennoch räumte er seinen Teller ab, spülte ihn ab und stellte ihn in die Maschine. Als er noch mehr helfen wollte, schüttelte Wellsie den Kopf.

»Das mache ich schon. Geh du mit Tohr.«

John holte Zettel und Stift heraus. Als er fertig geschrieben und ihr die Worte gezeigt hatte, lachte Wellsie.

»Sehr gern geschehen. Und ja, ich zeige dir, wie man das kocht.«

John nickte. Und verengte die Augen.

Wellsie lächelte so breit, dass er ihre Zähne sehen konnte. Zwei davon waren sehr lang.

Sie schloss den Mund, als hätte sie sich erschreckt. »Geh einfach schlafen, John, und mach dir keine Sorgen. Morgen ist immer noch Zeit genug zum Nachdenken.«

Er blickte zu Tohrment hinüber, dessen Miene undeutbar war.

In diesem Augenblick wusste er es. Wusste es ohne weitere Erklärungen. Er hatte schon immer gewusst, dass er anders war, und endlich würde er erfahren, warum: Diese beiden wunderbaren Menschen würden ihm sagen, wer er war.

John dachte an seine Träume. Vom Biss und dem Blut.

Er hatte das Gefühl, das waren keine Fantasien.

Das waren seine Erinnerungen.

14

Mary blickte auf die ausgestreckte Hand der Auserwählten und dann zu Rhage. Sein Gesicht war finster, sein Körper angespannt.

»Wollt Ihr ihm nicht helfen?«, fragte Layla.

Mary fasste sich ein Herz, ging auf sie zu und legte ihre Finger in die dargebotene Hand.

Layla zog sie zu sich herunter und lächelte leicht. »Ich weiß, dass Ihr aufgeregt seid, aber sorgt Euch nicht, es wird schnell vorbei sein. Dann werde ich gehen, und es wird nur noch Euch und ihn geben. Ihr könnt einander festhalten und mich aus Euren Gedanken verbannen.«

»Wir kannst du es ertragen, so … benutzt zu werden?«, fragte Mary.

Layla runzelte die Stirn. »Ich gebe, was benötigt wird, ich werde nicht benutzt. Und wie sollte ich der Bruderschaft etwas verweigern? Sie beschützen uns, damit wir weiterleben können. Sie schenken uns Töchter, damit unsere Traditionen fortgeführt werden … oder zumindest pflegte es früher so zu sein. In letzter Zeit sind wir weniger und weniger geworden, da die Brüder nicht länger zu uns kommen. Wir benötigen dringend Kinder, doch nach dem Gesetz dürfen wir uns nur mit Mitgliedern der Bruderschaft paaren.« Sie blickte zu Rhage. »Daher wurde ich für heute Nacht ausgewählt. Ich nähere mich meiner Triebigkeit, und wir hatten gehofft, Ihr würdet mich nehmen.«

»Ich werde nicht bei dir liegen«, sagte Rhage leise.

»Ich weiß. Und dennoch werde ich dir zu Diensten sein.«

Mary schloss die Augen und stellte sich das Kind vor, das Rhage zeugen könnte. Unbewusst wanderte ihre Hand zu ihrem flachen Bauch und sie versuchte, ihn sich angeschwollen und schwanger vorzustellen. Die Freude wäre überwältigend; dessen war sie sich sicher. Denn der Schmerz darüber, dass es nie dazu kommen würde, war unermesslich.

»Also, Krieger, was werdet Ihr tun? Werdet Ihr nehmen, was ich Euch mit Freuden gebe? Oder werdet Ihr riskieren, Eure Partnerin zu verletzen?

Als Rhage immer noch zögerte, wurde Mary klar, dass die einzig mögliche Lösung für sie direkt vor ihnen lag. Er musste das hier tun.

»Trink«, befahl sie ihm.

Er begegnete ihrem Blick. »Mary?«

»Ich möchte, dass du trinkst. Jetzt sofort.«

»Bist du dir sicher?«

»Ja.«

Einen Herzschlag lang herrschte eisige Stille. Dann ließ er sich wieder vor Layla zu Boden sinken. Er beugte sich vor, und die Frau schob den Ärmel ihres Kleides über das Handgelenk und legte ihren Arm auf den Oberschenkel. Die Venen auf der Innenseite des Gelenks schimmerten blassblau unter der weißen Haut.

Während er den Mund öffnete, griff Rhage nach Marys Hand. Seine Fänge verlängerten sich auf das Dreifache ihrer üblichen Größe. Mit einem leise zischenden Geräusch senkte er den Kopf und legte seinen Mund auf Laylas Arm. Die Frau zuckte kurz, dann wurde sie ganz ruhig.

Rhages Daumen strich über Marys Handgelenk, seine Hand fühlte sich warm an. Sie konnte nicht ganz genau sehen, was er tat, aber seine kaum merklichen Kopfbewegungen ließen auf Saugen schließen. Als er ihre Hand drückte, erwiderte sie die Geste schwach. Die ganze Erfahrung war noch zu fremd, und er hatte Recht: Es lag eine schockierende Intimität darin.

»Streichle ihn«, wisperte Layla. »Er will schon aufhören, und es ist noch zu früh. Er hat noch nicht genug genommen.«

Wie betäubt legte Mary ihm ihre freie Hand auf den Kopf. »Alles in Ordnung, mir geht es gut.«

Rhage versuchte, den Kopf zurückzuziehen, als wüsste er, dass sie log. Doch sie dachte an all das, was er für sie zu tun bereit gewesen war, alles, was er für sie durchgemacht hatte.

Sie hielt seinen Kopf fest und drückte ihn nach unten. »Lass dir Zeit. Wirklich, alles in Ordnung.«

Sie hielt seine Hand, und seine Schultern lockerten sich wieder. Er rutschte näher zu ihr heran, und sie öffnete die Beine, damit er sich dazwischen knien konnte. Seine Brust ruhte nun auf ihrem Oberschenkel, sein breiter Rücken ließ sie winzig erscheinen. Sanft strich sie ihm mit der Hand durch das blonde Haar, ihre Finger versanken in den dicken, weichen Wellen.

Und urplötzlich war die ganze Sache gar nicht mehr so merkwürdig.

Obwohl sie spüren konnte, wie er aus Laylas Vene trank, fühlte sich sein Körper an ihrem eigenen so vertraut an, und das Reiben ihres Handgelenks bewies ihr, dass er beim Trinken an sie dachte. Sie musterte Layla; die Frau betrachtete ihn, doch der konzentrierte Ausdruck auf ihrem Gesicht war nüchtern.

Mary fiel wieder ein, was er über das Trinken gesagt hatte: würde er sie beißen, könnte sie seine Lust spüren. Ganz eindeutig fand nichts dergleichen zwischen ihm und der Auserwählten statt. Beide waren völlig ruhig, friedlich. Nicht gebeutelt von einer wie auch immer gearteten Leidenschaft.

Laylas Blick hob sich und sie lächelte. »Es ist gut. Nur noch etwa eine Minute.«

Dann war es vorbei. Rhage hob den Kopf leicht und drehte ihn zu Mary hinüber; er legte ihn in ihren Schoß und schlang die Arme um sie. Das Gesicht ruhte auf ihrem Oberschenkel, und wenn sie auch seine Miene nicht sehen konnte, waren doch seine Muskeln gelöst, und seine Atmung war tief und gleichmäßig.

Mary betrachtete Laylas Handgelenk. Da waren zwei kleine runde Löcher und eine leichte Rötung, aber nur ein dünnes Rinnsal Blut.

»Er wird ein bisschen Zeit brauchen, um sich zu sammeln«, erklärte die Auserwählte, während sie ihr Handgelenk ableckte und den Ärmel wieder nach unten schob. Dann stand sie auf.

Mary rieb Rhages Rücken und sah die andere Frau an. »Vielen Dank.«

»Das habe ich sehr gern getan.«

»Wirst du wiederkommen, wenn er dich braucht?«

»Würdet Ihr mich wieder haben wollen? Mich speziell?«

Mary schluckte ihre Eifersucht bei der Begeisterung der Auserwählten herunter. »Ja ...ähm... ich glaube schon.«

Layla strahlte geradezu, ihre Augen blitzten vor Glück.

»Herrin, es wäre mir eine Ehre.« Sie verneigte sich. »Er weiß, wie er mich rufen kann. Ich stehe immer zu Eurer Verfügung.«

Sie verließ den Raum mit federnden Schritten.

Als die Tür ins Schloss fiel, beugte sich Mary hinab und küsste Rhages Schulter. Er rührte sich und hob den Kopf an. Dann wischte er sich den Mund mit der Handfläche ab, als wollte er nicht, dass sie Reste von Blut an ihm sah.

Als ihre Blicke sich trafen, hingen seine Lider schwer herab, die stahlblauen Augen waren glasig.

»Hallo«, sagte sie und strich ihm das Haar aus dem Gesicht.

Er lächelte dieses spezielle Lächeln, das ihn aussehen ließ wie einen Engel. »Hallo.«

Zärtlich berührte sie seine Unterlippe mit dem Daumen. »Hat sie gut geschmeckt?« Als er zögerte, drängte sie: »Sei ehrlich zu mir.«

»Ja, das hat sie. Aber trotzdem wärst du mir lieber gewesen, und ich habe die ganze Zeit an dich gedacht. Ich habe mir vorgestellt, du wärest es.«

Mary senkte den Kopf und leckte ihm über die Lippen. Als seine Augen verwundert aufblitzten, ließ sie ihre Zunge in ihn hineingleiten und schmeckte einen Hauch des noch verbliebenen Aromas. *Wie ein süßer Rotwein.*

»Gut«, murmelte sie an seinen Lippen. »Ich möchte, dass du an mich denkst, während du das tust.«

Er legte die Hände seitlich an ihren Hals, die Daumen direkt über den Venen. »Nur an dich.«

Seine Lippen fanden ihre, und Mary umklammerte ihn, zog ihn gierig näher an sich heran. Er zog ihr Sweatshirt hoch, und sie reckte die Arme, um ihm das Ausziehen zu erleichtern. Dann ließ sie sich rückwärts aufs Bett fallen. Er zog ihr Hose und Unterhose aus und schlüpfte dann aus seinen eigenen Kleidern.

Er schwebte über ihr, umschlang sie mit einer Hand und schob sie auf dem Bett weiter hoch. Dann schob er den Oberschenkel zwischen ihre Beine und drückte sie mit seinem Körper auf die Matratze. Seine schwere Erregung lag mitten auf ihrem Bauch. Verzückt schlängelte sie sich um ihn herum, streichelte sich selbst, streichelte ihn.

Sein Mund war fordernd, als er sie küsste, doch er drang ganz langsam in sie ein, dehnte sie vorsichtig, vereinte sie beide miteinander. Seine Erektion war groß und hart und himmlisch, und er bewegte sich träge tief in sie hinein. Der köstliche dunkle Geruch flutete über sie hinweg.

»Ich werde keine andere haben«, flüsterte er an ihrem Hals. »Nie. Ich werde keine außer dir nehmen.«

Mary schlang die Beine um seine Hüften, sie wollte ihn so tief in sich haben, wie es möglich war. Und sie wollte, dass er für immer bei ihr bleiben konnte.

John folgte Tohrment durch das Haus. Es gab eine Menge Zimmer, und alle Möbel und Dekorationsgegenstände waren wirklich hübsch und viele waren wirklich alt. Er blieb vor einem Gemälde stehen, das ein Gebirge darstellte. Ein Messingschildchen auf dem Goldrahmen nannte den Namen Frederic Church. Er fragte sich, wer das wohl war, und befand, dass der Kerl ein echt guter Maler war.

Am Ende des Flurs öffnete Tohrment eine Tür und knipste das Licht an. »Ich hab deinen Koffer schon hier herein gestellt.

John trat ein. Die Wände und die Decke waren dunkelblau gestrichen, auf dem großen, eleganten Bett häuften sich dicke Kissen. Außerdem gab es noch einen Schreibtisch und eine Kommode. Eine Schiebetür führte auf eine Terrasse hinaus.

»Das Bad ist hier.« Tohrment machte ein weiteres Licht an.

Als John seinen Kopf durch die Tür steckte, sah er blauen Marmor. Die Dusche war verglast, und … wow, es gab *vier* Duschköpfe.

»Wenn du etwas brauchst: Wellsie ist hier. Ich komme gegen vier Uhr morgens zurück. Um die Zeit treffen wir uns jede Nacht. Wenn du uns tagsüber brauchst, kannst du uns von jedem Telefon aus anrufen. Wähl einfach Sternchen eins. Wir sind jederzeit für dich da. Ach ja, und wir haben zwei *Doggen,* unsere Angestellten, die uns ein bisschen im Haushalt helfen, Sal und Regine. Beide wissen, dass du jetzt bei uns wohnst. Sie kommen gegen fünf. Wenn du irgendwohin musst, bitte sie einfach, dich zu fahren.«

John ging zum Bett hinüber und berührte eines der weichen Kissen.

»Es wird dir hier gut gehen, mein Junge. Vielleicht dauert es ein bisschen, bis du dich daran gewöhnt hast, aber alles wird gut werden. Ach so, und sag bitte *du* zu uns. Du gehörst jetzt zur Familie.«

John sah sich im Zimmer um. Dann nahm er all seinen Mut zusammen und öffnete den Mund. Er deutete zunächst auf seine Zähne, dann auf Tohrment.

»Bist du sicher, dass du das jetzt hören willst?«, murmelte Tohrment.

Als John nickte, öffnete Tohrment langsam die Lippen. Und entblößte ein Paar Fänge.

O … Mann. O …

John schluckte und deutete mit dem Finger in seinen eigenen Mund.

»Ja, du wirst auch welche bekommen. Innerhalb der nächsten paar Jahre.« Tohrment setzte sich aufs Bett und stützte die Ellbogen auf die Knie. »Wir erleben die Verwandlung mit etwa fünfundzwanzig. Danach wirst du trinken müssen, um zu überleben. Und wir sprechen hier nicht von Milch, mein Junge.«

John zog die Augenbrauen hoch. Von wem würde er trinken müssen?

»Wir werden eine Vampirin für dich finden, um dich durch die Wandlung zu bringen, und ich werde dir erklären, was dich erwartet. Ist nicht gerade ein Picknick, aber wenn du das überstanden hast, wirst du so stark sein, dass es das alles wert war.«

Johns Augen leuchteten auf, als er Tohrment musterte. Plötzlich breitete er die Arme längs aus und legte sich dann den Daumen auf die Brust.

»Ja, du wirst so groß sein wie ich.«

John formte mit den Lippen das Wort *herauskommen.*

»Stimmt. Deshalb ist die Transition auch kein Spaß. Dein Körper macht eine riesige Veränderung innerhalb weniger Stunden durch. Danach musst du vieles neu lernen. Wie man geht und sich bewegt, zum Beispiel. Unsere Körper sind anfangs schwer zu beherrschen.«

Abwesend rieb John sich die Brust, wo sich die kreisrunde Narbe befand. Tohrments Augen folgten der Bewegung.

»Ich muss ehrlich mit dir sein, mein Junge. Es gibt vieles, was wir über dich nicht wissen. Zum einen können wir nicht erkennen, wie viel von unserem Blut in dir fließt. Und wir haben keine Ahnung, von welcher Linie du abstammst. Was die Narbe betrifft, kann ich dir ebenfalls nicht helfen – ich weiß nicht, woher sie stammt. Du sagst, du hattest sie schon immer, und ich glaube dir auch. Aber diese Kennzeichnung erhalten wir erst später, wir werden nicht damit geboren.«

John nahm einen Zettel heraus und schrieb darauf: *Hat jeder sie?*

»Nein. Nur meine Brüder und ich. Deshalb hat Bella dich zu uns gebracht.«

Wer seid ihr?, schrieb John.

»Die Bruderschaft der Black Dagger. Wir sind Krieger, mein Junge. Wir kämpfen, um unsere Rasse zu erhalten, und genau dazu werden wir auch dich ausbilden. Mit der Kennzeichnung könntest am Ende einer von uns werden. Ich weiß es nicht.« Tohrment rieb sich den Nacken. »Sehr bald werde ich dich zu Wrath bringen. Er ist der Chef, unser König. Außerdem möchte ich, dass Havers dich untersucht, unser Arzt. Er könnte vielleicht mehr über deine Blutlinie herausfinden. Wäre das okay für dich?«

John nickte.

»Ich bin sehr froh, dass wir dich gefunden haben, John. Wenn nicht, wärst du gestorben, denn niemand hätte dir geben können, was du brauchst.«

John ging zum Bett und setzte sich neben Tohrment.

»Hast du noch etwas auf dem Herzen?«

Wieder nickte John, doch er konnte seine Gedanken nicht vernünftig ordnen.

»Denk doch einfach heute Nacht in Ruhe darüber nach. Wir reden morgen weiter.«

Wie durch einen Nebel bekam John mit, dass er eine zustimmende Kopfbewegung machte. Tohrment stand auf und ging zur Tür.

Da durchfuhr John aus dem Nichts heraus ein Gefühl von Panik. Die Vorstellung, allein zu sein, selbst in einem so schönen Haus bei so freundlichen Leuten in einer sicheren Gegend, erschreckte ihn. Er fühlte sich so … klein.

Da schoben sich Tohrments Stiefel in sein Gesichtsfeld.

»Weißt du was, John, ich glaube, ich bleib einfach noch ein bisschen hier bei dir. Soll ich? Wir könnten ein bisschen fernsehen.

Danke, bedeutete John ihm, ohne nachzudenken. *Ich fühle mich ein bisschen seltsam.*

»Das interpretiere ich als Ja.« Tohrment machte es sich auf dem Bett bequem, schnappte sich die Fernbedienung und schaltete den Fernseher an. »Vishous, einer meiner Brüder, hat hier im Haus alles verkabelt. Ich glaube, wir kriegen ungefähr siebenhundert Sender. Was möchtest du sehen?«

John zuckte die Achseln und lehnte sich hinten an das Kopfteil.

Gemächlich zappte Tohrment durch die Kanäle, bis er *Terminator 2* fand. »Magst du den?«

John pfiff leise durch die Zähne und nickte dann.

»Ja, ich auch. Ein echter Klassiker, und Linda Hamilton ist einfach heiß.«

15

Rhage schlief sehr lange, und was ihn schließlich weckte, waren schlechte Neuigkeiten. Die Ruhelosigkeit, dieses furchtbare innere Summen, war wieder erwacht. Die Gnadenfrist der Jungfrau der Schrift war vorüber. Die Bestie war zurückgekehrt.

Er öffnete die Augen und sah Marys Haar auf dem Kissen. Und die Kontur ihres Halses. Und ihren nackten Rücken. Ihm brach der Schweiß aus. Innerhalb von Sekunden bekam er einen Ständer.

Er musste daran denken, wie sie miteinander geschlafen hatten, nachdem er getrunken hatte. Und dann erneut, als sie wieder auf ihrem Zimmer waren. Noch zweimal an diesem Tag hatte er sie genommen, wenn er auch ein schlechtes Gewissen dabei hatte, so fordernd zu sein und sie nie in Ruhe zu lassen. Trotzdem hatte sie ihn jedes Mal angelächelt und ihn bereitwillig in sich aufgenommen, obwohl sie erschöpft sein musste und vermutlich auch ein bisschen wund.

Und jetzt wollte er sie schon wieder, aber mit einer pochenden Begierde, die er zuvor nicht gefühlt hatte. Dieser Hunger war animalisch, als hätte er sie noch nie besessen oder wäre monatelang von ihr getrennt gewesen. Während er gegen den Drang ankämpfte, krümmten seine Finger sich, seine Hände kitzelten, die Haut straffte sich. Er stand völlig unter Strom, seine Knochen vibrierten geradezu.

Er stand auf und ging duschen. Danach hatte er sich wieder etwas besser in der Gewalt, doch dann entdeckte er, dass Mary sich von der Decke frei gestrampelt hatte. Herrlich nackt lag sie auf dem Bauch, ihr wunderschöner Hintern eine Versuchung, der er nur mit Mühe widerstehen konnte.

»Kann ich dir was aus der Küche mitbringen?«, fragte er heiser.

»Schlafen«, murmelte sie und wälzte sich auf den Rücken. Die rosa Spitzen ihrer Brüste wurden hart, als die kühle Luft darüber strich.

O mein Gott … Moment mal, irgendetwas stimmte hier nicht. Ihr Gesicht war gerötet, als hätte sie zu lange im Wind gestanden, und die Muskeln ihrer Beine zuckten unkontrolliert.

Er ging zum Bett und legte ihr eine Hand auf die Stirn. Sie war heiß und trocken.

»Mary, ich glaube, du hast Fieber.«

»Geringgradig. Das ist normal.«

Angst kroch an ihm hoch und kühlte seine Begierde nach Sex ab. »Soll ich dir ein Aspirin holen?«

»Ich muss einfach schlafen, bis es vorbei ist.«

»Möchtest du, dass ich bei dir bleibe?«

Sie öffnete die Augen. Er hasste den trüben Blick darin. »Nein, das kommt öfter vor. Ehrlich, mir geht's gut. Ich muss einfach nur schlafen.«

Ein Weilchen blieb Rhage noch bei ihr, dann zog er eine enge schwarze Laufhose und ein T-Shirt an. Bevor er ging, betrachtete er sie noch einmal. Er konnte es schon kaum aushalten, wenn sie ein bisschen fiebrig war. Wie zum Henker sollte er damit klarkommen, wenn es ihr wirklich schlecht ging?

Havers. Havers hatte sich noch nicht zurückgemeldet, dabei sollte der Arzt eigentlich inzwischen ausgiebig Einsicht in ihre Krankenakte genommen haben. Rhage holte sein Handy heraus und ging in den Flur.

Das Gespräch mit dem Arzt dauerte nicht lange, weil der Mann nichts für sie tun konnte. Da Vampire keinen Krebs bekamen, hatte er sich mit der Krankheit nie näher befasst.

Rhage wollte schon auflegen, als der Arzt zögerlich ansetzte: »Verzeih, Herr, ich möchte nicht aufdringlich sein. Aber hast du … ist dir klar, wie weitreichend die Behandlungen bisher waren?«

»Ich weiß, dass es viele gab.«

»Aber ist dir bewusst, wie intensiv sie waren? Wenn die Leukämie zurückgekehrt ist, dann hat sie möglicherweise nur begrenzte Möglichkeiten –«

»Danke, dass du dir ihre Akten angesehen hast. Ich weiß das zu schätzen.« Als bräuchte er noch eine Bestätigung, wie ernst die Situation war.

»Warte … Bitte denk dran, dass ich euch auf jede erdenkliche Weise helfen möchte. Auch wenn ich in Bezug auf die Chemotherapie nicht von Nutzen sein kann. Aber wir haben hier die Rezepturen für viele der Schmerzmittel und verschiedene andere Medikamente, die sie früher schon genommen hat. Ich kann ihr Erleichterung verschaffen und sie unterstützen, auch wenn sie ihre eigentliche Behandlung in einem menschlichen Krankenhaus erhalten wird. Du musst mir nur Bescheid geben.«

»Das werde ich. Und … danke, Havers.«

Nach dem Telefonat ging er zu Wraths Arbeitszimmer, doch der Raum war leer. Also ging er die Treppen hinunter. Vielleicht holten sich Wrath und Beth gerade einen Snack.

Aus dem Nichts tauchte plötzlich eine Wand aus Leder vor ihm auf, gekrönt von einer langen schwarzen Mähne. Die Sonnenbrille, die Wrath heute trug, war silbern.

»Suchst du mich?«, fragte der König.

»Hi. Ja. Mary ist hier eingezogen. Auf Dauer.«

»Das habe ich gehört. Fritz hat gesagt, sie hätte ein paar Sachen mitgebracht.«

»Mhm. Hör mal, was hältst du davon, heute Abend eine kleine Party zu veranstalten? Ich möchte, dass Mary ihre Freundin Bella mal wieder treffen kann, und ich dachte mir, die Bruderschaft könnte ja mal versuchen, sich von ihrer besten Seite zu präsentieren. Du weißt schon, mit Anzug und allem Schnickschnack. Vielleicht möchte Wellsie auch kommen. Mary hat zwar mich, aber sie muss auch mal ein paar andere Leute sehen. Ich möchte nicht, dass sie sich isoliert fühlt.«

»Verdammt gute Idee. Beth wollte, dass wir heute Nacht in die Stadt fahren, aber –«

»Dann tut das auch. Es soll doch ganz ungezwungen sein.«

»Tja, also, meine *Shellan* hat sich schon darauf gefreut, mal hier herauszukommen. Sie mag es gern, wenn sie mich ganz für sich allein hat. Und ich, ähm, ich mag es auch, wenn du verstehst, was ich meine.«

Rhage musste lächeln, als Wraths Körper eine Welle von Hitze abstrahlte.

Eine kurze Pause entstand. Dann sagte der König: »Mein Bruder, ist noch etwas?«

»Ja. Mary wird bald sehr krank sein. Ich werde jede

Nacht mit der Bruderschaft unterwegs sein, solange ich kann. Aber wenn es hart auf hart kommt …«

»Natürlich. Tu einfach, was du für nötig hältst.«

»Danke, Mann.«

Wrath schüttelte den Kopf. »Weißt du was – du zeigst gerade deinen wahren Wert. Ehrlich.«

»Ja, ähm, aber es wäre mir lieber, du würdest das für dich behalten. Ich habe einen Ruf als egozentrisches Arschloch zu wahren.«

»Sehr witzig. Aber im Ernst: Ich kann mir vorstellen, dass sonst nur Tohr oder Phury das alles tun würden. Vielleicht noch V.«

Rhage runzelte die Stirn. »Das klingt, als wäre es ein Opfer, verflucht. Ich liebe sie.«

»Das ist ja das Opfer. Du liebst sie, obwohl du weißt, dass sie bald in den Schleier eingehen wird.«

»Sie wird *nirgend*wohin gehen.« Rhage biss die Zähne zusammen. »Sie wird wieder gesund. Es wird hart, aber sie *wird* wieder gesund.«

»Vergib mir.« Wrath verneigte den Kopf. »Natürlich wird sie das.«

Rhage sah zu Boden. Er wusste nicht, wie er mit der Entschuldigung umgehen sollte, da er nur daran gewöhnt war, selbst welche auszusprechen. Und außerdem fühlte er sich jedes Mal, wenn er an Marys Tod dachte, als stünde sein Brustkorb in Flammen.

»Bis später, Herr.« Er musste hier schnellstens weg, bevor er sich lächerlich machte, indem er zu gefühlsduselig wurde.

Als er allerdings aufblickte, stockte ihm der Atem. Der König nahm nie seine Sonnenbrille ab.

Niemals.

Fasziniert starrte Rhage in die leuchtend silbergrünen Augen, die ihn musterten. Da waren keine richtigen Pupillen, nur zwei winzige schwarze Pünktchen. Und die Wärme, die in diesen blinden, strahlenden Kreisen lag, war erschütternd.

»Ich bin stolz darauf, dich Bruder nennen zu dürfen«, sagte Wrath.

Schwere Arme legten sich um Rhage, und er wurde an eine massive Brust gezogen. Er verspannte sich kurz, doch dann lehnte er sich an Wraths wuchtige Schultern.

»Wrath?«

»Ja?«

Rhage öffnete den Mund, aber die Stimme versagte ihm.

In die Stille hinein entgegnete Wrath: »Wir werden alle für dich da sein. Deshalb musst du um Hilfe bitten, wenn du sie brauchst. Und wenn die Zeit kommt, wird für sie die vollständige Schleier-Zeremonie vollzogen, wie es der *Shellan* eines Kriegers zusteht.«

Rhage kniff die Augen zusammen. »Danke, Herr.«

Später an diesem Abend stand Mary im Bad und fönte sich die Haare. Als sie fertig war, betrachtete sie sich im Spiegel und strich die dunklen Wellen glatt. Sie fühlten sich so weich an, und in diesem Licht schimmerten goldene und rote Funken darin auf.

Sie weigerte sich, daran zu denken, dass sie bald wieder glatzköpfig sein würde. Verbot sich jedes Grübeln. Sie hätte weiß Gott noch ausreichend Zeit dazu, wenn es so weit wäre.

»Du bist immer noch so schön wie gestern«, sagte Rhage zu ihr, als er aus der Dusche kam. Während er sich abtrocknete, trat er hinter sie und blies ihrem Spiegelbild einen Kuss zu.

Sie lächelte. »Vielen, vielen Dank, dass du Bella und John eingeladen hast. Sie ist eine so gute Freundin geworden, und wegen des Jungen hatte ich mir schon Sorgen gemacht.«

»Ich möchte nicht, dass du den Kontakt zu deinen Freunden verlierst, nur weil du hier lebst. Außerdem braucht die Bruderschaft hin und wieder einen Grund, sich zivilisiert zu benehmen. Das tut uns gut.«

»Ich finde es so nett von Tohrment und Wellsie, John bei sich aufzunehmen.«

»Die beiden sind einfach die Besten.«

Als Rhage das Badezimmer verließ, starrten die Augen seiner Drachen-Tätowierung sie an. Das wirkte etwas unheimlich, fand sie, aber nicht unangenehm. Es war, als würde man von einem Wachhund fixiert, der eigentlich gern gestreichelt werden wollte.

Sie ging hinüber und setzte sich auf die Bettkante. »Hey, tut mir leid, falls ich dich heute Morgen geweckt habe. Ich wälze mich immer ziemlich im Bett umher, wenn das Fieber kommt.«

Rhage kam aus dem begehbaren Schrank und zog den Reißverschluss seiner schwarzen Hose zu. »Du hast mich überhaupt nicht gestört. Aber können wir denn nichts dagegen unternehmen?«

»Eigentlich nicht. Aber ich schlafe gern woanders, wenn es dich stört.« Sie lachte über seinen Blick. »Ist ja gut, ist ja gut. Ich bleibe hier.«

»Ich hatte wirklich gehofft, Havers könnte irgendwas für dich tun.«

»Mach dir keine Gedanken. Immerhin hast du es versucht.«

»Wann musst du wieder zu deinem Onkologen?«

»Bald, aber ich möchte heute nicht mehr davon sprechen, okay? Heute Abend geht es um das Leben. Ich fühle mich gut, und ich werde keine Minute mehr mit düsteren Gedanken verschwenden.«

Rhages Mundwinkel hoben sich, seine Augen glänzten vor Bewunderung und Respekt.

Wie habe ich nur eine Sekunde daran denken können, ihn aus meinem Leben auszuschließen?, dachte sie.

Sie lächelte zurück und freute sich schon auf das Ende der Party, wenn sie wieder allein sein konnten. Im Dunkeln, wenn nichts zwischen ihnen war.

Als er wieder im Schrank verschwand, ging sie ihm nach. Ein paar Minuten Zeit hatten sie noch, da konnte man sich ja schon mal einen Vorgeschmack holen. Während er die ordentlich auf Bügeln hängenden Hemden musterte, legte sie ihm die Hand auf den Rücken, direkt auf die Schulter der Bestie.

Rhage schreckte zurück und machte einen Schritt beiseite.

»Hast du dir wehgetan?«, fragte sie.

Sie umkreiste ihn, während er krampfhaft auswich und die beiden so mehrfach die Plätze tauschten.

»Rhage –«

»Wir müssen uns beeilen, sonst kommen wir zu spät.« Seine Stimme klang etwas heiser, seine Brustmuskeln zuckten.

»Was ist denn mit deinem Rücken?«

Er holte ein Hemd vom Bügel und zog es über, dann knöpfte er es eilig zu. »Dem Rücken geht's gut.«

Er gab ihr einen flüchtigen Kuss auf die Wange und quetschte sich an ihr vorbei. Dann öffnete er die Tür zum Flur und nahm im Vorbeigehen seine Uhr von der Kommode. Seine Finger zitterten, als er den Verschluss zumachte.

Gerade als sie noch einmal fragen wollte, was los war, tauchte Phury im Türrahmen auf.

»Hey, mein Bruder, hallo Mary«, lächelte er. »Wollen wir zusammen runtergehen?«

Mary verbarg ihre Enttäuschung. Und befand, dass das immerhin die bestaussehende Unterbrechung war, die man sich vorstellen konnte.

Phurys prachtvolles, mehrfarbiges Haar war über seine breiten Schultern ausgebreitet, und er sah todschick aus. Sein Anzug war schwarzblau mit Nadelstreifen, das rosa Hemd darunter gab seinen kräftigen Hals und seinen absurd schönen Teint frei. Die Manschettenknöpfe waren aus massivem Gold, und er trug einen Diamantring am kleinen Finger.

Der Bruder sah aus wie einem Hochglanzmagazin entsprungen. Bella und er würden wirklich gut zusammen passen, dachte Mary.

»Phury, hast du eigentlich Bella schon kennen gelernt?«

Der Vampir fummelte an dem Tuch in seiner Brusttasche, obwohl das Ding gar nicht schief saß. »Ja, ich hab sie gesehen. An dem Abend, als du mit dem Jungen hier warst.«

»Sie kommt auch heute Abend.«

»Ich, äh, ich weiß.«

»Und sie ist im Moment solo.«

Junge, Junge, dieses leichte Erröten war einfach der Hammer, dachte sie. Phury war umwerfend.

»Er ist nicht interessiert«, sagte Rhage, während er sich eine Pistole hinten in die Hose steckte.

Mary warf ihm einen scharfen Blick zu, den er nicht bemerkte, weil er sich gerade die Anzugjacke überstreifte.

»Aber du bist doch auch Single«, sagte sie zu Phury. »Oder?«

»Das schon«, ließ sich wieder Rhage vernehmen.

»Rhage, wie wäre es, wenn du ihn mal selbst antworten lässt? Also Phury, wenn ihr beide frei seid, warum lädst du sie dann nicht mal zum Abendessen ein?«

Phury strich sich das Revers glatt und errötete noch etwas stärker. »Also, ich weiß nicht so recht.«

»Sie ist wirklich großartig –«

Rhage schüttelte den Kopf und schubste sie in den Flur. »Lass es gut sein, Mary. Komm schon.«

Auf halber Treppe zupfte sie Rhage am Ärmel und blieb stehen. Als Phury weiterging, flüsterte sie: »Was hast du denn? Er und Bella würden prächtig zusammenpassen.«

»Das Einzige, was Bella von ihm haben könnte, wären Gespräche.«

»Was soll –«

»Er fängt nichts mit Frauen an.«

»Ist er schwul?«

»Nein, aber dräng ihm Bella nicht auf, okay? Es wäre beiden gegenüber nicht fair.«

Marys Blick heftete sich auf Phury, der eben auf den Mosaikfußboden der Eingangshalle trat. Selbst mit dem leichten Hinken wirkte er eindeutig wie ein Mann, dessen Körperteile alle wunschgemäß funktionierten. Aber vielleicht täuschte das. Vielleicht war er im Kampf verletzt worden.

»Ist er, du weißt schon, impotent?«

»Soweit ich weiß, nicht. Aber er lebt zölibatär.«

Was für eine Verschwendung, dachte sie. Allein schon wie der Mann sich bewegte, war eine Herausforderung an das weibliche Geschlecht, ihn von seinem klösterlichen Leben abzubringen.

»Ist er Mitglied eines religiösen Ordens?«

»Nein.«

»Warum dann, um Himmels willen?«

»Bei Phury führen alle Fragen zurück zu seinem Zwilling Zsadist. Und ja, ich weiß, dass sie sich nicht ähnlich sehen.« Rhage gab ihr einen kleinen Schubs, und sie ging weiter.

»Warum hinkt Phury?«

»Er trägt eine Prothese. Er hat sein halbes Bein verloren.«

»Um Himmels willen, wie denn?«

»Er hat es sich abgeschossen.«

Wie angewurzelt blieb Mary stehen. »Wie bitte? War das ein Unfall?«

»Nein, es war Absicht. Mary, jetzt komm endlich, wir können später weiterreden.« Er nahm sie bei der Hand und zog sie hinter sich her.

Bella kam hinter dem *Doggen,* der sie abgeholt hatte, durch die Eingangshalle. Als sie sich umsah, war sie sprachlos: Ihre Familie besaß zwar auch ein vornehmes Haus, aber gegen das hier blieb es eindeutig zurück. Das hier war … königlich. Was vermutlich nur logisch war, da der Blinde König und seine Königin hier residierten.

»Willkommen, Bella«, sagte eine tiefe männliche Stimme.

Sie wandte sich um und entdeckte den Bruder mit den tollen Haaren, denjenigen, der an jenem Abend zwischen sie und Zsadist getreten war.

»Ich bin Phury. Wir haben uns schon mal gesehen. Damals, in der Turnhalle.«

»Krieger«, grüßte sie ihn und verneigte sich tief. Es war schwer, keine ehrfürchtige Scheu vor den Brüdern zu empfinden, vor allem vor einem wie diesem. So groß. So … Waren diese Haare echt?

»Wir sind froh, dass du kommen konntest.« Er lächelte sie an, ein warmer Ausdruck lag in seinen hellen Augen. »Darf ich dir aus dem Mantel helfen?«

Sie legte ihn sich über den Arm. »Ich kann nicht fassen, dass ich wirklich hier bin, um ehrlich zu sein. Mary! Hallo!«

Die beiden umarmten sich erst und unterhielten sich

dann mit Phury. Schon bald fühlte sich Bella völlig gelöst in seiner Gegenwart. Er strahlte etwas so Ruhiges und Vertrauenswürdiges aus, und seine Augen waren einfach der Hit. Sie waren tatsächlich auch aus der Nähe betrachtet gelb.

Doch so attraktiv er auch war, sie hielt die ganze Zeit Ausschau nach dem Bruder mit der Narbe. Während sie weiterplauderte, suchte sie insgeheim den ausgedehnten, dekorativen Eingangsbereich ab. Zsadist war nirgends zu sehen. Vielleicht hatte er keine Lust auf die Party. Er wirkte nicht gerade wie der gesellige Typ; so viel stand fest.

Als Mary sich zu Rhage gesellte, war Bella fest entschlossen, sich nicht im Stich gelassen zu fühlen. Du meine Güte, warum sollte sie jemandem wie Zsadist hinterherlaufen?

»Phury, dürfte ich …«, begann sie. »Ich weiß, das tut man eigentlich nicht, aber ich muss einfach dein Haar berühren.« Noch bevor er ablehnen konnte, streckte sie die Hand aus und ergriff ein paar blonde und rote Wellen, rieb die kräftigen Strähnen zwischen den Fingern. »Toll. Die Farben sind einfach umwerfend. Und … es riecht so gut. Was für ein Shampoo benutzt du?«

Sie sah ihm in die Augen, in Erwartung einer lockeren Bemerkung über Männer, Shampoo und das natürliche Desinteresse der Ersteren für das Zweitere. Doch er war völlig erstarrt. Blinzelte nicht mal, als er sie anblickte.

Und dann wurde ihr plötzlich bewusst, dass Rhage sie aus einem Türrahmen mit entsetzter Miene anstarrte. Genau wie ein anderer Vampir mit einem Ziegenbärtchen. Und ein großer Mensch. Und …

Irgendwie war die Party zum Stillstand gekommen.

Sie ließ die Hand sinken und flüsterte: »Es tut mir so leid. Ich habe gerade etwas schrecklich Unpassendes getan, oder?«

Ruckartig tauchte Phury aus seinem Trancezustand wieder auf. »Nein, das ist schon in Ordnung.«

»Warum sehen mich dann alle so an?«

»Sie sind nicht daran gewöhnt, mich mit … also, ähm, Frauen … äh …«. Phury drückte ihre Hand. »Bella, du hast nichts falsch gemacht. Ehrlich. Und mach dir keine Sorgen über meine Brüder, okay? Sie sind nur eifersüchtig, weil sie möchten, dass du ihre Haare auch anfasst.«

Aber dennoch war etwas nicht in Ordnung mit ihm, und sie war nicht überrascht, als er sich kurze Zeit später entschuldigte.

Ein *Doggen* trat vor sie. »Verzeiht, Madam, ich hätte Euch schon längst den Mantel abnehmen sollen.«

»O, vielen Dank.«

Nachdem sie dem Mann das Kleidungsstück gegeben hatte, bemerkte sie, dass alle anderen in das Billardzimmer gegangen waren. Sie wollte ihnen gerade folgen, als sie von hinten eine kalte Brise spürte. Hatte sich die Eingangstür geöffnet?

Sie drehte sich um.

Zsadist stand in einer dunklen Ecke der Halle und starrte sie aus dem Schatten heraus unverwandt an. Er trug wieder einen schwarzen Rollkragenpullover und einen weite schwarze Hose. Und wieder wirkten seine Nachtaugen wild. Erotisch.

O ja, dachte sie und errötete. Genau deshalb war sie gekommen. Sie hatte diesen Vampir wieder treffen wollen.

Sie holte tief Luft und ging auf ihn zu.

»Hallo.« Als er nicht antwortete, zwang sie sich zu einem Lächeln. »Schöner Abend, nicht?«

»Magst du es, wie mein Zwillingsbruder sich anfühlt?«

Das war sein *Zwilling?* Wie konnten diese beiden … Na ja, es gab schon eine Ähnlichkeit. Wenn man sich Zsadist ohne Narbe und mit längeren Haaren vorstellte.

»Ich habe dich was gefragt, Frau. Hat sich sein Haar gut angefühlt?« Schwarze Augen wanderten über ihren Körper, zeichneten die Konturen ihrer Seidenbluse und des engen Rocks nach. Als sie wieder zu ihrem Gesicht zurückkehrten, blieben sie an ihrem Mund hängen. »Antwortest du mir jetzt, Frau?«

»Bella«, murmelte sie mechanisch. »Bitte nenn mich doch Bella.«

Zsadists Blick wurde durchdringend. »Findest du meinen Bruder schön?«

»Äh … er sieht gut aus, ja.«

»Sieht gut aus. So kann man es auch sagen. Was mich interessieren würde: Willst du ihn so sehr, dass du dafür bei mir liegen würdest?«

Hitze wallte in ihr auf, ein Feuerwerk, entzündet von seinen Worten und diesem Blick voller Sex. Aber dann wurde ihr bewusst, was er gesagt hatte.

»Tut mir leid, aber ich verstehe nicht –«

»Mein Zwilling lebt unerschütterlich im Zölibat. Ich fürchte also, du musst mit mir vorlieb nehmen.« Er machte ein schnalzendes Geräusch. »Aber ich bin ein ziemlich armseliger Ersatz, stimmt's?«

Bella legte die Hand in den Nacken, vor ihrem geistigen Auge sah sie sich unter Zsadists Körper liegen, während er sich in ihr bewegte. Wie sich das wohl anfühlen würde, von ihm genommen zu werden? Der draufgängerische Teil in ihr lechzte danach, es herauszufinden.

O Gott. Allein der Gedanke daran ließ sie erzittern.

Zsadist lachte kalt.

»Hab ich dich schockiert? Sorry. Ich wollte dir nur aus deiner Zwangslage helfen. Etwas zu wollen, was man nicht haben kann, muss ziemlich ätzend sein.« Sein Blick heftete sich auf ihren Hals. »Ich persönlich kenne das Problem nicht.«

Als sie schluckte, folgten seinen Augen der Bewegung. »Problem?«, wisperte sie.

»Wenn ich etwas will, nehme ich es mir.«

Ja, dachte sie. *Ganz bestimmt.*

Mit einem inneren Brennen stellte sie sich vor, wie er auf sie herabblickte, während ihrer beider Körper miteinander verschmolzen waren, sein Gesicht nur Zentimeter von ihrem entfernt. Wie im Traum hob sie den Arm. Sie wollte mit der Fingerspitze die Narbe entlangfahren, bis zu seinem Mund. Nur um zu sehen, wie es sich anfühlte.

Mit einer blitzschnellen Bewegung entzog sich Zsadist der Berührung. Seine Augen blitzten auf, als habe sie ihn erschreckt. Der Ausdruck wurde eilig wieder hinter einer undeutbaren Maske verborgen.

Mit kalter, tonloser Stimme sagte er: »Vorsichtig, Frau. ich beiße.«

»Wirst du jemals meinen Namen sagen?«

»Wie wär's mit etwas zu trinken, Bella?«, unterbrach Phury. Er nahm ihren Ellbogen. »Die Bar ist hier drüben im Billardzimmer.«

»Ja, nimm sie mit«, ließ sich Zsadist vernehmen. »Du bist ja ein solcher Held, Bruder. Immer damit beschäftigt, jemanden zu retten. Und du solltest wissen, dass sie dich gutaussehend findet.«

Phury verzog das Gesicht, doch er sagte nichts, während er sie durch die Halle führte.

Als sie zurückblickte, war Zsadist weg.

Phury zupfte sie am Arm. »Du musst dich von ihm fernhalten.« Als sie nicht antwortete, zog der Krieger sie in eine Ecke und packte sie an den Schultern. »Mein Zwilling ist kein gebrochener Mensch, er ist ein Wrack. Begreifst du den Unterschied? Wenn etwas gebrochen ist, kann man es vielleicht reparieren. Aber bei einem Wrack bleibt einem nichts übrig, als zu warten, bis man es begraben kann.«

Ihr Mund öffnete sich leicht. »Das ist so … herzlos.«

»Das ist die Wahrheit. Wenn er vor mir sterben sollte, würde mich das umbringen. Aber das ändert nichts an dem, was er ist.«

Demonstrativ befreite sie sich aus seinem Griff. »Ich werde mir das merken. Danke.«

»Bella –«

»Wolltest du mir nicht etwas zu trinken holen?«

16

O parkte vor dem hoch aufragenden Wohnblock. Der riesige, hässliche Bau war einer von Caldwells Luxusbauten, ein Versuch der Städtebauer, das Flussufer zu einer noblen Gegend zu machen. Cs Wohnung lag im 26. Stock, mit Blick auf das Wasser.

Protzig. Sehr protzig.

Die meisten *Lesser* wohnten in Drecklöchern, da die Gesellschaft das Geld aus Überzeugung lieber in den Krieg steckte. C konnte sich diesen großspurigen Stil nur erlauben, weil er die Ressourcen dazu hatte. Er war von Beruf Sohn gewesen, bevor er in den Siebzigern der Gesellschaft beigetreten war, und hatte es irgendwie geschafft, sein Geld zu behalten. Der Kerl war eine ungewöhnliche Mischung: Ein Lebemann mit Serienmörder-Tendenzen.

Da es bereits nach zehn Uhr abends war, war kein Pförtner mehr da. Das elektronische Schloss an der Tür zur Lobby zu knacken, dauerte nur einen Moment. O fuhr mit dem Stahl-Glas-Lift in den siebenundzwanzigsten

Stock und ging dann eine Treppe hinunter, mehr aus Gewohnheit denn aus Notwendigkeit. Es gab keinen Anlass zu befürchten, dass es irgendjemanden interessierte, wer er war, oder wo er hinwollte. Außerdem war das Gebäude um diese Uhrzeit völlig ausgestorben; die neureichen Yuppies, die hier wohnten, tummelten sich im *Zero Sum* und dröhnten sich mit Ecstasy und Koks zu.

Er klopfte an Cs Tür.

Das war nun schon die fünfte Adresse von Mr Xs Liste der vermissten Mitglieder, und die erste für heute Nacht. Am Abend vorher war er sehr erfolgreich gewesen. Einer der Jäger hatte den Staat verlassen, weil er auf eigene Faust einem Kumpel in D.C. unter die Arme greifen wollte. Zwei der Verschwundenen, die zusammen wohnten, hatten sich gegenseitig bei einer Prügelei verletzt; sie heilten gerade und würden in ein paar Tagen wieder einsatzfähig sein. Der letzte war kerngesund und hatte einfach nur auf der Couch vor der Glotze gehangen. Also, kerngesund war er gewesen, bis er einen tragischen Unfall gehabt hatte, als O wieder ging. Es würde eine gute Woche dauern, bis er wieder auf den Beinen war. Aber der Besuch hatte seine Prioritäten sicherlich wieder zurechtgerückt.

Komisch, was zwei gebrochene Kniescheiben so alles bewirken konnten.

O klopfte noch einmal an Cs Tür, dann knackte er das Schloss. Als er die Tür aufschob, schauderte er. *Ach du Scheiße.* Es roch schlecht. Nach verwesendem Küchenabfall.

Er ging in die Wohnung.

Nein, Müll war das nicht. Das war C.

Der *Lesser* lag mit dem Gesicht nach unten auf dem Fußboden, um ihn herum eine getrocknete Blutlache. In Reichweite lagen einige Mullverbände, Nadel und Faden, als hätte er versucht, sich wieder zusammenzuflicken. Neben dem Verbandszeug lag sein BlackBerry. Die Tastatur war mit Blut beschmiert. Eine Frauenhandtasche, ebenfalls schmutzig, lag auf der anderen Seite.

O drehte C um. Der Hals des Jägers war aufgeschlitzt worden, ein sauberer, tiefer Schnitt. Den Hautverätzungen an den Rändern nach zu urteilen, war das einer der perfiden schwarzen Dolche der Bruderschaft gewesen. Mann, was auch immer die in ihr Metall mischten, wirkte wie Batteriesäure in der Wunde eines *Lesser.*

Cs Mund bewegte sich mühsam, gurgelnde Geräusche waren zu hören, der eindeutige Beweis dafür, dass man tatsächlich ein bisschen tot sein konnte. Als er die Hand hob, sah O ein Messer darin liegen. Einige flache Schnitte waren in seinem T-Shirt zu sehen, als hätte er versucht, sich in die Brust zu stechen, hätte aber nicht die nötige Kraft besessen, es zu Ende zu bringen.

»Du bist ja in einem schlimmen Zustand«, sagte O und nahm ihm die Klinge ab. Er setzte sich auf die Hacken und betrachtete den Kerl, der in Zeitlupe mit Armen und Beinen ruderte. Wie er so auf dem Rücken lag und seine Gliedmaßen nutzlos herumzappelten, wirkte er wie ein Käfer, der kurz davor stand, den Geist aufzugeben.

O warf einen Blick auf die Handtasche.

»Willst du dich umorientieren, C?« Er nahm das Ding in die Hand und wühlte darin. Medikamente. Taschentücher. Tampons. Handy.

Hallo Brieftasche.

Er nahm den Führerschein heraus. Braunes Haar. Graue Augen. Unmöglich zu sagen, ob sie ein Vampir oder ein Mensch war. Die Adresse lautete Route 22, mitten in der Pampa.

»Sag mir, ob ich richtig liege«, begann O. »Du und einer dieser Brüder seid aufeinander geprallt. Der Krieger hatte eine Frau dabei. Du bist entkommen, nachdem er dich mit dem Dolch erwischt hatte, und hast die Tasche an dich genommen, damit du deine Arbeit bei der Freundin des Kerls zu Ende bringen kannst. Das Blöde war nur, dass deine Wunden zu schwerwiegend waren, und du seitdem hier herumliegst. Habe ich Recht?«

O warf die Brieftasche zurück in die Tasche und blickte auf den Mann hinunter. Cs Augen rollten ihm im Kopf herum wie Murmeln.

»Weißt du was, C, wenn es nach mir ginge, würde ich dich einfach hier lassen. Ich weiß nicht, ob dir das bewusst ist, aber wenn wir uns in Rauch auflösen, gehen wir zurück zu Omega. Und glaub mir, gegen das, was uns dort auf der anderen Seite erwartet, ist das hier ein verdammter Kindergeburtstag.« O sah sich um. »Unglücklicherweise verpestest du die ganze Wohnung. Irgendein Mensch wird bald herkommen, um nachzusehen, was hier verdammt noch mal so riecht, und dann haben wir ein Problem.«

O nahm das Messer und hielt den Griff fest umklammert. Als er es über die Schulter hob, wurde C von solcher Erleichterung übermannt, dass sein Gezappel urplötzlich aufhörte.

»Du solltest dich wirklich nicht darüber freuen«, sagte O leise.

Dann versenkte er die Klinge in der Brust des *Lesser.* Ein Lichtblitz fuhr durch den Raum, und dann war C verschwunden.

O nahm die Tasche und verließ die Wohnung.

Mary ging zu Rhage, die Hand hielt sie hinter dem Rücken versteckt, solange sie noch auf den richtigen Moment wartete. Er war mitten in einer Runde Billard, bei der er und Butch V und Phury so richtig nass machten.

Während sie ihnen so zusah, dachte sie, dass sie die Brüder wirklich mochte. Selbst Zsadist mit all seiner Grübelei.

Sie waren so gut zu ihr und behandelten sie mit einer Achtung und einer Ehrerbietung, von der sie nicht wusste, wodurch sie sie verdient hatte.

Rhage blinzelte ihr zu, als er sich über den Tisch beugte und seinen Queue in Position brachte.

»Es liegt daran, wie du dich um ihn kümmerst«, raunte ihr jemand ins Ohr.

Sie zuckte zusammen. Vishous stand direkt hinter ihr.

»Wovon redest du?«

»Deshalb mögen wir dich so. Und bevor du mir jetzt sagst, ich solle gefälligst nicht deine Gedanken lesen: Ich wollte nicht lauschen, aber der Gedanke war einfach zu laut, um ihn zu überhören.« Der Vampir nahm einen Schluck Wodka aus einem flachen Glas. »Aber genau deshalb akzeptieren wir dich. Wenn du ihn gut behandelst, ehrst du damit jeden Einzelnen von uns.«

Rhage blickte auf und runzelte die Stirn. Sobald er seinen Stoß gemacht hatte, kam er um den Tisch und drängte V demonstrativ mit seinem Körper ab.

Vishous lachte. »Entspann dich, Hollywood. Sie hat nur Augen für dich.«

Rhage knurrte und zog sie an seine Seite. »Vergiss das bloß nicht, dann bleiben deine Arme und Beine intakt.«

»Weißt du, bisher warst du nie der besitzergreifende Typ.«

»Das liegt daran, dass ich bisher nie etwas hatte, was ich behalten wollte. Du bist dran, mein Bruder.«

Als V sein Glas abstellte und sich auf das Spiel konzentrierte, streckte Mary die Hand aus. Von den Fingerspitzen baumelte eine Kirsche am Stiel.

»Ich möchte deinen anderen Trick sehen«, sagte sie. »Du hast mir erzählt, du könntest etwas Tolles mit deiner Zunge und einem Kirschstängel.«

Er musste lachen. »Ach komm –«

»Was denn? Doch kein Trick?«

Sein Lächeln war träge und breit. »Schau zu und genieße, Frau.«

Unter schweren Augenlidern hinweg sah Rhage sie an, dann beugte er sich über ihre Hand. Seine Zunge kam heraus und holte sich die Kirsche zwischen die Lippen. Er kaute und schüttelte dann den Kopf, als er schluckte.

»Nicht ganz dasselbe«, murmelte er.

»Was?«

»Deine Geheimnisse sind so viel süßer.«

Errötend bedeckte sie die Augen mit der Hand.

Na klar, dachte sie. *Mistkerl.*

Als sie tief einatmete, drang der erotische, dunkle Duft in ihre Nase, der immer von ihm ausging, wenn er in sie eindringen wollte. Sie hob die Finger und warf ihm durch halbgeschlossene Lider hindurch einen Blick zu, der nur für ihn bestimmt war.

Er starrte sie völlig fasziniert an. Und die Mittelpunkte seiner Augen waren so weiß und leuchtend wie frisch gefallener Schnee.

Mary blieb die Luft weg.

Da ist noch etwas anderes, dachte sie. Da war … ein anderer, der sie durch seine Augen hindurch ansah.

Phury kam lächelnd auf sie zu. »Nimm dir ein Zimmer, Hollywood, wenn du so scharf darauf bist. Der Rest von uns muss nicht daran erinnert werden, was du hast und wir nicht.«

Rhage wirbelte herum und schnappte mit den Zähnen nach der Hand seines Bruders. Das Geräusch seiner aufeinander klappenden Kiefer war so laut, dass sämtliche Gespräche im Raum erstarben.

Phury machte einen Satz rückwärts und zog seinen Arm zurück. »Himmelherrgott, Rhage! Was ist denn – *Scheiße.* Deine Augen, Mann. Sie haben sich verändert.«

Rhage wurde bleich und stolperte blinzelnd weg von ihnen. »Tut mir leid, Phury, ich wusste noch nicht mal, dass ich –«

Alle im Raum legten hin, was auch immer sie gerade in Händen hielten, kamen auf ihn zu und umrundeten ihn.

»Wie kurz stehst du vor der Verwandlung?«, fragte Phury.

»Bringt die Besucher raus«, befahl jemand. »Bringt die Frauen nach oben.«

Im allgemeinen Aufbruch drückte Vishous Marys Arm. »Komm mit mir.«

»Nein.« Sie wehrte sich. »Hör auf. Ich will bei ihm bleiben.«

Rhage sah sie an, und sofort kehrte dieser merkwürdige, starre Blick zurück. Dann wanderten seine weißen Augen zu Vishous. Rhage fletschte die Zähne und knurrte so laut wie ein Löwe.

»V, Mann, lass sie los. *Sofort«,* stieß Phury hervor.

Vishous ließ die Hand sinken, flüsterte ihr aber zu: »Du musst hier raus.«

Kommt überhaupt nicht in Frage.

»Rhage?«, begann sie sanft. »Rhage, was ist los?«

Er schüttelte den Kopf und wandte den Blick von ihr ab. Rückwärts schob er sich gegen den Marmorkamin. Schweiß glänzte auf seinem Gesicht. Er hielt sich an dem kühlen Stein fest und strengte sich dabei sichtlich an, als versuche er, den ganzen verdammten Kaminsims aus der Wand zu reißen.

Die Zeit schien stillzustehen, während er mit sich kämpfte, der Brustkorb hob und senkte sich, Arme und Beine zitterten. Es dauerte lange, bevor er endlich zusammensackte und die Spannung in seinem Körper sich löste. Was auch immer das für ein Kampf gewesen war, er hatte ihn gewonnen. Aber nur um Haaresbreite.

Als er wieder aufblickte, sahen seine Augen wieder normal aus, doch er war ebenso weiß wie die Wand.

»Es tut mir leid, meine Brüder«, murmelte er. Dann sah er Mary an und öffnete den Mund, doch statt etwas zu sagen, ließ er den Kopf hängen, als ob er sich seines Verhaltens schämen würde.

Mary schritt durch das Spalier aus männlichen Körpern und legte ihm die Hände aufs Gesicht.

Als er erstaunt die Luft anhielt, küsste sie ihn direkt auf den Mund. »Zeig uns den Kirschentrick. Komm schon.«

Die Männer um ihn herum waren fassungslos, das erkannte sie an ihren Blicken. Rhage war ebenfalls erschüttert. Doch als sie ihn einfach nur durchdringend anblickte, begann er auf dem Stängel herumzukauen.

Sie drehte sich zu den Kriegern um. »Es geht ihm gut. Uns geht es gut. Macht einfach weiter wie bisher, okay? Er braucht einen Moment, und es ist nicht besonders hilfreich, wenn ihr ihn alle anstarrt.«

Phury lachte kurz auf und ging zum Billardtisch. »Wisst ihr was? Sie ist einfach fabelhaft.«

V nahm sein Queue in die eine Hand und das Glas in die andere. »Stimmt.«

Die Party ging weiter, und Bella und Wellsie kamen zurück. Fürsorglich streichelte Mary Rhage über Gesicht und Nacken. Er schien ihr nicht in die Augen sehen zu können.

»Alles okay bei dir?«, fragte sie leise.

»Es tut mir wirklich so leid –«

»Lass die Entschuldigungen. Was auch immer das ist, du kannst nichts dagegen machen, oder?«

Er nickte.

»Also brauchst du dich nicht zu entschuldigen.«

Sie wollte wissen, was gerade passiert war. Aber nicht hier und nicht jetzt. Manchmal war das beste Gegenmittel gegen den Wahnsinn die Normalität. Alles andere würde sich dann schon finden.

»Mary, ich möchte nicht, dass du Angst vor mir hast.«

Einen Augenblick betrachtete sie seinen Mund, der heftig an dem Kirschstängel arbeitete.

»Ich habe keine Angst. V und Phury hatten möglicherweise ein kleines Problem, aber mir hättest du nie wehgetan. Ausgeschlossen. Ich bin nicht sicher, woher ich das weiß, aber ich weiß es.«

Er seufzte tief. »Gott, ich liebe dich. Ehrlich, ich liebe dich.«

Und dann lächelte er.

Sie brach in so lautes Gelächter aus, dass alle Köpfe im Raum sich wendeten.

Der Kirschstängel war fein säuberlich um einen seiner Fänge geknotet.

17

So geht das nicht weiter, dachte Bella. Sie starrte ihn immer noch an. Aber sie konnte nichts dagegen unternehmen. Zsadist war der Einzige, den sie wahrnahm.

Nicht, dass er sich wirklich an der Party beteiligte. Abgesehen von der Episode mit Rhage hatte Zsadist sich von ihnen allen ferngehalten. Er stand wie eine Statue an einem der hohen Fenster, und seine Reglosigkeit war faszinierend. Er schien nicht einmal zu atmen. Nur seine Augen bewegten sich. Und er war immer bemüht, ihren Blicken auszuweichen.

Bella gönnte ihnen beiden eine kurze Pause und holte sich noch etwas Wein.

Das Billardzimmmer war ein dunkler, üppig ausgestatteter Raum. Die Wände waren mit waldgrüner Seide bespannt und mit schwarz-goldenen Vorhängen geschmückt. In der Ecke, in der die Bar aufgebaut war, waren die Schatten ziemlich undurchdringlich, weshalb sie genau dort Schutz suchte.

Vielleicht könnte sie ihn von hier aus heimlich beobachten. In den vergangenen Tagen hatte sie sich umgehört und sich alles über Zsadist berichten lassen. Die Gerüchte waren geradezu schauerlich, vor allem die über ihn und die Frauen. Unter ihresgleichen wurde erzählt, er töte ihr Geschlecht rein zum Spaß, doch das klang dann doch mehr nach einer Legende. Bei einem Vampir, der so gefährlich aussah wie er, mussten die Leute sich ja die Mäuler zerreißen. Bei ihrem Bruder war es ganz genauso. Sie hörte schon seit Jahren wilde Geschichten über Rehvenge, und nichts davon entsprach der Wahrheit.

Es war einfach völlig ausgeschlossen, dass all das Geschwätz über Zsadist stimmen konnte. Du meine Güte, manche behaupteten steif und fest, er ernähre sich vom Blut menschlicher Prostituierter. Das war schon rein physiologisch nicht möglich, außer er trank jede zweite Nacht. Und selbst dann – wie konnte er bei so ärmlicher Kost so stark bleiben?

Bella wandte sich von der Bar ab und suchte den Raum mit den Augen ab. Zsadist war verschwunden.

Enttäuscht warf sie einen Blick in die Eingangshalle. Sie hatte ihn noch nicht einmal gehen sehen. Vielleicht hatte er sich demateriali –

»Suchst du nach mir?«

Vor Schreck machte sie einen kleinen Satz, und ihr Kopf schnellte herum. Zsadist stand direkt hinter ihr und rieb einen giftgrünen Apfel an seinem T-Shirt. Als er ihn an den Mund hob, beäugte er ihren Hals.

»Zsadist …«

»Weißt du, für eine aristokratische Vampirin benimmst du dich nicht besonders gut.« Er fletschte die Fänge und biss krachend in das feste, saftige Fleisch der Frucht. »Hat deine Mutter dir nicht beigebracht, dass es unhöflich ist, andere Leute anzustarren?«

Sie beobachtete, wie er kaute, wie sein Kiefer kreisende Bewegungen machte. Allein schon seine Lippen anzusehen, nahm ihr den Atem. »Ich wollte dich nicht beleidigen.«

»Außerdem verletzt du meinen lieben Zwilling damit, wenn wir schon bei schlechten Manieren sind.«

»Was?«

Zsadists Blick ruhte auf ihrem Gesicht, dann wanderte er zu ihrem Haar. Er biss ein weiteres Stück aus dem Apfel. »Phury mag dich. Vielleicht fühlt er sich sogar von dir angezogen, was noch nie vorgekommen ist, zumindest nicht, seit ich ihn kenne. Normalerweise lässt er sich von Frauen nicht ablenken.«

Merkwürdig, das war ihr gar nicht aufgefallen. Andererseits hatte sie auch eigentlich nur auf Zsadist geachtet.

»Ich glaube nicht, dass Phury –«

»Er beobachtet dich. Während du mich ansiehst, starrt er dich an. Und zwar nicht, weil er sich Sorgen um dich macht. Er betrachtet deinen Körper, Frau.« Zsadist legte den Kopf schief. »Weißt du, vielleicht hatte ich Unrecht. Vielleicht bist du diejenige, die ihn aus seinem Zölibat befreien könnte. Schön genug bist du jedenfalls, und er ist ja noch nicht tot.«

Sie errötete. »Zsadist, du solltest wissen, dass ich dich, äh, ich finde dich …«

»Abstoßend und interessant, richtig? So wie einen Autounfall.« Er biss in seinen Apfel. »Die Faszination kann ich nachvollziehen, aber du musst deinen Blick mal auf ein anderes Zielobjekt richten. Schau dir doch einfach von jetzt an Phury an, kapiert?«

»Ich möchte aber dich ansehen. Ich sehe dich gern an.«

Seine Augen verengten sich. »Nein, das tust du nicht.«

»Doch.«

»Niemand sieht mich gern an. Ich sehe mich nicht mal selbst gern an.«

»Du bist nicht hässlich, Zsadist.«

Er lachte und strich sich bedächtig mit einer Fingerspitze über die Narbe. »Na, das nenne ich mal eine mutige Ansage. Und außerdem eine verdammt krasse Lüge.«

»Ich finde dich faszinierend. Und überhaupt nicht abstoßend. Ich bekomme dich einfach nicht aus meinem Kopf. Ich will mit dir zusammen sein.«

Zsadist runzelte die Stirn und erstarrte. »Was genau meinst du mit *zusammen sein?«*

»Du weißt schon. Zusammen sein.« Sie wurde knallrot, doch was hatte sie schon zu verlieren? »Ich möchte … mit dir schlafen.«

Zsadist trat so heftig zurück, dass er gegen die Theke stieß. Und als die Schnapsflaschen klirrten, war sonnenklar, dass all die Geschichten über ihn nicht stimmten. Er verachtete Frauen nicht. Wenn überhaupt, wirkte er starr vor Schreck bei dem bloßen Gedanken, dass sie sich sexuell von ihm angezogen fühlte.

Sie öffnete den Mund, doch er schnitt ihr das Wort ab.

»Du hältst dich von mir fern, Frau.« Er schleuderte den halb aufgegessenen Apfel in den Müll. »Sonst werde ich mich zu verteidigen wissen.«

»Wovor? Ich bin doch keine Bedrohung für dich.«

»Nein, aber ich kann dir garantieren, dass ich für dich gesundheitsgefährdend bin. Es gibt einen guten Grund dafür, dass sich die Leute von mir fernhalten.«

Er ging aus dem Zimmer.

Bella blickte zu der Gruppe um den Billardtisch. Alle waren auf das Spiel konzentriert. Perfekt. Sie wollte sich nicht von einem von ihnen ausreden lassen, was sie jetzt vorhatte.

Sacht stellte sie das Weinglas ab und schlüpfte durch die

Tür. Als sie in die Eingangshalle kam, ging Zsadist gerade die Treppe hinauf. Sie ließ ihm ein wenig Vorsprung, dann huschte sie hinter ihm her. Als sie im ersten Stock ankam, sah sie gerade noch seinen Stiefel um die Ecke verschwinden. Eilig lief sie über den Teppich, hielt aber immer einen großzügigen Abstand zu ihm. Er bog in einen Flur ab, der von der Galerie und der Eingangshalle wegführte.

Zsadist blieb kurz stehen. Sie versteckte sich hinter einer Marmorstatue.

Als sie sich wieder heraustraute, war er verschwunden. Sie schlich zu der Stelle, wo er zuletzt gestanden hatte, und fand eine Tür einen Spalt breit offen stehen. Sie steckte den Kopf hinein. Der Raum war stockdunkel, das Licht aus dem Flur kam in der Schwärze nicht weit. Und es war eiskalt, als wäre die Heizung nicht nur über Nacht abgeschaltet worden, sondern überhaupt nie an gewesen.

Ihre Augen gewöhnten sich an die Dunkelheit. Da stand ein breites, üppiges Himmelbett mit dunkelroten Samtvorhängen. Die übrigen Möbelstücke waren ebenso prunkvoll, wenn sie auch in einer Ecke etwas entdeckte, dass sie seltsam fand: Ein Lager aus Decken. Und ein Totenschädel.

Bella wurde mit einem Ruck hereingezerrt.

Die Tür knallte zu, und der Raum wurde vollkommen dunkel. Im Bruchteil einer Sekunde wurde sie herumgewirbelt und mit dem Gesicht gegen die Wand gedrückt. Kerzen flackerten auf.

»Was zum Teufel machst du hier?«

Sie schnappte nach Luft, aber Zsadists Unterarm drückte so heftig gegen ihren Rücken, dass ihre Lungen nicht viel Spielraum hatten.

»Ich, äh, ich … dachte, wir könnten uns unterhalten.«

»Tatsächlich. Deshalb bist du hier oben? Um dich zu unterhalten?«

»Ja, ich wollte –«

Seine Hand umklammerte ihren Nacken. »Ich unterhalte mit nicht mit Frauen, die dumm genug sind, mir nachzulaufen. Aber ich werde dir zeigen, was ich mit ihnen mache.«

Er schlang einen Arm um ihren Bauch, zog mit einem Ruck ihre Hüften von der Wand weg und drückte ihren Kopf nach unten. Sie verlor das Gleichgewicht und klammerte sich an einer Stuckverzierung fest.

Seine Erregung presste sich gegen ihre Körpermitte. Sie keuchte.

Eine flammende Hitze züngelte zwischen ihren Beinen empor, und sie spürte seine Brust an ihrem Rücken. Er zerrte ihre Bluse aus dem Rock und ließ die Hand auf ihren Bauch gleiten, umspannte ihn mit seinen langen Fingern.

»Eine Frau wie du sollte mit einem anderen Aristokraten zusammen sein. Oder sind die Narben und der Ruf Teil meiner Anziehung?« Als sie nicht antwortete, weil sie keine Luft bekam, murmelte er: »Klar, das ist es.«

Mit einer raschen Bewegung schob er ihr den BH hoch und umfing ihre Brust. Von einer Woge roher Begierde überwältigt, zischte sie und zuckte zusammen. Er lachte auf.

»Zu schnell?« Er nahm ihre Brustwarze und drehte sie zwischen den Fingern. Sie schrie in einer Mischung aus Schmerz und Lust auf. »Ist dir das zu grob? Ich werde versuchen, mich zu beherrschen, aber du musst wissen, ich bin ein ziemlich wilder Junge. Was genau der Grund ist, warum du das hier willst, stimmt's?«

Aber es war nicht zu schnell oder zu grob. Sie mochte es. Sie wollte es hart, und sie wollte es jetzt, und zwar mit ihm. Sie wollte die Regeln brechen, wollte die Gefahr und den Kitzel, wollte seine Hitze und seine Kraft. Und sie war bereit und feucht für ihn, als er ihr den Rock über die Hüften schob. Er musste nur noch den Tanga beiseite schieben und konnte tief versinken.

Nur dass sie ihn ansehen wollte, wenn er in sie eindrang. Und sie wollte seinen Körper auch berühren. Sie wollte sich aufrichten, doch er hielt sie fest, stützte sich auf ihren Nacken und drückte sie nach unten.

»Sorry. Ich bin nicht so versiert in diesen Dingen. Ich mache es nur so.«

Sie zappelte, sehnte sich danach, ihn zu küssen. »Zsadist –«

»Jetzt ist es ein bisschen zu spät, um es sich anders zu überlegen.« Seine Stimme war ein sinnliches Knurren an ihrem Ohr. »Aus irgendeinem Grund will ich dich ficken. Unbedingt. Also tu uns beiden den Gefallen und beiß die Zähne zusammen. Ich werde nicht lange brauchen.«

Seine Hand verließ ihre Brust, griff ihr zwischen die Beine und fand ihr feuchtes Zentrum.

Zsadist erstarrte.

Instinktiv begann sie, ihre Hüften zu bewegen, sich an seinem Finger zu reiben. Sie spürte eine elektrisierende Bewegung-

Er machte einen Satz rückwärts. »Raus hier.«

Völlig verwirrt und heftig erregt geriet sie ins Schwanken, als sie sich aufrichtete. »Was?«

Zsadist marschierte zur Tür, riss sie auf und starrte krampfhaft zu Boden. Als sie sich nicht rührte, brüllte er: »Hau ab!«

»Warum –«

»Gott, du machst mich *krank.*«

Bella spürte, wie ihr alles Blut aus dem Gesicht wich. Sie zog sich den Rock hinunter und fummelte an Bluse und BH herum. Dann stürzte sie aus dem Zimmer.

Zsadist warf die Tür zu und rannte ins Badezimmer. Er schaffte es gerade noch zur Toilette und würgte den Apfel wieder heraus, den er gegessen hatte.

Dann drückte er die Spülung und sank zitternd und erschöpft auf den Boden. Er versuchte, tief durchzuatmen, doch er roch nur Bella. Ihre wunderbare, unerklärliche Erregung lag auf seinen Fingern. Hektisch riss er sich den Rollkragenpulli vom Leib und wickelte ihn um seine Hand.

Gott, ihre seidige Vollkommenheit. Dieser herrliche Duft ihrer Leidenschaft. Diese köstliche Feuchtigkeit.

Seit hundert Jahren war keine Frau seinetwegen feucht geworden. Nicht seit seiner Zeit als Blutsklave. Und damals ... hatte er es nicht gewollt, hatte gelernt, diese Erregung zu fürchten.

Er versuchte, sich wieder auf die Gegenwart zu konzentrieren, in seinem Badezimmer zu bleiben, doch die Vergangenheit riss ihn hinab in ihren Mahlstrom aus Erinnerungen ...

Er war wieder in seinem Kerker, lag in Ketten. Sein Körper war nicht sein Eigentum. Er spürte die Hände der Herrin auf sich, roch die Salbe, mit der sie ihn bestreichen musste, um die Erektion bei ihm hervorzurufen, die sie brauchte. Und dann ritt sie ihn heftig, bis es ihr kam. Danach musste er ihre Bisse über sich ergehen lassen, wenn sie sich an seiner Vene nährte.

Es kam alles zurück. Die Vergewaltigungen. Die Erniedrigung. Die Jahrzehnte des Missbrauchs, bis er jedes Gefühl für Zeit verloren hatte, bis er ein Nichts war, innerlich tot. Nur sein Herz schlug unermüdlich, und die Lungen saugten mechanisch Luft ein und stießen sie wieder aus.

Er vernahm ein merkwürdiges Geräusch. Merkte, dass er stöhnte.

O ... Bella.

Er wischte sich die Stirn mit dem Handrücken ab. Bella. Vor ihr schämte er sich so sehr für seine Narben und seine Hässlichkeit, seinen zugrunde gerichteten Körper und sein schwarzes, bösartiges Wesen.

Auf der Party hatte sie sich mühelos mit seinen Brüdern und den anderen Frauen unterhalten, gelächelt, gelacht. Sie hatte die Art von Charme und Unbeschwertheit an sich, die typisch für Leute mit einem sorglosen Leben war. Vermutlich hatte sie bisher kaum je ein böses Wort gehört, war nie unfreundlich behandelt worden. Sicherlich war sie niemals grausam oder gemein zu anderen gewesen. Sie war eine wunderbare Frau, ganz anders als all die wertlosen, zornigen Menschen, von denen er immer trank.

Er hatte ihr nicht geglaubt, dass sie sein Bett teilen wollte, doch sie hatte die Wahrheit gesagt. Genau das hatte ihre seidige Feuchtigkeit bedeutet. Frauen konnten in vielen Dingen lügen, aber darin nicht. Niemals darin.

Zsadist erschauerte. Als er sie vornüber gebeugt und ihre Brüste berührt hatte, war es eigentlich seine Absicht gewesen, rechtzeitig aufzuhören, trotz seiner Drohung. Er wollte sie einfach nur einschüchtern, damit sie ihn in Ruhe ließ, ihr ein bisschen Angst einjagen und sie dann wegschicken.

Aber sie hatte ihn wirklich begehrt.

Wieder stellte er sich vor, wie es sich angefühlt hatte, zwischen ihre Schenkel zu greifen. Sie war so … weich gewesen. So unglaublich warm und glatt und feucht. Die erste Frau, die er jemals berührt hatte, die so für ihn empfand. Er war damit völlig überfordert. Doch dann war aus seiner Verwirrung heraus seine Herrin zu ihm zurückgekehrt. Er hatte ihr Gesicht vor sich gesehen, ihren Körper auf seinem gespürt.

Die Herrin war immer scharf gewesen, wenn sie zu ihm

kam. Und sie hatte sich die allergrößte Mühe gegeben, ihn das wissen zu lassen, wenn sie ihn auch nie dazu gezwungen hatte, sie mit seinen Händen zu berühren. Klug war sie schon gewesen. Nach allem, was sie ihm angetan hatte, hätte er sie zerrissen wie ein tollwütiges Tier, wenn er sie in die Hände bekommen hätte. Und das wussten sie beide. Die gebändigte Todesgefahr, die er dargestellt hatte, hatte ihre Erregung noch gesteigert.

Auch Bella fühlte sich von ihm angezogen. War das nicht genau dasselbe? Sex und Macht. Der in Ketten liegende Wilde, den man zu seinem eigenen Vergnügen benutzte.

Oder in Bellas Fall: Der gefährliche Mann, den man für ein Abenteuer benutzte.

Wieder drehte sich sein Magen um, und er beugte sich über die Toilette.

»Ich dachte, du willst einfach nur grausam sein«, sagte Bella hinter ihm. »Ich wusste nicht, dass du mich tatsächlich zum Kotzen findest.«

Scheiße. Er hatte die Tür nicht abgesperrt.

Er wäre nie auf die Idee gekommen, dass sie zurückkommen könnte.

Bella schlang die Arme um sich. Das hier sprengte wirklich den Rahmen jeder Vorstellungskraft. Zsadist hing halb nackt auf dem Boden, seinen Pulli um die Hand gewickelt, und krümmte sich würgend und fluchend.

Sie wollte sich schon abwenden, doch dann fiel ihr Blick auf seinen Rücken. O mein Gott. Die gesamte Hautfläche war von Narben übersät, Zeugnis vergangener Peitschenhiebe, die – wie auch die Wunde in seinem Gesicht – aus irgendeinem Grund nicht normal verheilt waren. Wenn sie sich auch nicht erklären konnte, wie das hatte geschehen können.

»Warum bist du wieder in meinem Zimmer?« Seine Stimme hallte dumpf von den engen Wänden wider.

»Weil ich dich anschreien wollte.«

»Was dagegen, wenn ich erst fertig kotze?« Sie hörte Wasser rauschen und gurgeln.

»Alles in Ordnung?«

»Klar, ich mache das hier aus Spaß.«

Sie trat ins Badezimmer und nahm flüchtig wahr, dass es sehr sauber, sehr weiß und vollkommen unpersönlich war.

Schneller als sie mit den Augen zwinkern konnte, war Zsadist auf den Beinen und stand direkt vor ihr.

Sie schluckte heftig.

Seine Muskeln traten markant hervor, die einzelnen Stränge bildeten deutliche Furchen. Für einen Krieger – eigentlich für jeden Mann – war er dünn, zu dünn. Um ehrlich zu sein, schien er kurz vor dem Verhungern zu stehen. Und er hatte auch an seiner Brust Narben, aber nur an zwei Stellen: Unter seinem linken Schlüsselbein und auf der rechten Schulter. Beide Brustwarzen waren gepierct, silberne Ringe mit kleinen Kugeln daran reflektierten das Licht beim Heben und Senken der Brust.

Doch all das brachte sie nicht aus der Fassung. Die breiten, schwarzen, um Hals und Handgelenke tätowierten Riemen waren es, die sie schockierten.

»Warum trägst du die Zeichnung eines Blutsklaven?«, wisperte sie.

»Dreimal darfst du raten.«

»Aber das …«

»Sollte einem wie mir nicht passieren?«

»Ja. Ich meine, du bist ein Krieger. Von edlem Blute.«

»Das Schicksal kann manchmal grausam sein.«

Das Herz ging ihr auf, plötzlich empfand sie völlig neu für ihn. Er löste mehr als nur einen Nervenkitzel bei ihr aus. Er war ein Mann, dem sie helfen wollte, den sie trösten, in den Arm nehmen wollte. Ohne nachzudenken machte sie einen Schritt auf ihn zu.

Seine schwarzen Augen verengten sich. »Es ist wirklich keine gute Idee, mir zu nahe zu kommen, Frau. Besonders nicht jetzt.«

Sie hörte nicht auf ihn. Je näher sie ihm kam, desto weiter wich er zurück, bis er in der Ecke zwischen der Dusche und der Wand eingeklemmt war.

»Was zum Henker machst du da?«

Sie gab keine Antwort, denn sie war sich selbst nicht sicher.

»Geh weg«, fauchte er. Er öffnete den Mund, seine Fänge wurden so lang wie die eines Tigers.

Das bremste sie etwas. »Aber ich könnte doch –«

»Mich retten oder so was? Aber sicher. In deiner Fantasie ist das jetzt vielleicht der Teil, an dem ich von deinen Augen hypnotisiert werde. Mein garstiges Selbst in den Armen der Jungfrau aufgebe.«

»Ich bin keine Jungfrau.«

»Schön für dich.«

Sie streckte die Hand aus, wollte sie auf seine Brust legen. Direkt über sein Herz.

Er wich zurück, drückte sich flach an die Kacheln. Schweiß strömte ihm aus allen Poren, er reckte den Hals, so weit er konnte, das Gesicht verzerrt. Sein Atem ging heftig, die Ringe in den Brustwarzen blitzten auf.

Seine Stimme wurde immer schwächer, bis er kaum noch zu hören war. »Fass mich nicht an. Ich … ich kann es nicht ertragen, berührt zu werden, klar? Es tut weh.«

Bella hielt inne.

»Warum?«, frage sie sanft. »Warum tut es –«

»Hau einfach endlich ab, *bitte.*« Das Reden kostete ihn offensichtlich eine fast übermenschliche Anstrengung.

»Ich stehe kurz davor, etwas zu zerstören. Und ich will nicht, dass du es bist.«

»Du würdest mich nicht verletzen.«

Er schloss die Augen. »Verflucht noch mal. Was ist nur mit euch vornehmen Bräuten los? Bringt man euch bei, dass es geil ist, Leute zu foltern?«

»Du meine Güte, nein. Ich will dir nur helfen.«

»Lügnerin«, sagte er verächtlich. Seine Augenlider schnellten hoch. »Du bist so eine Lügnerin. Du willst mir nicht helfen, du willst nur die Klapperschlange ein bisschen mit dem Stock ärgern, um zu sehen, was sie dann macht.«

»Das ist nicht wahr. Wenigstens nicht … mehr.«

Sein Blick wurde kalt, seelenlos. Die Stimme verlor jeden Klang. »Du willst mich? Bitte. Du kannst mich verdammt noch mal haben.«

Zsadist machte einen Satz. Er warf sie auf den Boden, drehte sie auf den Bauch und zerrte ihre Hände auf den Rücken. Der Marmor fühlte sich auf ihrem Gesicht kalt an, als er gewaltsam ihre Beine spreizte. Man hörte das Geräusch von zerreißendem Stoff. Ihr Tanga.

Sie war wie benommen. Ihre Gedanken konnten mit dem Tempo nicht mehr mithalten, das ihr Körper vorlegte, ebenso wenig wie ihre Gefühle. Doch ihr Körper wusste, was er wollte. Egal wie wütend sie war, sie würde ihn in sich aufnehmen. Sie wollte ihn, mehr als alles andere.

Kurz stützte er sich von ihr ab, sie hörte einen Reißverschluss, der aufgezogen wurde. Dann lag er auf ihr, kein Streifen Stoff lag zwischen seiner riesigen Erektion und ihrem Schoß. Doch er stieß nicht zu. Er keuchte nur und verharrte reglos, sein Atem dröhnte in ihren Ohren, so laut … schluchzte er etwa?

Sein Kopf sank in ihren Nacken. Dann rollte er sich von ihr herunter, zog aber noch den Rock wieder herunter, bevor er ihren Körper freigab. Auf dem Rücken liegend, warf er sich die Arme über das Gesicht.

»O mein Gott«, stöhnte er. »Bella.«

Sie wollte ihn anfassen, wagte es aber nicht. Mit unsicheren Bewegungen rappelte sie sich auf und blickte auf ihn hinab. Zsadists Hose hing ihm um die Oberschenkel, sein Geschlecht war nicht mehr aufgerichtet.

Mein Gott, sein Körper sah wirklich furchtbar aus. Der Bauch war eine eingefallene Höhle, die Hüftknochen stachen hervor. Er musste wirklich nur von Menschen trinken, dachte sie. Und fast nichts essen.

Sie betrachtete die tätowierten Riemen um seinen Hals und die Handgelenke. Und die Narben.

Ein Wrack. Nicht nur gebrochen.

Auch wenn sie sich schämte, es zuzugeben: Seine Düsterkeit hatte den größten Teil seines Reizes ausgemacht. Sie war so anders, ein Gegensatz zu allem, was sie bisher im Leben gekannt hatte. Sie hatte ihn gefährlich wirken lassen. Aufregend. Sexy. Doch das waren Fantasien. Das hier war die Realität.

Er litt. Litt wie ein gefangenes Tier. Und daran war nichts sexy oder aufregend.

Sanft nahm sie ein Handtuch und legte es ihm über das entblößte Fleisch. Er zuckte zusammen, dann hielt er es krampfhaft um sich gewickelt. Als er zu ihr aufsah, waren seine Augen blutunterlaufen, aber er weinte nicht. Vielleicht hatte sie sich getäuscht, und er hatte nicht geschluchzt.

»Bitte lass mich allein«, sagte er.

»Ich wünschte –«

»Geh. Jetzt sofort. Keine Wünsche, keine Hoffnungen. Nichts. Geh einfach. Und komm mir nie wieder zu nahe. Schwör es mir. Schwöre.«

»Ich … ich verspreche es.«

Bella rannte aus seinem Zimmer. Als sie weit genug weg war, kämmte sie sich rasch mit den Fingern durch ihr zerzaustes Haar. Sie spürte den Tanga um ihre Hüfte, ließ ihn aber einfach dort. Sie wusste nicht wohin damit, wenn sie den zerfetzten Stoff ausziehen würde.

Unten war die Party noch voll im Gange, aber sie fühlte sich müde und ausgelaugt. Also ging sie zu Mary und verabschiedete sich, dann sah sie sich nach einem *Doggen* um, der sie nach Hause bringen konnte.

Doch da kam Zsadist wieder in den Raum. Er trug jetzt weiße Trainingsklamotten und eine große schwarze Tasche in der Hand. Ohne sie auch nur anzusehen, trat er hinter Phury, der nur wenige Meter weg stand. Als Phury sich umdrehte und die Tasche sah, wich er zurück.

»Nein, Z. Ich will das nicht –«

»Entweder du machst es, Bruder, oder ich finde einen anderen, der es tut.«

Zsadist hielt ihm die Tasche hin.

Lange starrte Phury die Tasche nur an. Als er sie schließlich entgegennahm, zitterten seine Hände.

Die beiden gingen zusammen hinaus.

18

Mary stellte die leere Porzellanplatte neben der Spüle ab und reichte Rhage ein Tablett, um die leeren Flaschen einzusammeln. Die Party war vorbei, und alle räumten zusammen auf.

Als sie zusammen in die Eingangshalle gingen, sagte sie: »Ich bin so froh, dass Wellsie und Tohr John bei sich aufgenommen haben. Und ich hätte ihn sehr gern heute Abend gesehen. Aber jedenfalls ist er in guten Händen.«

»Tohr hat erzählt, der arme Junge würde überhaupt nicht mehr aus dem Bett kommen, so erschöpft ist er. Er tut nichts außer schlafen und essen. Übrigens hattest du Recht, glaube ich. Phury steht auf Bella. So hab ich ihn noch nie zuvor erlebt.«

»Aber nach allem, was du mir erzählt hast –«

In diesem Moment ging eine Geheimtür unter der breiten Flügeltreppe auf, an der sie gerade vorbeiliefen.

Zsadist kam heraus. Sein Gesicht war übel zugerichtet, das T-Shirt hing in Fetzen. Überall war Blut.

»Ach du Scheiße«, murmelte Rhage.

Der Bruder ging wortlos an ihnen vorbei, die glasigen schwarzen Augen blickten ins Leere. Das kleine, zufriedene Lächeln auf seinem Gesicht wirkte völlig unpassend; als hätte er gerade gut gegessen oder Sex gehabt, anstatt sich die Seele aus dem Leib prügeln zu lassen. Langsam ging er die Treppe hinaus wobei er ein Bein nachzog.

»Ich sollte besser nach Phury sehen.« Rhage drückte Mary das Tablett in die Hand und gab ihr einen flüchtigen Kuss. »Das könnte ein bisschen dauern.«

»Warum sollte Phury ... O mein Gott.«

»Nur, weil er dazu gezwungen war. Das ist der einzige Grund, Mary.«

»Nimm dir so viel Zeit, wie du brauchst.«

Doch bevor Rhage bei der Tür zum Geheimgang ankam, trat Phury bereits heraus. Er trug Sportsachen und sah genauso abgekämpft aus wie Zsadist, nur dass ihm keine Wunden anzusehen war. Nein, das stimmte nicht ganz. Seine Knöchel waren blau und angeknackst. Und seine Brust war mit Blut verschmiert.

»Hey, Mann«, sagte Rhage.

Phury sah sich um und schien erschrocken, sich an diesem Ort wiederzufinden.

Rhage trat direkt vor ihn hin. »Bruder?«

Ein völlig verstörter Blick, der erst langsam wieder fokussierte. »Hey.«

»Willst du nach oben gehen? Soll ich mitkommen?«

»Ja ... nein. Mir geht's gut.« Sein Blick fiel auf Mary. Dann zu Boden. »Mir, äh, mir geht es gut. Genau. Ehrlich. Die Party ist vorbei, schätze ich mal.«

Rhage nahm die Tasche. Phurys rosa Hemd lugte heraus, es war im Reißverschluss eingeklemmt.

»Komm, gehen wir hoch.«

»Du solltest bei deiner Frau bleiben.«

»Sie versteht das. Wir gehen zusammen, mein Bruder.«

Phurys Schultern fielen herunter. »Ja, okay. Eigentlich … wäre ich jetzt lieber nicht allein.«

Als Rhage schließlich zurück in sein und Marys Zimmer kam, wusste er, dass sie schon schlafen würde. Also schloss er die Tür ganz leise.

Auf dem Nachttisch brannte eine Kerze, und in ihrem Schein konnte er sehen, dass das Bett völlig zerwühlt war. Mary hatte die Decke von sich gestrampelt und die Kissen überall verteilt. Sie lag auf dem Rücken, das zarte cremefarbene Nachthemd war völlig verdreht und über die Oberschenkel hoch gerutscht.

Er hatte dieses Seidenteil noch nie gesehen und wusste, dass sie es trug, weil diese Nacht etwas ganz Besonderes für sie sein sollte. Ihr Anblick turnte ihn an, und obwohl das Summen in ihm brannte, kniete er sich ans Bett. Er musste in ihrer Nähe sein.

Er wusste nicht, wie Phury das aushielt, besonders in einer Nacht wie dieser. Der Einzige, den er liebte, hatte durch seine Hand bluten wollen, hatte Schmerz und Bestrafung verlangt. Also hatte Phury getan, um was er gebeten wurde, und gleichzeitig hingenommen, dass sich der Kummer auf ihn übertrug. Z schlief jetzt zweifellos den Schlaf seliger Erschöpfung. Und Phury würde tagelang völlig neben sich stehen.

Er war ein so guter Mann, loyal, stark, Z treu ergeben. Aber seine Schuldgefühle wegen all der schrecklichen Dinge, die man Zsadist angetan hatte, brachten ihn um.

Gott, wie konnte man es ertragen, jemanden zu schlagen, den man liebte, weil dieser jemand genau das brauchte?

»Du riechst gut«, murmelte Mary, drehte sich auf die Seite und schlug die Augen auf. »Was ist das?«

»Das ist der rote Rauch. Phury hat sich ordentlich was angezündet, aber ich kann es ihm nicht verdenken.« Rhage nahm ihre Hand und runzelte die Stirn. »Du hast schon wieder Fieber.«

»Es lässt gerade nach. Ich fühle mich schon viel besser.« Sie küsste sein Handgelenk. »Wie geht es Phury?«

»Das alles ist eine Katastrophe.«

»Verlangt Zsadist das oft von ihm?«

»Nein. Ich weiß nicht, was heute Abend der Grund dafür war.«

»Es tut mir für beide leid. Aber vor allem für Phury.«

Er lächelte sie an. Dafür, dass sie sich so um seine Brüder sorgte, liebte er sie nur umso mehr.

Langsam setzte Mary sich auf und schwang ihre Beine herum, so dass sie vom Bett herabhingen. Das Nachthemd hatte ein Spitzenoberteil, durch das er ihre Brüste sehen konnte. Seine Oberschenkel spannten sich an, und er schloss die Augen.

Es war die Hölle. Mit ihr zusammen sein zu wollen und gleichzeitig Angst davor zu haben, wie sein Körper auf sie reagieren würde. Und er dachte nicht einmal nur an Sex. Er musste sie umarmen.

Ihre Hände hoben sich an sein Gesicht. Als sie ihm mit dem Daumen über die Lippen strich, öffneten sie sich von ganz allein, eine unausgesprochene Einladung, der sie nachkam. Sie beugte sich herab und küsste ihn, ihre Zunge drang in ihn ein, nahm sich, was er ihr eigentlich gar nicht anbieten durfte.

»Mhm. Du schmeckst so gut.«

Er hatte auch etwas bei Phury mitgeraucht, in dem Wissen, dass er später zu ihr kommen würde, in der Hoffnung, der Rauch würde ihn entspannen. Eine Wiederholung der Szene im Billardzimmer würde er nicht durchstehen.

»Ich will dich, Rhage.« Sie öffnete die Schenkel und zog ihn an sich heran. Ein Strudel von Elektrizität umkreiste seine Wirbelsäule und strahlte von dort nach außen ab, stieß in seine Hände und Füße vor, ließ seine Nägel vor Schmerz vibrieren und seine Haare senkrecht hoch stehen.

Er zog den Kopf zurück. »Hör mal, Mary ...«

Sie lächelte, zog sich das Nachthemd über den Kopf und warf es dann neben sich in einem Knäuel zu Boden. Ihre nackte Haut im Kerzenlicht hypnotisierte ihn. Er konnte sich nicht rühren.

»Liebe mich, Rhage.« Sie nahm seine Hände und legte sie sich auf die Brüste. Obwohl er sich selbst ermahnte, sie nicht zu berühren, umfasste er die Wölbungen und strich mit dem Daumen über ihre Nippel. Sie bog den Rücken durch. »O ja. Genau so.«

Er beugte sich über ihren Hals und leckte an der Vene. Er sehnte sich so sehr danach, von ihr zu trinken, besonders da sie seinen Kopf dort festhielt, als wollte sie das auch. Es war nicht so, dass er trinken musste. Er wollte sie in seinem Körper haben, in seinem Blut. Er wollte sich von ihr nähren, wollte durch sie leben. Er wünschte sich nichts mehr, als das sie dasselbe mit ihm machen könnte.

Sie schlang die Arme um seine Schultern und presste ihn an sich, versuchte, ihn mit sich auf die Matratze zu ziehen. Und er ließ sie. Nun lag sie unter ihm, und er spürte ihre Erregung.

Rhage schloss die Augen. Er konnte sie nicht zurückweisen. Konnte die eigene Begierde nicht zurückhalten. Gefangen zwischen diesen beiden Empfindungen küsste er sie und betete.

Irgendetwas stimmte hier nicht, dachte Mary.

Rhage entzog sich ihr. Als sie ihm das Hemd ausziehen wollte, ließ er sie nicht an die Knöpfe kommen. Als sie seine Erektion berühren wollte, schob er die Hüfte weg.

Selbst als er an ihren Brüsten saugte und die Hand zwischen ihre Beine schob, fühlte es sich an, als würde er sie aus der Ferne lieben.

»Rhage ...« Ihre Stimme versagte, als sie seine Lippen auf ihrem Nabel spürte. »Rhage, was ist los?«

Seine großen Hände spreizten ihre Beine weit, sein Mund drängte sich auf die Innenseite ihrer Schenkel. Er knabberte an ihr, seine Fänge neckten sie, verletzten sie aber nicht.

»Rhage, warte mal einen Moment ...«

Er legte den Mund auf ihr Geschlecht, zog sie zwischen seine Lippen, saugte, bewegte sich auf und ab, liebkoste sie. Beim Anblick seines blonden Kopfes über ihr bäumte sie sich vom Bett auf. Seine massigen Schultern lagen unter ihren Knien, ihre Beine wirkten so schmal gegen seine riesige Gestalt.

Noch eine Sekunde länger, und sie wäre vollkommen verloren.

Heftig packte sie ihn an den Haaren und zog seinen Kopf von sich weg.

Seine stahlblauen Augen schimmerten vor erotischer Kraft, während er schwer durch offene, glänzende Lippen atmete. Betont zog er die Unterlippe zwischen die Zähne und saugte daran. Dann leckte seine Zunge langsam über den Mund.

Sie schmolz dahin, schloss die Augen.

»Was ist denn nur los?«, fragte sie krächzend.

»Nichts, was soll sein?« Mit den Fingerknöcheln strich er über ihre empfindliche Mitte, rieb die zarte Haut. »Gefällt dir das nicht?«

»Natürlich gefällt es mir.«

Sein Daumen begann, Kreise zu zeichnen. »Dann lass mich doch einfach weitermachen, wo ich aufgehört habe.«

Bevor er den Kopf fallen lassen und wieder zwischen ihre Beine stecken konnte, klemmte sie die Beine um seine Hand zusammen, so gut sie vermochte.

»Warum darf ich dich nicht berühren?«, wollte sie wissen.

»Wir berühren uns doch.« Er bewegte seine Finger. »Ich bin doch hier.«

O mein Gott, konnte sie noch heißer werden? »Nein, bist du nicht.«

Angestrengt versuchte sie, sich von ihm zu lösen und aufzusetzen, doch blitzschnell fuhr sein freier Arm herum. Seine Handfläche landete auf ihrer Brust und drückte sie zurück aufs Bett.

»Ich bin noch nicht fertig«, sagte er mit einem tiefen Grollen in der Stimme.

»Ich möchte deinen Körper berühren.«

Seine Augen blitzten hell auf. Doch urplötzlich war der Glanz verschwunden, und ein flüchtiger Ausdruck huschte über seine Miene. Furcht? Sie konnte es nicht erkennen, da er den Kopf senkte. Er küsste sie auf den Oberschenkel, rieb seine Wange an ihr, seine Stirn, seinen Mund.

»Es gibt für mich nichts Schöneres als deine Hitze, deinen Geschmack, deine Zartzeit. Lass mich dir Lust bereiten, Mary.«

Bei diesen Worten lief ihr ein kalter Schauer über den Rücken. Sie hatte sie früher schon einmal gehört. Damals, ganz am Anfang.

Seine Lippen wanderten an der Innenseite der Schenkel entlang auf ihr erregtes Zentrum zu.

»*Nein.* Hör auf, Rhage.« Er gehorchte. »Einseitiger Sex bringt mir nichts. Ich will nicht, dass du mich befriedigst. Ich will mit dir zusammen sein.«

Er presste den Mund zusammen und hob ruckartig den Oberkörper vom Bett. Wollte er einfach gehen?

Doch er kniete sich nur auf den Boden, stützte die Arme auf der Matratze ab und ließ den Kopf hängen. Versuchte, sich unter Kontrolle zu bekommen.

Sie streckte das Bein aus und berührte ihn mit dem Fuß am Unterarm.

»Sag nicht nein«, murmelte sie.

Er blickte zu ihr auf. Aus der niedrigen Position wirkten seine Augen wie schmale Schlitze, die helle Strahlen blauen Neonlichts ausstrahlten.

Sie bog den Rücken durch, legte das Bein zur Seite und gewährte ihm einen Blick auf das, was er doch so sehnsüchtig begehrte.

Sie hielt den Atem an.

In einer kraftvollen, fließenden Bewegung sprang Rhage vom Fußboden hoch und auf ihren Körper. Er landete zwischen ihren Oberschenkeln, machte seine Hose auf und –

Danke, lieber Gott.

Sie kam sofort, zog sich in Wellen um seine Härte zusammen. Als das Tosen der Empfindung nachließ, spürte sie, wie er über ihr, in ihr erbebte. Gerade wollte sie ihn auffordern, sich nicht länger zu beherrschen, als ihr bewusst wurde, dass es darum nicht ging. Er hatte eine Art Anfall, jeder Muskel in seinem Körper verkrampfte sich.

»Rhage?« Sie sah ihm ins Gesicht.

Seine Augen leuchteten weiß.

Um ihn zu beruhigen, strich sie ihm über den Rücken. Doch da war etwas auf seiner Haut. Ein hervorspringendes Muster. Beinahe wie eine Gestalt.

»Rhage, da ist etwas auf deinem –«

Er stieß sich von ihr ab und rannte zur Tür.

»Rhage?« Hektisch zog sie sich ihr Nachthemd über und lief ihm nach.

Draußen im Flur blieb er kurz stehen, um seine Hose

wieder zuzumachen, und Mary schrie beinahe laut auf. Die Tätowierung war lebendig geworden. Das Wesen hatte sich von seinem Rücken erhoben und warf Schatten an die Wand.

Und es bewegte sich, obwohl er regungslos war. Der große Drache schäumte, als er sie unverwandt anblickte, Kopf und Augen starr auf sie gerichtet, während sein Körper sich wand und schlängelte.

Er versuchte, aus Rhage herauszukommen.

Außer sich vor Panik schrie sie seinen Namen.

Er schoss los wie eine Pistolenkugel, die Stufen hinunter und durch die Geheimtür unter der Treppe.

Rhage blieb erst stehen, als er im Trainingszentrum ankam. Im Umkleideraum riss er alle Türen auf und ging in die Gemeinschaftsduschen. Er drehte eine auf, ließ sich auf die Fliesen sinken und setzte sich unter den eiskalten Wasserstrahl.

Es war so schrecklich klar. Das Vibrieren. Das Summen. Immer in Marys Nähe, besonders, wenn sie erregt war.

Warum nur war er nicht früher darauf gekommen? Vielleicht hatte er die Wahrheit einfach nicht sehen wollen.

Mit Mary zusammen zu sein, war anders, weil … er nicht der Einzige war, der sie lieben wollte.

Die Bestie wollte sie auch.

Die Bestie wollte heraus, um sie nehmen zu können.

19

Als Bella nach Hause kam, konnte sie sich nicht entspannen. Nachdem sie eine Stunde lang im Morgenmantel in ihr Tagebuch geschrieben hatte, zog sie sich eine Jeans und ein Sweatshirt an und warf den Parka über. Draußen wirbelten Schneeflocken in wilden Strudeln durch die Luft, tanzten von kalten Windböen angetrieben.

Sie zog den Reißverschluss hoch und wanderte in das höhere, kräftigere Gras der Wiese.

Zsadist. Jedes Mal, wenn sie die Augen schloss, sah sie ihn auf dem Rücken in seinem Badezimmer liegen.

Ein Wrack.

Sie blieb stehen und betrachtete den Schnee.

Sie hatte ihm ihr Wort gegeben, ihn nicht mehr zu belästigen, doch sie wollte dieses Versprechen nicht halten. Sie wollte es unbedingt noch einmal mit ihm versuchen …

In der Ferne bemerkte sie jemanden, der um Marys Haus herumschlich. Bella erstarrte vor Angst, doch dann sah sie das dunkle Haar. Es konnte also kein *Lesser* sein.

Offenbar machte sich Vishous an der Alarmanlage zu schaffen. Sie winkte ihm zu und ging auf ihn zu.

Auf der Party hatte sie sich mit ihm unterhalten, und sie mochte ihn sehr. Er war so klug, dass er eigentlich sozial völlig unverträglich sein müsste. Aber bei diesem Krieger bekam man die volle Packung: Er war sexy, fast allwissend *und* stark. Die Art von Vampir, mit dem man sofort Babys machen wollte, nur um seine DNS im Genpool zu halten.

Sie fragte sich, warum er wohl immer diesen schwarzen Lederhandschuh trug. Und was die Tätowierungen auf seinem Gesicht bedeuteten. Vielleicht sollte sie ihn einfach mal fragen, wenn sich die Gelegenheit ergab.

»Ich dachte, du müsstest das nicht mehr fertig machen«, rief sie ihm von der Terrasse aus zu. »Wo doch Mary jetzt –«

Die dunkelhaarige Gestalt, die vor sie hintrat, war nicht Vishous. Und sie war nicht am Leben.

»Jennifer?«, flüsterte der *Lesser* ehrfürchtig.

Den Bruchteil einer Sekunde lang konnte Bella sich nicht bewegen. Dann drehte sie sich um und spurtete davon. Sie stolperte nicht; sie stockte nicht. Sie war schnell und sicher auf den Beinen, als sie die Wiese überquerte, obwohl sie zu Tode erschrocken war. Wenn sie es bis zu ihrem Haus schaffte, könnte sie den *Lesser* aussperren. Bis er das Glas durchbrochen hätte, wäre sie unten im Keller, wo niemand eindringen konnte. Sie würde Rehvenge anrufen und durch den unterirdischen Gang auf die andere Seite des Grundstücks fliehen.

Der *Lesser* war ihr auf den Fersen – sie konnte seine donnernden Schritte und das Rascheln seiner Kleidung hören –, doch er holte nicht auf. Das gefrorene Gras knirschte unter ihren Füßen. Sie heftete den Blick auf die tröstenden Lichter ihres Hauses und holte noch einmal alles aus ihren Muskeln heraus.

Der erste Stich traf sie in den Oberschenkel. Der zweite ins Kreuz, durch den Parka hindurch.

Ihre Beine wurden langsamer, und ihre Füße verwandelten sich in riesengroße Flossen. Die Entfernung bis zu ihrem Haus wurde immer größer, dehnte sich in die Unendlichkeit, doch sie lief einfach weiter. Als sie bei ihrer Hintertür anlangte, torkelte sie. Irgendwie schaffte sie es hinein, doch sie bekam das Schloss nicht zu. Ihre Finger schienen plötzlich aus Gummi zu sein.

Sie drehte sich um ihre eigene Achse und stürmte auf den Keller zu. Das Geräusch der zersplitternden Terrassentür war merkwürdig leise, als käme es von weit, weit her.

Eine Hand legte sich auf ihre Schulter.

Sie spürte einen starken Drang, sich zu wehren, und sie schüttelte den *Lesser* ab und schlug ihm mit der geschlossenen Faust ins Gesicht. Einen kurzen Moment war er verblüfft, dann schlug er zurück, und sie ging zu Boden. Er drehte sie herum und gab ihr mit der flachen Hand eine Ohrfeige, die ihren Kopf zu Boden schleuderte.

Sie spürte nichts. Nicht den Schlag, nicht den Aufprall ihres Schädels. Was gut war, so war sie nicht abgelenkt, als sie ihren Angreifer in den Arm biss.

Im Kampfgetümmel stießen sie gegen den Küchentisch, warfen alle Stühle um. Bella konnte sich freimachen, indem sie ihm einen davon an der Brust zerschmetterte. Orientierungslos und keuchend krabbelte sie weg.

Am Fuße der Kellertreppe versagte ihr Körper.

Sie lag da, noch bei Bewusstsein, aber unfähig, sich zu bewegen. Sie hatte das Gefühl, dass ihr irgendetwas in die Augen tropfte. Vermutlich ihr eigenes Blut, vielleicht auch das des *Lesser.*

Ihr Blickfeld veränderte sich ruckartig, als sie umgedreht wurde.

Sie sah dem *Lesser* ins Gesicht. Dunkles Haar, blassbraune Augen.

Du lieber Himmel.

Der Vampirjäger weinte, als er sie vom Boden aufhob und in den Armen wiegte. Das Letzte, was sie noch mitbekam, war der Anblick seiner Tränen, die auf ihr Gesicht fielen.

Sie spürte überhaupt nichts.

Vorsichtig hob O die Frau aus dem Fahrerhäuschen seines Pick-ups. Er wünschte, er hätte nicht zugestimmt, seine eigene Wohnung aufzugeben und im Überzeugungszentrum zu leben. Er hätte sie lieber von den anderen *Lessern* ferngehalten. Andererseits konnte er hier dafür sorgen, dass sie nicht entkam. Und wenn einer seiner Kollegen ihr zu nahe kam … Dafür gab es ja die Messer.

Während er sie durch die Tür trug, betrachtete er ihr Gesicht. Sie war seiner Jennifer so ähnlich. Die Augen hatten eine andere Farbe, aber dieses herzförmige Gesicht. Das dichte, dunkle Haar. Und der Körper – schlank und perfekt proportioniert.

Eigentlich war sie sogar schöner, als Jennifer es je gewesen war. Und sie schlug auch härter zu.

Er legte die Frau auf den Tisch und befühlte den Bluterguss auf ihrer Wange, die aufgeplatzte Lippe, die Druckstellen auf ihrem Hals. Der Kampf war überwältigend gewesen; gnadenlos, bedingungslos, grenzenlos, bis er gewonnen hatte und ihren erschöpften Körper endlich in den Armen hielt.

Er dachte zurück an die Vergangenheit. Immer hatte er Angst gehabt, dass er es wäre, der Jennifer eines Tages töten würde. Dass eines Nachts all das Prügeln eine Grenze überschreiten würde. Stattdessen hatte er am Ende den Autofahrer umgebracht, der betrunken frontal mit ihrem

Auto zusammengeprallt war. Der Drecksack war um fünf Uhr nachmittags sternhagelvoll gewesen, und sie auf dem Heimweg von der Arbeit.

Ihren Mörder kaltzumachen war leicht gewesen. Er hatte herausgefunden, wo der Kerl wohnte, und gewartet, bis er besoffen nach Hause kam. Dann hatte er ihm den Schädel mit einer Brechstange eingeschlagen und ihn die Treppe hinuntergestoßen. Noch bevor die Leiche kalt war, hatte O sich ins Auto gesetzt und war quer durchs Land gen Nordosten gefahren.

Wo er in die Fänge der Gesellschaft geraten war.

Draußen hielt ein Wagen. Rasch hob er die Vampirin wieder auf und trug sie zu den Aufbewahrungsrohren hinüber. Er schlang ein Geschirr um ihre Brust, öffnete einen Deckel und ließ sie hinunter.

»Haben Sie noch einen?«, fragte U, als er hereinkam.

»Ja.« O schaute demonstrativ in das andere Loch auf den Vampir, den Mr X vergangene Nacht bearbeitet hatte. Er rutschte unruhig in dem Rohr herum und machte leise, ängstliche, maunzende Geräusche.

»Dann knöpfen wir uns den frischen Fang doch mal vor«, meinte U.

O parkte seinen Stiefel auf dem Deckel über der Vampirin. »Die hier gehört mir. Wenn einer sie anfasst, ziehe ich ihm mit den Zähnen die Haut ab.«

»Was? Ausgezeichnet. Der Sensei wird ausflippen.«

»Kein Wort zu ihm. Haben wir uns verstanden?«

U runzelte die Stirn, dann zuckte er die Achseln. »Klar. Wie Sie wollen. Aber Ihnen ist doch klar, dass er es früher oder später herausfinden wird? Glauben Sie dann bloß nicht, dass er es von mir hat.«

O konnte sich tatsächlich vorstellen, dass U das Geheimnis wahren würde. Aus einem Impuls heraus gab er dem Jäger die Adresse der umgebauten Scheune, in die er eingebrochen war. Ein kleiner Gefallen im Austausch gegen die Verschwiegenheit des *Lesser.*

»Der Name der Besitzerin ist Mary Luce. Sie wurde mit einem Bruder gesichtet. Schnappen Sie sich die Braut.«

U nickte. »Das werde ich machen, aber die Sonne geht schon bald auf, und ich muss mich mal aufs Ohr hauen. Ich hab seit zwei Nächten nicht geschlafen und werde langsam schwach.«

»Dann eben morgen. Und jetzt lassen Sie uns allein.«

U legte den Kopf schief und blinzelte in das Rohr hinein. »Uns?«

»Verschwinden Sie hier, U.«

U fügte sich und O lauschte, bis das Motorengeräusch schwächer wurde.

Zufrieden betrachtete er den Deckel. Und konnte nicht aufhören zu grinsen.

20

Rhage kehrte erst um fünf Uhr nachmittags in das große Haus zurück. Völlig geräuschlos lief er durch den Tunnel. Er hatte seine Schuhe ausgezogen, weil sie durchweicht waren, und dann vergessen, wo er sie hingestellt hatte.

Er stand völlig unter Strom; in ihm tobte ein Feuer, gegen das er machtlos war. Egal wie müde er war oder wie viele Gewichte er stemmte oder wie weit er rannte: Er war so weit, dass nicht einmal Sex mit einhundert verschiedenen Frauen ihn auf ein normales Level gebracht hätte. Nicht dass er das in Betracht gezogen hätte.

Es gab kein Entkommen für ihn, er musste mit Mary sprechen. Ihm graute davor, ihr von dem Fluch zu erzählen, den er seit einhundert Jahren mit sich herumtrug, und er hatte keinen blassen Schimmer, wie er ihr erklären sollte, dass seine Bestie Sex mit ihr haben wollte. Aber sie musste erfahren, warum er so lange weg gewesen war.

Er holte tief Luft und öffnete die Tür zu ihrem Schlafzimmer. Sie war nicht da.

Dann ging er ins Erdgeschoss. Fritz war in der Küche.

»Hast du Mary gesehen?«, fragte er bemüht unbeteiligt.

»Ja, Sir. Sie ist weggegangen.«

Rhages Blut verwandelte sich in Eis. »Und wo wollte sie hin?«

»Das hat sie mir nicht mitgeteilt.«

»Hat sie etwas mitgenommen? Eine Handtasche? Eine Reisetasche etwa?«

»Ein Buch. Einen Bagel. Einen Parka.«

Im Nu rannte Rhage wieder durch den Tunnel und war in einer halben Minute in der Höhle. Er hämmerte gegen die Tür.

Vishous ließ sich verdammt viel Zeit damit, die Tür zu öffnen, und zeigte sich dann verschlafen und in Boxershorts. »Was zum –«

»Mary hat das Haus verlassen. Allein. Ich muss sie finden.«

Innerhalb von Sekunden verwandelte V sich von einem griesgrämigen und Augen reibenden Bruder in einen hochkonzentrierten Vampir. Er ging zu seinem Computer, rief alle Außenbilder auf und entdeckte sie zusammengekauert direkt vor der Eingangstür des großen Hauses in der Sonne. Was schlau war: Wenn irgendjemand oder etwas sie angreifen würde, könnte sie in null Komma nichts ins Haus flüchten.

Rhage atmete erleichtert auf. »Wie fährt man damit näher ran?«

»Klick oben rechts mit der Maus auf Zoom.«

Rhage holte sie näher heran. Sie fütterte ein paar Spatzen mit ihrem Bagel. Hin und wieder hob sie den Kopf und blickte sich um. Das Lächeln auf ihrem Gesicht war kaum zu erkennen, lag nur leicht in ihren Mundwinkeln.

Er berührte den Bildschirm und strich mit der Fingerspitze über ihr Gesicht. »Weißt du, du hattest Unrecht, Bruder.«

»Ach ja?«

»Sie ist mein Schicksal.«

»Habe ich gesagt, dass sie das nicht ist?«

Rhage betrachtete über die ganze Computerausrüstung hinweg Vs tätowiertes Auge. »Ich bin nicht ihr erster Liebhaber. Du hast mir mal gesagt, mein Schicksal sei eine Jungfrau. Also hast du dich geirrt.«

»Ich irre mich niemals.«

Rhage runzelte die Stirn. Es kam nicht in Frage, dass eine andere Frau ihm jemals mehr bedeuten oder Marys Platz in seinem Herzen einnehmen würde.

Scheiß auf das Schicksal, wenn es ihn zwingen wollte, eine andere zu lieben. Und zur Hölle mit Vs Voraussagen.

»Muss schön sein, alles zu wissen«, murmelte er. »Oder zumindest, das zu glauben.«

Als er sich umwandte und wieder zum Tunnel gehen wollte, wurde sein Arm hart gepackt.

Vs diamantene Augen, normalerweise so ruhig, waren schmal und wütend. »Wenn ich sage, ich irre mich nie, dann bin ich nicht auf einem Egotrip. Die Zukunft zu sehen, ist ein verdammter Fluch, mein Bruder. Glaubst du, es macht mir Spaß zu wissen, wie jeder von euch sterben wird?«

Rhage zuckte zurück, und V lächelte kalt. »Darüber kannst du mal nachdenken. Und dann stell dir vor, dass das Einzige, was ich nicht weiß, der Zeitpunkt ist. Also kann ich keinen von euch retten. Kannst du mir mal erklären, warum ich mit diesem beschissenen Fluch rumprotzen sollte?«

»O mein Gott ... Bruder. Es tut mir so leid ...«

V stieß hörbar die Luft aus. »Schon okay. Hör mal, geh doch einfach zu deiner Frau. Sie hat den ganzen Nachmittag an dich gedacht. Nichts für ungut, aber ich bin es langsam leid, ihre Stimme so laut in meinem Kopf zu hören.«

Mary lehnte sich an die schwere Messingtür und blickte hoch. Der Himmel über ihr war herrlich blau, die Luft trocken und klar nach dem ungewöhnlich frühen Schneefall letzte Nacht. Eigentlich wollte sie vor Sonnenuntergang noch einen Spaziergang über das Gelände machen. Doch die Wärme, die durch ihren Parka drang, machte sie träge. Oder vielleicht war es auch die Erschöpfung. Nachdem Rhage davongelaufen war, hatte sie nicht schlafen können und den ganzen Tag damit verbracht, auf ihn zu warten.

Sie hatte keine Ahnung, was passiert war. War nicht einmal sicher, dass das, was sie zu sehen geglaubt hatte, wirklich real gewesen war. Meine Güte, Tattoos konnten nicht einfach aus jemandes Haut auferstehen. Und sie bewegten sich nicht von allein. Zumindest nicht in ihrer Welt.

Aber Rhage war nicht der einzige Grund für ihre Schlaflosigkeit. Es wurde langsam Zeit, sich zu erkundigen, was die Ärzte alles mit ihr machen wollten. Der Termin mit Dr. Della Croce war morgen, und danach würde sie wissen, wie schlimm die Behandlungen würden.

Ach, über all das würde sie so gern mit Rhage sprechen. Sie wollte versuchen, ihn darauf vorzubereiten.

Als die Sonne hinter den Bäumen verschwand, wurde ihr kühl. Sie stand auf, reckte sich und trat dann durch die äußeren Türen. Als diese sich hinter ihr geschlossen hatten, blickte sie in eine Überwachungskamera und die inneren Türen schwangen auf.

Rhage saß auf dem Fußboden direkt neben dem Eingang. Langsam stand er auf. »Hi. Ich hab auf dich gewartet.«

Sie lächelte etwas verlegen und schob ihr Buch von der einen Hand in die andere. »Ich wollte dir ja sagen, wo ich bin. Aber du hattest dein Handy vergessen, als du –«

»Mary, hör mir zu. Wegen letzter Nacht –«

»Warte mal, bevor wir damit anfangen.« Sie hielt die Hand hoch. Atmete tief durch. »Morgen gehe ich ins Krankenhaus. Für das Beratungsgespräch vor Beginn der Behandlung.«

Er sah so bestürzt drein, dass seine Augenbrauen sich in der Mitte trafen. »Welches Krankenhaus?«

»Saint Francis.«

»Wann?«

»Nachmittags.«

»Ich möchte, dass dich jemand begleitet.«

»Ein *Doggen?*«

Er schüttelte den Kopf. »Butch. Der Cop kann gut mit der Pistole umgehen, und ich will nicht, dass du ohne echten Schutz unterwegs bist. Sollen wir nicht vielleicht lieber hochgehen?«

Als sie nickte, nahm er sie bei der Hand und führte sie die Treppe hinauf. Oben in ihrem Zimmer setzte sie sich aufs Bett, während er unruhig auf und ab wanderte.

Zunächst sprachen sie über den Arzttermin. Indem sie ihn darauf vorbereitete, gewöhnte auch sie selbst sich langsam an den Gedanken. Dann schwiegen sie.

»Rhage, erklär mir, was letzte Nacht passiert ist.« Als er zögerte, fügte sie hinzu: »Was auch immer es ist, wir werden es schon durchstehen. Du kannst mir alles erzählen.«

Er blieb stehen. Blickte ihr direkt in die Augen. »Ich bin gefährlich.«

Sie runzelte die Stirn. »Nein, das bist du nicht. Zumindest nicht für mich.«

»Weißt du, was das Bild auf meinem Rücken ist?«

Mit einem Schaudern erinnerte sie sich daran, wie die Tätowierung sich bewegt hatte –

Stopp, befahl sie sich. Das hatte sie nicht getan. Er hatte schwer geatmet, und deshalb hatte das Ding so ausgesehen, als hätte es sich bewegt.

»Mary, das ist ein Teil von mir. Die Bestie. Sie lebt *in* mir.« Er rieb sich die Brust, dann die Arme und die Oberschenkel. »Ich versuche, sie unter Kontrolle zu halten, so gut ich kann. Aber sie … ich will dich nicht verletzen. Ich weiß nicht, was ich tun soll. Selbst jetzt, in deiner Nähe, bin ich … Scheiße, ich bin völlig fertig.«

Er hielt ihr seine zitternden Hände hin und wirkte tatsächlich vollkommen ausgelaugt.

»Ein Grund, warum ich immer kämpfen muss, ist, dass solche Auseinandersetzungen die Bestie beruhigen«, erklärte er. »Deshalb auch die vielen Frauen. Die habe ich nur zum Entspannen benutzt, weil ich so das Tier in Schach halten konnte. Jetzt, wo ich keinen Sex mehr haben kann, bin ich instabil. Deshalb hätte ich gestern Nacht beinahe die Kontrolle verloren. Zweimal.«

»Moment mal … Wovon redest du denn da? Du hast *mich.* Warum schläfst du nicht mit mir?«

»Das kann ich nicht mehr geschehen lassen«, presste er durch zusammengebissene Zähne hervor. »Ich kann nicht mehr … bei dir liegen.«

Fassungslos starrte sie ihn an. »Du meinst, du wirst überhaupt nicht mehr mit mir zusammen sein? Nie mehr?«

Er schüttelte den Kopf. »Nie mehr.«

»Spinnst du total? Du willst mich doch.« Ihr Blick schnellte zu der Erektion in seiner Hose. »Ich sehe doch, dass du steif bist. Ich kann deine Sehnsucht riechen.«

Unvermittelt hörten seine Augen auf zu blinzeln und blitzten weiß auf.

»Warum verändern sich deine Augen?«, flüsterte sie.

»Weil die Bestie … zum Leben erwacht.«

Er wurde still und begann, in einem merkwürdigen Rhythmus zu atmen. Zweimal schnell ein, einmal langsam aus. Zweimal kurz, einmal lang.

Sie versuchte zu begreifen, was er ihr da erklärte. Und versagte kläglich. *Ob er eine Art Hardcore-Alter-Ego hat?*, fragte sie sich.

»Mary, ich kann nicht mehr … mit dir schlafen … denn wenn ich bei dir bin, will die Bestie hinaus.« Wieder zwei kurze Atemzüge. »Sie will …«

»Was genau?«

»Die Bestie will dich.« Er wich vor ihr zurück. »Mary, sie will in dir sein. Verstehst du, was ich da sage? Meine andere Seite will dich *nehmen*. Ich … ich muss jetzt gehen.«

»Warte!« Er blieb an der Tür stehen. Ihre Blicke trafen sich. »Dann soll sie mich haben.«

Rhages Unterkiefer klappte herunter. »Bist du wahnsinnig?«

Nein, sie war nicht verrückt. Sie hatten sich mit einer Verzweiflung geliebt, die schon an Gewalttätigkeit grenzte. Sie hatte seine harten Stöße gespürt. Wenn seine andere Persönlichkeit etwas grob war, dann würde sie damit schon klarkommen.

»Lass sie einfach los. Es ist okay.«

Zwei kurze Atemzüge. Ein Seufzer. »Mary, du hast keine Vorstellung davon … was zum Teufel du da vorschlägst.«

Sie versuchte, seine Verwirrung ins Komische zu ziehen. »Was wirst du schon machen? Mich fressen?«

Als er sie nur wortlos mit den weißen Augen anblickte, wurde ihr eiskalt. Meine Güte, vielleicht hatte er doch Recht? Aber sie war entschlossen.

»Wir binden dich einfach fest«, erklärte sie.

Er schüttelte den Kopf, stolperte über seine eigenen

Füße und klammerte sich an die Türklinke. »Ich will es nicht darauf ankommen lassen.«

»Warte! Weißt du ganz sicher, was passieren wird?«

»Nein.« Er kratzte sich im Nacken und an den Schultern und zuckte immer wieder.

»Besteht eine Möglichkeit, dass du einfach nur dem Bedürfnis freien Lauf lassen musst?«

»Möglich.«

»Dann probieren wir es. Ich renne einfach weg, wenn ... na ja, wenn etwas Seltsames passiert. Rhage, lass mich das für uns tun. Was haben wir schon für eine Alternative? Soll ich ausziehen? Sollen wir uns nie wieder sehen? Nie wieder Sex haben? Ich meine, schau dich doch an. Jetzt in dieser Sekunde bist du doch so scharf, dass du aus allen Nähten platzt.«

Die Angst verdunkelte seine Miene, verzerrte seinen Mund, weitete seine Augen. Gefolgt von Scham. Es war so furchtbar, so unendlich traurig, dass sie quer durch den ganzen Raum auf ihn zugestürmt kam. Sie nahm seine Hände in ihre, fühlte, wie sie zitterten.

»Ich ertrage es nicht, dich so zu sehen, Rhage.« Er wollte etwas sagen, doch sie ließ ihn nicht zu Wort kommen. »Du weißt, womit wir es hier zu tun haben. Ich nicht. Also triff alle nötigen Sicherheitsvorkehrungen und dann ... warten wir ab, was passiert.«

Er blickte sie ausdruckslos an. Am liebsten hätte sie ihn gedrängt, doch sie hatte das Gefühl, das würde ihn nur weiter in die Defensive treiben.

Endlich sagte er: »Ich spreche mit V.«

»Ketten«, wiederholte Rhage. Er stand mitten im Wohnzimmer der Höhle.

V blickte über den Computerbildschirm. »Was für Ketten?«

»Die Sorte, mit der man Autos abschleppt.«

Butch kam aus der Küche, ein Bier in der einen, ein Sandwich in der anderen Hand. »Hey, Großer. Wie läuft's?«

»Ich möchte, dass ihr beide mich an mein Bett kettet.«

»Ist ja irre.«

»Haben wir denn was Passendes da?« V rückte seine Kappe zurecht. »In der Garage vielleicht. Aber Rhage, Mann, wie stellst du dir das vor?«

»Ich muss … mit Mary zusammen sein. Aber ich will nicht Gefahr laufen –« Er hielt inne. Stieß die Luft durch die Zähne. »Ich habe Angst, mich zu verwandeln, wenn ich zu aufgeladen bin.«

Vs helle Augen verengten sich. »Und die anderen Frauen hast du aufgegeben, richtig?«

Rhage nickte. »Ich will nur noch Mary. Ich könnte momentan bei einer anderen nicht mal einen hochkriegen.«

»Ach, du Scheiße, Mann«, raunte V.

»Was ist so schlecht an der Monogamie?«, fragte Butch, setzte sich hin und machte das Bier auf. »Ich meine, sie ist doch eine tolle Frau. Mary ist was Besonderes.«

V schüttelte den Kopf. »Weißt du nicht mehr, was du auf dieser Lichtung gesehen hast? Wie würde es dir gefallen, wenn das in der Nähe einer Frau passiert, die du liebst?«

Butch stellte das Bier ab, ohne einen Schluck getrunken zu haben. Er musterte Rhages Körper.

»Wir brauchen eine verdammte Wagenladung Stahl.«

21

O wurde langsam unruhig. Die Vampirin war immer noch nicht wieder bei vollem Bewusstsein, und das nach achtzehn Stunden. Diese Betäubungspfeile waren zwar für einen Mann dosiert gewesen, aber trotzdem sollte sie langsam wieder auf die Beine kommen.

Er machte sich Sorgen, dass sie eine Gehirnerschütterung erlitten haben könnte.

Es war genau so, wie es auch damals immer gewesen war. Er und Jennifer hatten sich geprügelt, und danach hatte er Angst gehabt, dass er sie ernsthaft verletzt haben könnte. Dann versorgte er liebevoll ihre Wunden und untersuchte sie auf gebrochene Knochen oder tiefe Schnitte. Und sobald er sich überzeugt hatte, dass sie okay war, liebte er sie. Selbst wenn sie noch ohnmächtig war. In ihr zu kommen, in dem sicheren Bewusstsein, dass er es nicht zu weit getrieben hatte, war immer das Allerbeste gewesen.

Er wünschte, er könnte mit der Frau schlafen, die er entführt hatte.

O ging zu dem Loch, in dem sie saß. Er nahm den Deckel ab, knipste eine Taschenlampe an und richtete den Lichtkegel hinein. Sie saß zusammengekauert auf dem Boden, seitlich an das Rohr gelehnt.

Er wollte sie herausholen und sie in den Arm nehmen. Sie küssen und ihre Haut auf seiner spüren. Er wollte in ihr kommen. Aber alle *Lesser* waren impotent. Omega, dieses Schwein, war ein eifersüchtiger Herr.

O schob den Deckel wieder vor und schlich im Raum herum. Er dachte an die Nacht und den Tag, die er mit Omega verbracht hatte. Seitdem war er so niedergeschlagen gewesen. Merkwürdig – seit er diese Frau hatte, war sein Geist wieder klarer, und er spürte neue Energie in sich.

Er wusste, dass das da in dem Loch nicht Jennifer war; aber diese Vampirin kam dem, was man ihm genommen hatte, sehr nahe. Und er würde bestimmt nicht wählerisch sein. Er würde das Geschenk annehmen, das er bekommen hatte, und gut darauf aufpassen. Dieses Mal würde niemand ihm seine Frau wegnehmen. Niemand.

Als die Rollläden sich für die Nacht öffneten, erhob Zsadist sich von seinem Lager auf dem Fußboden und ging nackt durch das Zimmer, das er bewohnte.

Was vergangene Nacht mit Bella passiert war, ließ ihm keine Ruhe. Er wollte sie finden und sich entschuldigen, aber er hatte keine blasse Ahnung wie er das anstellen konnte.

Sorry, ich habe dich besprungen wie ein Tier. Und ich finde dich gar nicht zum Kotzen. Ehrlich nicht.

Gott, er war so ein Arschloch.

Er schloss die Augen und dachte daran, wie er sich an die Fliesen neben der Dusche gedrückt und sie die Hand nach ihm ausgestreckt hatte. Ihre Finger waren lang und elegant gewesen, die Nägel schön geformt und unlackiert. Ihre Berührung wäre sanft gewesen. Sanft und warm.

Er hätte sich zusammenreißen müssen. Denn dann hätte er dieses eine Mal vielleicht als freier Mann spüren können, wie es sich anfühlte, die weiche Hand einer Frau auf der Haut zu spüren. Als Sklave war er zu oft angefasst worden, und immer gegen seinen Willen. Aber frei …

Und es wäre nicht irgendeine Hand gewesen. Es wäre Bellas Hand gewesen.

Sie hätte sie auf seine Brust gelegt, in die Mitte. Und vielleicht hätte sie ihn sogar ein bisschen gestreichelt. Es hätte ihm sogar gefallen können, wenn sie ganz vorsichtig gewesen wäre. Ja, je mehr er darüber nachdachte, desto besser konnte er sich vorstellen, dass ihm das gefallen könnte –

Verdammt, was sollte denn das? Die Fähigkeit, jegliche Art von Intimität zu ertragen, war ihm vor vielen Jahren mit Gewalt ausgetrieben worden. Außerdem war es absurd, sich Fantasien über eine Frau wie Bella hinzugeben. Er war noch nicht mal der wütenden menschlichen Huren würdig, von denen er sich nähren musste.

Zsadist öffnete die Augen wieder und schüttelte die lächerlichen Gedanken ab. Das Netteste, was er für Bella tun konnte, die beste Wiedergutmachung wäre dafür zu sorgen, dass sie ihn niemals wieder sehen musste. Nicht einmal unbeabsichtigt. Obgleich *er* sie schon sehen würde. Jede Nacht würde er bei ihrem Haus vorbeifahren und sicherstellen, dass es ihr gut ging. Es waren gefährlich Zeiten für ihre Rasse, und jemand musste auf sie aufpassen. Er würde sich einfach im Schatten halten, während er das tat.

Der Gedanke, sie zu beschützen, tat ihm gut.

Er konnte sich selbst nicht so weit vertrauen, mit ihr zusammen zu sein. Aber er hatte vollstes Vertrauen in seine Fähigkeit, sie zu beschützen, egal wie viele *Lesser* er dafür bei lebendigem Leib fressen müsste.

22

Mary tigerte auf der Galerie im ersten Stock auf und ab, direkt vor ihrer Schlafzimmertür. Sie konnte Butch und V nicht dabei zusehen, wie sie all diese Ketten anbrachten. Und es war schwer zu sagen, ob es düster-erotisch war, wie die beiden Rhage auf den Sex mit ihr vorbereiteten, oder einfach nur Furcht einflößend.

Die Tür ging auf.

Butch wich unruhig ihrem Blick aus. »Er ist so weit.«

Vishous kam heraus und zündete sich eine Selbstgedrehte an. Er inhalierte tief. »Wir bleiben hier in der Nähe. Falls du uns brauchst.«

Ihr erster Impuls war, sie wegzuschicken. Wie gruselig war das denn: die beiden vor der Tür, während sie und Rhage dahinter Sex hatten? Privatsphäre war schließlich mehr als ein abgeschlossener Raum, es war auch ein Geisteszustand. Doch dann dachte sie an all den Stahl, den sie da drinnen angebracht hatten. Diese Massen von Eisenwaren hatten dann doch ihre Erwartungen überstiegen. Etwas Seil, okay. Handschellen. Aber nicht genügend Ausrüstung, um den Motorblock eines LKW hochzuheben.

»Seid ihr sicher, dass ihr warten wollt?«

Beide nickten.

»Vertrau uns einfach«, murmelte Butch.

Mary ging hinein und schloss die Tür. Kerzen waren auf beiden Seiten des Bettes angezündet und Rhage lag nackt auf der Matratze, die Arme über dem Kopf gefesselt, die Beine so weit es irgend ging gespreizt. Ketten waren um seine Handgelenke und Knöchel geschlungen und an den massiven Eichenpfosten des Bettes befestigt.

Rhage hob den Kopf, seine stahlblauen Augen durchbohrten die Dämmerung. »Bist du dir ganz sicher, dass du das durchziehen willst?«

Das war sie ganz und gar nicht. »Das sieht nicht besonders gemütlich aus.«

»So schlimm ist es gar nicht.« Sein Kopf fiel zurück. »Wobei ich doch froh bin, dass es nur Bettpfosten sind und keine Pferde, die in vier unterschiedliche Richtungen losrennen.«

Sie betrachtete seinen makellosen Körper, für sie ausgebreitet wie eine sexuelle Opfergabe.

Verfluchter Mist. Meinte sie das ernst? Wollte sie wirklich – *Schluss jetzt,* schalt sie sich. *Halt ihn hier nicht länger fest als nötig. Und wenn es vorbei ist, und er weiß, dass alles in Ordnung ist, musst du es nie wieder tun.*

Mary streifte die Schuhe ab und zog ihren Pulli über den Kopf. Dann schlüpfte sie aus der Jeans.

Wieder hob sich Rhages Kopf. Als sie den BH und die Unterhose auszog, regte sich sein Geschlecht. Sie sah ihm dabei zu, wie sein Schwanz sich für sie verwandelte, härter wurde, dicker wurde, größer wurde. Die Erregung rötete sein Gesicht, und ein feiner Schweißfilm überzog seine wunderschöne, glatte Haut.

»Mary ...« Seine Pupillen wurden weiß, und er begann zu schnurren und mit den Hüften zu kreisen. Die Erektion legte sich auf seinen Bauch, ihre Spitze reicht bis zum Nabel und ein Stück darüber. Urplötzlich zuckten seine Arme und zerrten an den Fesseln. Ketten rasselten und ruckten.

»Alles in Ordnung?«, fragte sie.

»Mary, bitte. Ich bin ... wir sind so hungrig. Wir verzehren uns nach dir.«

Sie nahm all ihren Mut zusammen und ging zum Bett. Beugte sich über ihn und küsste ihn auf den Mund. Dann kletterte sie auf die Matratze. Auf ihn.

Als sie sich rittlings auf seine Hüften setzte, wand er sich zuckend unter ihr.

Sie nahm ihn in ihre Hand und versuchte, ihn in sich einzuführen. Doch es klappte nicht gleich. Er war zu groß, und sie war noch nicht so weit. Es tat weh. Sie versuchte es noch einmal, dann zog sie eine Grimasse.

»Du bist noch nicht bereit für mich«, sagte Rhage. Er bäumte sich auf, als sie seine Spitze ein weiteres Mal an ihren Mittelpunkt führte. Ein wildes, summendes Geräusch drang aus ihm hervor.

»Es wird schon gehen, lass mich nur –«

»Komm her.« Beim Sprechen veränderte sich seine Stimme. Wurde tiefer. »Küss mich, Mary.«

Sie legte sich auf seine Brust und küsste ihn auf den Mund. Sie wollte unbedingt angeturnt werden. Es klappte nicht.

Er löste sich von ihr, als spüre er ihre mangelnde Erregung.

»Komm etwas höher.« Die Ketten klirrten, es klang fast wie Glockengeläut. »Gib mir deine Brüste. Halt sie mir an den Mund.«

Sie schob sich höher und legte ihm eine Brustwarze an

die Lippen. Sobald sie ein sanftes Saugen spürte, reagierte ihr Körper. Sie schloss erleichtert die Augen, als die Hitze Besitz von ihr ergriff.

Rhage erkannte offenbar die Veränderung in ihr, denn sein Schnurren wurde lauter, ein wunderschönes Geräusch. Während er sie mit den Lippen liebkoste, löste sich sein Körper gierig von der Matratze, seine Brust hob sich, dann sein Hals. Der Kopf fiel in den Nacken. Wieder brach ihm der Schweiß aus, und der Duft seiner Begierde erfüllte die Luft mit Aroma.

»Mary, lass mich dich schmecken.« Seine Stimme war jetzt so tief, dass die Worte verzerrt klangen. »Zwischen den Beinen. Lass mich dich schmecken.«

Sie blickte auf ihn hinab. Zwei leuchtend weiße Kugeln starrten sie an. Sie hatten etwas Hypnotisches an sich, eine erotische Überzeugungskraft, der sie sich nicht entziehen konnte. Obwohl ihr sehr wohl bewusst war, dass sie nicht mit Rhage allein war.

Sie schob sich an seinem Körper hoch, hielt aber inne, als sie auf Brusthöhe war. Die Intimität war irgendwie schockierend, besonders weil er angekettet war.

»Näher, Mary.« Sogar ihren Namen sprach er anders aus. »Näher an meinen Mund.«

Also rutschte sie höher und versuchte, sich an seine Lage anzupassen. Am Ende lag ein Knie auf seiner Brust, das andere auf der gegenüberliegenden Schulter. Er reckte den Hals und drehte den Kopf, um ihre Mitte zu erreichen. Dann nahm er sie zwischen die Lippen.

Sein Stöhnen vibrierte tief in ihr, und sie legte eine Hand auf die Wand. Die Lust nahm ihr jeden Rest von Hemmungen, machte sie zu seiner Sklavin, während er sie leckte und an ihr saugte. Als ihr Körper darauf mit einem Strom von Feuchtigkeit reagierte, hörte sie einen scharfen Laut, gefolgt von einem Aufstöhnen, als sich die Ketten anspannten, und der Holzrahmen des Bettes lautstark protestierte. Rhages starke Arme zerrten an den Fesseln, seine Muskeln waren zum Bersten gespannt, die Finger weit gespreizt und zu Klauen gekrümmt.

»Das ist es«, flüsterte er zwischen ihren Beinen. »Ich kann fühlen … wie du kommst.«

Seine Stimme verebbte und verschwand in einem Knurren.

Da entlud sich ihr Orgasmus, und sie fiel nach hinten aufs Bett, ihr Bein strich über sein Gesicht und kam dann an seinem Hals zu liegen. Sobald ihr Atem wieder ruhiger ging, sah sie ihn an. Seine weißen, reglosen Augen waren vor Ehrfurcht und Staunen weit aufgerissen. Er war völlig gefesselt von ihr, wie sie so auf ihm lag. Sein Atem folgte wieder dem Muster von zwei kurzen Zügen und einem langen Seufzer.

»Nimm mich jetzt, Mary.« Die Worte klangen tief und verzerrt. Es war nicht Rhages Stimme.

Doch sie hatte keine Angst mehr und auch nicht das Gefühl, ihn zu betrügen.

Was auch immer aus ihm herausgetreten war, es war nicht bösartig und auch nicht vollkommen fremd. Sie hatte dieses … *andere* Wesen schon die ganze Zeit in ihm gefühlt und wusste, sie brauchte es nicht zu fürchten. Und als sie jetzt seinem Blick begegnete, sah sie dasselbe wie neulich im Billardzimmer: ein separates Wesen und doch auch Rhage.

Sie schob sich an ihm herunter und nahm ihn in ihren Körper auf. Seine Hüften hoben sich ihr entgegen, und wieder entrang sich ihm ein Stöhnen. Dann begann er zu stoßen. Auf und ab, ein köstliches pochendes Gleiten, das immer stärker wurde. Um nicht abgeworfen zu werden, stützte sie sich auf alle viere und hielt dagegen.

Der klagende Ton wurde lauter, als er immer wilder

wurde, seine Hüften gegen ihre schlugen. Er bebte am ganzen Körper. Immer drängender wurden seine Bewegungen, wie ein Sturm, der sich aufbaut und jeden Moment losbrausen kann. Plötzlich bäumte er sich auf, das Bett quietschte, als seine Arme und Beine sich zusammenzogen. Seine Augenlider hoben sich, und ein weißes Licht durchströmte den Raum und machte ihn taghell. Tief in sich spürte sie die Zuckungen seines Höhepunktes, und die Empfindung löste auch ihre Anspannung in einem weiteren Orgasmus auf.

Als es vorbei war, sank sie auf seine Brust, und sie lagen still da. Ihre Atmung war beschleunigt, sein Atem ging noch immer in dem merkwürdigen Rhythmus.

Sie hob den Kopf und sah ihm ins Gesicht. Die weißen Augen betrachteten sie mit einer brennenden Liebe.

»Meine Mary«, sagte die Stimme.

Und dann durchströmte sie eine schwache elektrische Spannung, die Luft um sie herum lud sich auf. Jedes Licht im Raum ging an, alles wurde hell erleuchtet. Ihr stockte der Atem, und sie sah sich verwirrt um, doch die Aufwallung verschwand so schnell, wie sie gekommen war. Die Energie verpuffte einfach wieder. Sie sah ihn an.

Rhages Augen waren wieder normal, ein glänzendes Stahlblau.

»Mary?«, fragte er leicht benommen und etwas undeutlich.

Sie musste ein paar Mal tief durchatmen, bevor sie sprechen konnte. »Da bist du ja wieder.«

»Und dir geht es gut.« Er hob die Arme hoch, bewegte probehalber seine Finger. »Ich hab mich nicht verwandelt.«

»Was meinst du mit verwandelt?«

»Ich habe nicht … ich konnte dich sehen, während es da war. Du warst zwar verschwommen, aber ich wusste, dass dir nichts passiert. Es ist das erste Mal, dass ich mich hinterher an etwas erinnere.«

Sie wusste nicht, wie sie das zu deuten hatte. Was sie aber sah, war, dass die Ketten seine Haut wund gerieben hatten. »Kann ich dich jetzt wieder losmachen?«

»Ja, bitte.«

Die Fesseln zu lösen, dauerte einige Zeit. Als er endlich frei war, massierte er sich die Handgelenke und Knöchel und beobachtete sie dabei aufmerksam, als müsse er sich versichern, dass es ihr wirklich gut ging.

Sie sah sich nach einem Morgenmantel um. »Ich sollte besser Butch und V Bescheid geben, dass sie jetzt gehen können.«

»Das mache ich schon.« Er ging zur Tür und steckte den Kopf hinaus.

Während er mit den Männern draußen sprach, betrachtete sie die Tätowierung auf seinem Rücken. Sie hätte schwören können, dass sie lächelte.

Meine Güte, sie war ja verrückt. Also wirklich.

Rasch hüpfte sie aufs Bett und wickelte sich in die Decke.

Rhage schloss die Tür wieder und lehnte sich mit dem Rücken dagegen. Immer noch wirkte er nervös, wenn auch erleichtert. »Nach allem, was passiert ist … hast du jetzt endlich Angst vor mir?«

»Nein.«

»Hast du keine Angst vor … ihm?«

Sie hielt ihm die Arme hin. »Komm her. Ich möchte dich festhalten. Du siehst aus, als wärst du von einem Bus überfahren worden.«

Langsam ging er auf das Bett zu, er wollte nicht, dass sie sich bedroht fühlte. Doch sie machte eine ungeduldige Geste, damit er sich beeilte.

Rhage legte sich neben sie, fasste sie aber nicht an.

Einen Augenblick später kroch sie auf ihn zu, umschlang ihn mit ihrem ganzen Körper und streichelte ihn überall. Als sie seine Seite berührte und dabei an die Schwanzspitze des Drachen stieß, zuckte Rhage und rückte von ihr ab.

Er will mich das Tattoo nicht berühren lassen, dachte sie.

»Dreh dich um«, befahl sie. »Auf den Bauch.«

Als er den Kopf schüttelte, drückte sie gegen seine Schultern. Genauso hätte sie versuchen können, einen Konzertflügel allein zu bewegen.

»Dreh dich um, verdammt noch mal. Komm schon, Rhage.«

Wenig elegant gehorchte er und ließ sich fluchend auf den Bauch plumpsen.

Mit der Hand fuhr sie seine Wirbelsäule hinab, direkt über den Drachen.

Rhages Muskeln kontrahierten willkürlich. Nein, nicht willkürlich. Es waren immer genau die Körperteile, deren entsprechenden Gegenpart sie gerade auf der Tätowierung berührte.

Wie eigenartig.

Sie machte weiter, es fühlte sich an, als reibe sich die Tinte an ihrer Handfläche wie eine Katze.

»Wirst du jemals wieder mit mir schlafen wollen?«, fragte Rhage sie da etwas steif. Dabei drehte er das Gesicht zur Seite, um sie sehen zu können. Ohne aber den Blick zu heben.

Sie verweilte ein wenig beim Mund der Bestie und strich ihr mit der Fingerspitze über die Lippen. Rhages eigene öffneten sich, als spüre er die Berührung.

»Warum, zum Geier, sollte ich nicht mehr mit dir schlafen wollen?«

»Das war ein bisschen seltsam, findest du nicht?«

Sie lachte. »Seltsam? Ich wohne in einem Haus voller

Vampire. Und ich habe mich in einen Blutsauger verliebt?«

Mary brach ab. *Mist.* Was hatte sie da bloß gesagt?

Eifrig stieß Rhage seinen Oberkörper vom Bett und drehte sich herum, um sie anzusehen. »Wie bitte?«

Das hatte nicht passieren sollen, dachte sie. Weder das Verlieben noch das Ausplaudern.

Doch sie wollte keines von beidem zurücknehmen.

»Ich bin mir nicht ganz sicher«, murmelte sie. »Aber ich glaube, es war etwas in der Art wie ›Ich liebe dich‹. Genau, das war's. Ich … ich liebe dich.«

Wie lahm war das denn? Das konnte sie doch wohl besser.

Mary umfasste sein Gesicht und küsste ihn heftig auf den Mund, dann blickte sie ihm direkt in die Augen.

»Ich liebe dich, Rhage. Wie wahnsinnig.«

Er schlang seine kräftigen Arme um sie und vergrub den Kopf an ihrem Hals. »Ich habe nicht geglaubt, dass du das jemals sagen würdest.«

»Bin ich so unromantisch?«

»Nein. Ich bin so unwürdig.«

Mary zog den Kopf zurück und funkelte ihn streng an. »Das will ich nie wieder hören. Du bist das Beste, was mir jemals passiert ist.«

»Selbst mit der Bestie?«

Bestie? Gut, sie hatte gemerkt, dass da in ihm noch etwas anderes war. Aber eine Bestie? Dennoch wirkte Rhage so besorgt, dass sie ihm den Gefallen tat.

»Ja, selbst mit der Bestie. Aber können wir es das nächste Mal ohne das ganze Metall machen? Ich bin sehr zuversichtlich, dass du mir nichts tun wirst.«

»Ja, ich glaube, wir können die Fesseln lockern.«

Mary zog ihn wieder an ihren Hals und ertappte sich dabei, das Bildnis der Madonna mit Kind zu fixieren.

»Du bist ein merkwürdiges Wunder«, flüsterte sie ihm zu, den Blick auf das Gemälde gerichtet.

»Was?«, kam es gedämpft von ihrem Hals.

»Ach nichts.« Sie küsste ihn auf den blonden Scheitel und blickte lächelnd die Madonna an.

23

Bella atmete tief ein und roch Erde.

Gott, ihr Kopf tat vielleicht weh. Und ihre Knie schmerzten höllisch. Sie waren gegen etwas Hartes gedrückt. Und ihr war kalt.

Sie schlug die Augen auf. Dunkelheit umgab sie, sie konnte nichts erkennen.

Sie versuchte, eine Hand zu heben, doch ihr Ellbogen stieß gegen eine unebene Wand. In ihrem Rücken war ebenfalls eine Wand, und vor ihr und an der Seite auch. Sie tastete in dem engen Raum herum, geriet in Panik. Dann öffnete sie den Mund, so weit sie konnte, doch sie bekam keine Luft. Da war nur der Geruch nach feuchter Erde, verstopft … Nase … sie –

Schrie. Und über ihr regte sich etwas. Ein Licht blendete sie, als sie hochsah.

»Willst du raus?«, fragte eine Männerstimme leise.

Jetzt fiel ihr alles wieder ein: Die Flucht zum Haus über die Wiese, der Kampf mit dem *Lesser,* die Ohnmacht.

Mit einem Ruck wurde sie an einem Brustgeschirr aus einem Rohr in der Erde herausgezogen, wie ihr klar wurde, als sie an die Oberfläche kam. In panischer Angst blickte sie sich um, sie hatte keine Ahnung, wo sie war. Der Raum war nicht besonders groß und die Wände unverputzt. Es gab keine Fenster, nur zwei Oberlichter in der niedrigen Decke, welche beide mit schwarzem Tuch verhängt waren. Drei nackte Glühbirnen hingen an Drähten herunter. Es roch süßlich, eine Mischung aus frischen Kiefernplanken und dem typischen Talkum-Geruch der *Lesser.*

Als sie einen Edelstahltisch und Dutzende von Messern und Hämmern entdeckte, fing sie so heftig zu zittern an, dass sie einen Hustenanfall bekam.

»Mach dir darum keine Sorgen«, sagte der *Lesser.* »Das ist nicht für dich gedacht, solange du brav bist.«

Seine Hände vergruben sich in ihrem Haar und breiteten es über ihren Schultern aus. »Du wirst dich jetzt duschen und deine Haare waschen. Du wirst sie für mich waschen.«

Er nahm ein Bündel Kleidung und drückte es ihr in die Hand. Es waren ihre eigenen Sachen.

»Wenn du dich gut benimmst, darfst du die anziehen. Aber erst, wenn wir dich saubergemacht haben.« Er schob sie auf eine offene Tür zu. In diesem Augenblick klingelte ein Handy. »In die Dusche. Sofort.«

Zu verstört und verängstigt, um Widerstand zu leisten, taumelte sie in ein noch unfertiges Badezimmer, in dem es keine Toilette gab. Mechanisch schloss sie die Tür ab und drehte mit zitternden Händen das Wasser auf. Als sie herumwirbelte, sah sie, dass der *Lesser* die Tür geöffnet hatte und sie beobachtete.

Er legte die Hand über das Mikrofon des Handys. »Zieh die Klamotten aus. Sofort.«

Sie beäugte die Messer. Magensäure stieg ihre Kehle empor, als sie sich auszog. Als sie fertig war, bedeckte sie sich notdürftig mit den Händen und zitterte.

Der *Lesser* legte auf und warf das Telefon auf den Tisch. »Du versteckst dich nicht vor mir. Lass die Arme fallen.«

Sie wich zurück, benommen den Kopf schüttelnd.

»Runter mit den Händen.«

»Bitte nicht-?

Er machte zwei Schritte auf sie zu und verpasste ihr eine Ohrfeige, die sie rückwärts gegen die Wand schleuderte. Dann packte er sie an den Armen.

»Sieh mich an. Sieh mich an!« Seine Augen glitzerten vor Aufregung, als sie gehorchte. »Mein Gott, es tut so gut, dich wiederzuhaben.«

Er schlang die Arme um sie und drückte sie an sich. Sein süßlicher Geruch nahm ihr den Atem.

Butch war eine sagenhafte Eskorte, dachte Mary, als sie die onkologische Abteilung des Saint Francis verließen. Mit seinem schwarzen Wollmantel, dem Humphrey-Bogart-Hut und einer umwerfenden Fliegersonnenbrille sah er aus wie ein sehr eleganter Auftragskiller.

Was auch in etwa stimmte. Sie wusste, dass er bis an die Zähne bewaffnet war, denn Rhage hatte seine Ausrüstung inspiziert, bevor er sie beide aus dem Haus gelassen hatte.

»Brauchst du noch was, bevor wir zurückfahren?«, fragte Butch, als sie draußen waren.

»Nein, danke. Lass uns nach Hause fahren.«

Der Nachmittag war nervenaufreibend und weitgehend ergebnislos gewesen. Dr. Della Croce beriet sich immer noch mit ihren Kollegen und hatte Mary eine Kernspintomografie und eine weitere Untersuchung verordnet. Noch mehr Blut war abgenommen worden, da das Team außerdem noch ein paar Leberfunktionen erneut überprüfen wollte.

Wie sie es hasste, morgen schon wieder kommen und wieder eine Nacht in Unwissenheit durchstehen zu müssen. Auf dem Weg über den offenen Parkplatz zu dem Mercedes befand sie sich in einem schrecklichen Zustand, gleichzeitig müde und überdreht. Eigentlich musste sie unbedingt ins Bett, aber sie war so nervös, dass an Schlaf einfach nicht zu denken war.

»Oder könnten wir auf dem Heimweg vielleicht bei mir zu Hause vorbeifahren? Ich möchte ein Medikament holen, das ich noch dort habe.« Die schwach dosierten Schlaftabletten wären jetzt genau das Richtige.

»Ich würde eigentlich lieber vermeiden, dorthin zu fahren. Können wir nicht einfach kurz bei einer Apotheke anhalten?«

»Die sind verschreibungspflichtig.«

Er runzelte die Stirn. »In Ordnung. Aber du beeilst dich, und ich komme mit rein.«

Fünfzehn Minuten später hielten sie vor dem Haus. Im goldenen Schein der untergehenden Sonne sah es vollkommen verlassen aus. Laub war vor die Tür geweht, ihre Chrysanthemen waren halb vertrocknet, und auf dem Weg lag ein abgebrochener Ast.

Sie hoffte, dass jeder mögliche Käufer das Haus genauso lieben würde wie sie.

Als sie eintrat, fuhr ein kalter Windstoß durch das Wohnzimmer, und sie stellte fest, dass das Fenster über der Küchenspüle knapp zehn Zentimeter weit offen stand. Vermutlich hatte V es offen gelassen, als er hier an der Alarmanlage gearbeitet hatte. Sorgfältig verschloss sie das Fenster und ging dann nach oben, um das Medikament zu holen.

Bevor sie wieder ging, blieb sie noch einmal an der hinteren Schiebetür zum Garten stehen und blickte hinaus. Der Pool war mit einer Schicht Blättern bedeckt, die Oberfläche trübe. Die Wiese dahinter war ein See aus wogenden Gräsern –

Etwas blitzte drüben in Bellas Haus auf.

Sofort beschlich sie ein ungutes Gefühl. »Butch, hast du was dagegen, wenn wir da drüben mal nach dem Rechten sehen?«

»Unbedingt. Ich muss dich nach Hause bringen.«

Sie schob die Tür auf.

»Mary, das ist gefährlich

»Das ist Bellas Haus. Tagsüber sollte sich dort eigentlich überhaupt nichts bewegen. Komm mit.«

»Du kannst sie vom Auto aus anrufen.«

»Das mache ich von hier aus.« Einen Augenblick später legte sie auf und ging zur Tür. »Meldet sich nicht. Ich gehe jetzt rüber.«

»Nein, das wirst du – Mary, warte! Verdammt noch mal, zwing mich nicht, dich über die Schulter zu werfen und hier heraus zu tragen.«

»Wenn du das tust, sage ich Rhage, dass du mich begrapscht hast.«

Butchs Augen flackerten. »O Mann, du bist genauso manipulativ wie er.«

»Nicht ganz, aber ich arbeite daran. Also, kommst du jetzt mit, oder muss ich alleine gehen?«

Er stieß einen saftigen Fluch aus und zog eine Waffe. »Das gefällt mir gar nicht.«

»Ist registriert. Hör mal, wir versichern uns einfach nur, dass es ihr gut geht. Das dauert keine zehn Minuten.«

Sie stapften über die Wiese, und Butch suchte mit finsterem Blick die Umgebung ab. Als sie näher kamen, bemerkten sie, dass Bellas Terrassentür im Wind schwang und die letzten Sonnenstrahlen einfing.

»Bleib in meiner Nähe, klar?«, befahl Butch, während sie über den Rasen gingen.

Wieder klappte die Tür auf.

»Ach du Scheiße«, murmelte er.

Das Messingschloss war zerbrochen und die Scheibe zersplittert.

Vorsichtig traten sie ein.

»O mein Gott«, keuchte Mary.

Stühle lagen in der Küche verstreut, neben zerbrochenen Tellern und Bechern und einer kaputten Lampe. Auf dem Boden waren Brandflecken und eine schwarze, tintenähnliche Substanz zu sehen.

Als sie sich hinhockte, um sich die öligen Flecken näher anzusehen, hielt Butch sie zurück. »Fass das bloß nicht an. Das ist das Blut eines *Lesser.*«

Entsetzt schloss sie die Augen. Diese Kreaturen aus dem Park hatten Bella in ihrer Gewalt.

»Ist ihr Schlafzimmer im Keller?«, erkundigte er sich.

»Das hat sie mir zumindest erzählt.«

Beide rannten sie die Treppe hinunter und fanden die Schlafzimmertür weit offen stehend. Einige der Schubladen ihrer Kommode waren auf den Boden geschleudert worden, und es sah aus, als fehlte einiges an Kleidung. Was eigentlich nicht besonders viel Sinn ergab.

Auf dem Weg zurück in die Küche klappte Butch sein Handy auf.

»V? Es gab einen Einbruch. Bei Bella.« Er blickte auf die schwarzen Flecken auf einem kaputten Stuhl. »Sie hat sich offenbar heftig gewehrt. Aber ich glaube, die *Lesser* haben sie geschnappt.«

Während Rhage sich seine Lederkluft anzog, klemmte er das Handy zwischen Schulter und Ohr. »Bulle? Lass mich mit Mary sprechen.«

Er hörte ein Rascheln, dann: »Hallo? Rhage?«

»Hey, meine Süße. Alles okay bei dir?«

»Mir geht's gut.« Ihre Stimme zitterte zwar, aber er war höllisch erleichtert, sie zu hören.

»Ich werde dich abholen.« Er schnappte sich ein Brusthalfter und zog gleichzeitig seine Stiefel an. »Die Sonne geht gerade unter, ich bin also gleich da.«

Er wollte sie zu Hause und in Sicherheit wissen. Während er und die Brüder sich diese Arschlöcher schnappten.

»Rhage ... lieber Himmel, Rhage. Was werden sie mit ihr machen?«

»Ich weiß es nicht.« Was gelogen war. Er wusste ganz genau, was sie mit Bella machen würden. Gott steh ihr bei. »Hör mal, ich weiß, dass du dir Sorgen um sie machst. Aber im Augenblick musst du dich auf dich selbst konzentrieren. Du weichst Butch nicht von der Seite, ja?«

Er würde sich dematerialisieren, das ging schneller, als wenn Butch sie mit dem Auto nach Hause fuhr. Bis dahin aber war sie schutzlos.

Erst als er die Dolche in das Halfter gesteckt hatte, fiel ihm auf, dass am anderen Ende der Leitung Stille herrschte. »Mary? Hast du gehört, was ich gesagt habe? Denk an dich selbst. Bleib in Butchs Nähe.«

»Ich stehe direkt neben ihm.«

»Gut. Bleib da. Und mach dir keine Sorgen, so oder so werden wir Bella zurückholen. Ich liebe dich.« Er legte auf und streifte sich den schweren Trenchcoat über.

Als er in die Halle rannte, traf er dort auf Phury, der ebenfalls in Leder und voll bewaffnet die Treppe hinunterkam.

»Was zum Teufel ist hier los?« Zsadist lief den Flur entlang. »Ich hab eine völlig hysterische Nachricht von V bekommen, irgendwas mit einer Frau?«

»Bella wurde von den *Lessern* entführt«, erklärte Rhage und überprüfte seine Glock.

Ein eiskalter Windstoß wehte von Z herüber. *»Was hast du gerade gesagt?«*

Rhage runzelte die Stirn ob der heftigen Reaktion des Bruders. »Bella. Marys Freundin.«

»Wann?«

»Wissen wir nicht. Butch und Mary sind gerade in ihrem Haus.«

Aber Zsadist war bereits verschwunden.

Rhage und Phury folgten ihm auf dem Fuße und dematerialisierten sich zu Bellas Haus. Alle drei rannten zusammen die Stufen zur Eingangstür hinauf.

Mary war in der Küche bei Butch, der gerade etwas auf dem Fußboden untersuchte. Rhage kam donnernd angelaufen und drückte sie an sich.

»Ich bringe dich nach Hause«, murmelte er in ihr Haar.

»Der Mercedes steht vor ihrem Haus«, sagte Butch, als er sich aus der Hocke erhob. Er warf Rhage einen Schlüsselbund zu.

Fluchend stellte Phury einen Stuhl auf. »Was wissen wir bereits?«

Der Cop schüttelte den Kopf. »Ich gehe davon aus, dass sie sie lebend mitgenommen haben. Hier, diese versengten Streifen im Boden deuten darauf hin, dass da eine Blutspur war, die verbrannt ist, als Sonnenstrahlen darauf gefallen sind-?

Noch bevor Butch abrupt innehielt und einen Blick auf Mary warf, zog Rhage sie zur Tür. Die abscheulichen Details musste sie jetzt wirklich nicht hören.

Dann fuhr der Polizist fort. »Außerdem nützt sie ihnen tot nichts – Zsadist? Alles in Ordnung?«

Im Vorbeigehen blickte Rhage Zsadist über die Schulter hinweg an.

Zsadist zitterte vor Zorn wie Espenlaub, sein Gesicht

zuckte unter dem linken Auge um die Narbe herum. Er sah aus, als würde er gleich explodieren; es war schwer zu glauben, dass die Entführung einer Frau ihn so mitnehmen konnte.

Rhage blieb stehen. »Zsadist, was ist denn los?«

Der Bruder wandte sich ab, als wollte er nicht angesehen werden, dann beugte er sich näher zu dem Fenster, vor dem er stand. Mit einem leisen Knurren dematerialisierte er sich.

Rhage blickte nach draußen. Alles, was er sehen konnte, war Marys Haus jenseits der Wiese.

»Lass uns abhauen«, sagte er zu ihr. »Du musst hier raus.«

Sie nickte, und er führte sie mit festem Griff am Arm zur Tür. Keiner von beiden sagte etwas, während sie eilig durch das Gras liefen.

Gerade als sie Marys Garten erreichten, hörten sie Glas zersplittern.

Etwas – jemand – wurde aus Marys Haus geworfen. Direkt durch die Schiebetür.

Als der Körper auf der Terrasse aufschlug, sprang Zsadist durch das Loch in der Scheibe hinterher, die Fänge gefletscht, das Gesicht voll Angriffslust. Er stürzte sich auf den *Lesser*, packte ihn an den Haaren und hob ihn daran vom Boden auf.

»Wo ist sie?«, zischte der Bruder. Als das Wesen nicht antwortete, hielt er ihn näher an sich heran und biss ihn in die Schulter, durch die Lederjacke. Der Jäger jaulte vor Schmerz auf.

Rhage raste mit Mary um das Haus herum, nur um dort zwei weiteren *Lessern* in die Arme zu laufen. Er schob seine Frau mit Gewalt hinter sich, um sie mit seinem Körper abzuschirmen, während er nach seiner Waffe tastete. Gerade als er sich in Schießposition gebracht hatte, ertönten knallende Geräusche rechts von ihm. Kugeln schwirrten ihm am Ohr vorbei, schlugen im Haus ein und trafen ihn in den Arm und den Oberschenkel und …

Noch nie war er so froh gewesen, dass die Bestie zum Vorschein kam. Mit einem Brüllen warf er sich in den Strudel, begrüßte die Verwandlung, genoss den heißen Blitz und die Explosion seiner Muskeln und Knochen.

Als eine Hitzewelle aus Rhage hervorbrach, wurde Mary gegen die Hauswand geschleudert. Ihr Kopf fiel nach hinten und knallte gegen die Schindeln. Dann glitt sie zu Boden. Nur vage nahm sie wahr, wie eine riesenhafte Gestalt Rhages Platz einnahm.

Sie hörte noch mehr Schüsse, Schreie, ein ohrenbetäubendes Gebrüll. Mühsam kroch sie weg und versteckte sich hinter einem Wacholderbusch. Da schaltete jemand das Außenlicht an.

Oh Gott.

Die Tätowierung war zum Leben erwacht: eine drachenartige Kreatur, von Kopf bis Fuß von schillernden, lilafarbenen und hellgrünen Schuppen bedeckt. Das Wesen hatte einen mit Stacheln bewehrten, mächtigen Schwanz, lange gelbe Klauen und eine wilde schwarze Mähne. Das Gesicht konnte sie nicht sehen, doch die Geräusche, die es von sich gab, ließen ihr das Blut in den Adern gefrieren.

Und die Bestie war tödlich; sie machte kurzen Prozess mit den *Lessern.*

Sie hielt sich die Arme vor die Augen, das konnte sie nicht mit ansehen. Inständig flehte sie, dass die Bestie sie nicht bemerken würde, und wenn doch, dass sie sie erkennen würde.

Mehr Gebrüll ertönte. Noch ein Schrei. Dann ein furchtbares knirschendes Knacken.

Hinter dem Haus prasselten Schüsse.

Jemand schrie: »Zsadist! Hör auf! Wir brauchen sie lebendig!«

Der Kampf ging weiter und weiter und dauerte doch wahrscheinlich nur fünf oder zehn Minuten. Dann hörte Mary nur noch Atmen. Zweimal kurz ein, einmal lang aus.

Sie blickte auf. Das Ungeheuer beugte sich über den Busch, hinter dem sie kauerte, den reglosen weißen Blick auf sie gerichtet. Das Gesicht war riesig, die Kiefer präsentierten ein Gebiss wie das eines Hais, die Mähe fiel ihm über die breite Stirn. Schwarzes Blut rann ihm über die Brust.

»Wo ist sie? Wo ist Mary?« Vs Stimme kam um die Ecke. »Mary? Ach du Scheiße.«

Der Kopf der Bestie schwang herum, als Vishous und Zsadist abrupt stehen blieben.

»Ich lenke ihn ab«, sagte Zsadist. »Und du bringst sie in Sicherheit.

Die Bestie drehte sich zu den Brüdern um und ging in Angriffsstellung, Klauen erhoben, Kopf nach vorn gebeugt, Schwanz hin und her peitschend. Seine Muskeln bebten.

Zsadist kam immer näher, während V sich vorsichtig zu der Kreatur hin schob.

Die Bestie knurrte und klappte die Kiefer aufeinander.

Fluchend sprach Z sie an. »Ach ja? Was wirst du mir wohl antun, was nicht schon ein anderer gemacht hat?«

Mary sprang auf die Füße. »Zsadist! Nicht!«

Ihre Stimme ließ unvermittelt die ganze Szenerie erstarren: Zsadist in Vorwärtsbewegung, die Bestie sprungbereit, V gebückt zu ihr schleichend. Alle drei sahen Mary den Bruchteil einer Sekunde lang an.

»Haut ab, ihr zwei!«, zischte sie. »Sonst wird noch jemand verletzt. Ihr macht ihn wütend.«

»Mary, wir müssen dich vor ihm in Sicherheit bringen.«

V versuchte es mit Vernunft, die geradezu lächerlich deplatziert wirkte.

»Mir wird er nichts tun, aber er reißt gleich einen von euch beiden in Stücke. Weg da!«

Niemand hörte auf sie.

»Lieber Gott, verschone mich mit Helden«, murmelte sie. »Haut gefälligst ab, verflucht noch mal!«

Das kam an. Die beiden Brüder blieben stocksteif stehen. Und das Untier blickte über die Schulter.

»Hey.« Sie trat hinter dem Busch hervor. »Ich bin's. Mary.«

Der große Drachenkopf schwang auf und ab, die Mähne flog umher. Der massige Körper wendete sich halb zu ihr.

Die Bestie war wunderschön, dachte sie. Schön in der Art, wie eine Kobra schön war; die Hässlichkeit wurde von den anmutigen, geschmeidigen Bewegungen und einer raubtierhaften Intelligenz überschattet, die man bewundern musste.

»Du bist wirklich riesig, weißt du das?« Sie sprach absichtlich leise, während sie sich langsam näherte. Sie versuchte sich zu erinnern, was Rhage gerne von ihr hörte. »Und du hast das wirklich großartig gemacht, wie du mir diese *Lesser* vom Hals gehalten hast. Danke.«

Als sie direkt neben der Bestie stand, öffnete sie das Maul und brüllte laut in den Himmel, ohne die Augen von ihr abzuwenden. Ganz plötzlich senkte sich der große Kopf, als wollte er angefasst werden. Sie strich mit der Hand über die glatten Schuppen, spürte Spannkraft in dem starken Hals und den Schultern.

»Aus der Nähe bist du wirklich irrsinnig Furcht einflößend. Aber du fühlst dich gut an. Ich hätte nicht gedacht, dass deine Haut so warm ist.«

Die weißen Augen flackerten und verengten sich, die Lippen verzogen sich zu einem Fletschen.

»Sag bloß nicht, dass jemand näher kommt«, sprach sie weiter, ohne den Tonfall zu ändern oder zur Seite zu blicken. Ihr Blick blieb weiter auf das riesige Gesicht geheftet.

»Butch, blieb hier, Mann«, murmelte V. »Sie beruhigt ihn gerade.«

Die Bestie knurrte tief im Rachen.

»Ach komm, kümmere dich nicht um sie«, sagte Mary. »Die werden weder dir noch mir was tun. Außerdem hast du doch heute schon genug gehabt, oder?«

Die Bestie stieß einen tiefen Seufzer aus.

»Ja, du bist hier fertig«, murmelte sie und kraulte ihn unter der Mähne. Harte Muskelstränge verliefen in dicken Strängen unter der Haut. Die Bestie bestand aus keinem Gramm Fett, nur aus purer Kraft.

Wieder beäugte die Kreatur die Vampire.

»Ehrlich, über die müssen wir uns keine Sorgen machen. Du kannst hier einfach bei mir stehen bleiben und –«

Ohne jede Vorwarnung wirbelte die Bestie herum und warf sie dabei mit dem Schwanz zu Boden. Sie machte einen hohen Satz auf das Haus zu und krachte mit dem Oberkörper durch ein Fenster.

Ein *Lesser* wurde in die Nacht herausgezerrt. Das empörte Brüllen erstarb, als die Kreatur sich den bleichen Mann zwischen die Kiefer steckte.

Mary krümmte sich zu einer Kugel zusammen, um sich vor den Stacheln auf dem Schwanz zu schützen. Sie hielt sich die Ohren zu und kniff die Augen zusammen, um die schmatzenden Geräusche und den furchtbaren Anblick zu vermeiden.

Einen Augenblick später spürte sie ein Stupsen. Die Bestie stieß sie mit der Nase an.

Sie richtete sich auf und sah in die weißen Augen. »Mir geht es gut. Aber an deinen Tischmanieren müssen wir noch arbeiten.«

Die Kreatur schnurrte und legte sich flach auf den Boden, den Kopf auf ihre Schienbeine gebettet. Dann gab es einen hellen Lichtblitz, und Rhage erschien in derselben Position. Über und über mit schwarzem Blut verschmiert, zitternd vor Kälte.

Sie zog ihre Jacke aus, als die Brüder angerannt kamen. Jeder der Männer zog ebenfalls seine Jacke aus und deckte Rhage damit zu.

»Mary?«, krächzte er.

»Ich bin ja hier. Allen geht es gut. Ihr beide habt mich gerettet.«

24

Wenn er es nicht mit eigenen Augen gesehen hätte – Butch hätte es nicht geglaubt. Mary hatte die wütende Bestie in ein Schoßhündchen verwandelt.

Diese Frau war wirklich etwas Besonderes. Und Mut hatte sie auch. Nachdem die hässliche Kreatur vor ihren Augen die ganzen Vampirjäger aufgefressen hatte, spazierte sie einfach zu ihr und streichelte das Vieh. Den Mumm hätte er mit Sicherheit nicht gehabt.

Mary blickte von Rhage auf. »Helft ihr mir, ihn ins Auto zu schaffen?«

Sofort kam Butch zu ihr und nahm Rhages Beine, V und Zsadist hoben jeder einen Arm hoch. Dann trugen sie ihn zum Mercedes und hievten ihn auf den Rücksitz.

»Ich kann ihn nicht nach Hause fahren«, sagte Mary. »Ich kenne den Weg nicht.«

V ging zur Fahrertür. »Ich fahre euch. Bulle, ich bin in zwanzig Minuten zurück.«

»Seid vorsichtig mit ihm«, murmelte Butch. Als er sich

umdrehte, starrten Phury und Tohr, die inzwischen eingetroffen waren, ihn genauso erwartungsvoll an, wie er es von früher gewohnt war. Ohne es überhaupt bemerkt zu haben, war er zurück im Reich der Mordkommission, mitten in seinem Element, und er übernahm willig das Kommando.

»Was wir bisher haben, ist Folgendes.« Er führte die beiden hinter Marys Haus und deutete auf einige schwarze Flecken auf dem Boden. »Seht ihr diese verbrannten Stellen auf der Erde? Bella wurde von dem *Lesser* mitgenommen und über das Feld von ihrem Haus hierher getragen. Sie hat geblutet, und als die Sonne herauskam, verbrannte die Blutspur und hinterließ diese Flecken. Und warum musste er sie über die Wiese schaffen? Ich glaube, der Jäger war eigentlich wegen Mary hier und ist nur zufällig auf Bella gestoßen. Vermutlich ist sie vor ihm weggelaufen, und er musste sie dann wieder hierher zurückbringen, weil sein Auto hier stand. Folgt mir, Jungs.«

Sie gingen um das Haus herum und die Straße hinunter, wo ein Ford Explorer geparkt war.

»Bella haben sie nur aus Versehen mitgenommen, was aber für sie ein Glücksfall war. Heute Nacht kamen sie zurück, um die Sache zu Ende zu bringen und Mary zu holen. V muss später unbedingt das Kennzeichen des Wagens überprüfen.« Butch blickte in den Himmel. Winzige Schneeflocken schwebten herab. »Der Mist hier versaut uns die Spuren am Tatort, aber ich glaube, wir wissen das Wesentliche schon. Ich durchsuche den Wagen hier, ihr kümmert euch um die Überreste der *Lesser.* Ich brauche euch ja wohl nicht extra aufzufordern, ihnen die Brieftaschen, BlackBerrys und Handys abzunehmen. Gebt alles V, wenn er zurück ist, er nimmt den Kram dann mit in die Höhle. Und keines der beiden Häuser darf betreten werden, bis ich nicht mit der Spurensuche fertig bin.«

Während die Brüder sich an die Arbeit machten, durchsuchte Butch den Explorer mit einem feinen Kamm. In der Zwischenzeit schickten die Vampire die restlichen Leichen der *Lesser* in den Äther.

»Der Wagen ist blitzblank, aber angemeldet ist er auf einen Kerl namens Ustead.« Er gab Phury den Fahrzeugschein. »Wahrscheinlich ein falscher Name, aber könnte einer von euch die Adresse trotzdem mal checken? Ich geh noch mal zu Bellas Haus und erledige dort den Rest.«

Tohr sah auf die Uhr. »Wir fahren zu der Wohnung dieses Ustead, dann werden wir unsere übliche Tour machen. Oder brauchst du unsere Hilfe noch?«

»Nein, ich sollte besser allein weitermachen.«

Der Bruder zögerte. »Wie wär's mit etwas Deckung, Bulle? Es könnten noch weitere *Lesser* auftauchen. Von denen hier ist zwar keiner entkommen, aber wenn die Jungs nicht zum Appell erscheinen, könnten ihre Kumpels misstrauisch werden.«

»Ich kann auf mich selbst aufpassen.« Er zog seine Waffe. »Aber ich habe meine komplette Munition verschossen. Hat einer von euch noch was bei sich?«

Phury hielt ihm eine Beretta hin. »Nimm einfach die.«

Und Tohr wollte nicht gehen, bevor Butch nicht auch noch eine seiner Glocks angenommen hatte.

Eine Waffe im Halfter, die andere in der Hand trabte Butch über die Wiese. Sein Körper war in Topform, weshalb er unterwegs kaum ins Schwitzen kam, und sein Verstand so klar wie die Nachtluft. Im Geist zählte er auf, was er noch alles erledigen musste, und wälzte Theorien, wohin Bella gebracht worden sein könnte.

Als er sich dem Haus von hinten näherte, nahm er eine flüchtige Bewegung im Inneren wahr. Sofort presste er sich flach an die Wand neben der aufgebrochenen Terrassentür und entsicherte die Beretta. Aus der Küche hörte man das Knirschen von Glas, und ein Geräusch wie Popcorn in der Pfanne. Jemand lief da herum. Ein großer Jemand.

Butch wartete, bis er näher kam; dann sprang er blitzschnell in den Türrahmen und zielte mit der Waffe auf Brusthöhe.

»Ich bin's bloß, Bulle«, murmelte Z.

Butch richtete den Lauf zur Decke. »Verdammt, ich hätte dich erschießen können.«

Aber Z schien es nicht zu kümmern, dass er sich beinahe eine Kugel eingefangen hätte. Ungerührt bückte er sich und wühlte mit der Fingerspitze in einigen Scherben.

Butch zog die Jacke aus und krempelte die Ärmel hoch. Er würde Z nicht auffordern, zu gehen. Ein Streit mit ihm wäre völlig sinnlos, und außerdem benahm sich der Bruder vollkommen seltsam. Als stünde er unter Schock. Seine tödliche Ruhe war absolut unheimlich.

Z hob etwas vom Fußboden auf.

»Was ist das?«, fragte Butch.

»Nichts.«

»Versuch bitte, den Tatort nicht zu verändern, ja?«

Butch sah sich um und fluchte innerlich. Er wollte seinen alten Partner von der Truppe, José. Er wollte das gesamte Team von der Mordkommission. Er wollte die Kriminaltechniker im Labor.

Er gestattete sich ein paar Sekunden finsterster Frustration, dann machte er sich an die Arbeit. Angefangen bei der Terrassentür nahm er sich jeden Zentimeter des Hauses vor. Er würde seine Sache gründlich machen, und wenn es die ganze Nacht dauerte.

Mary brachte eine weitere Runde Alka Seltzer aus dem Badezimmer. Rhage lag auf dem Bett, er atmete schwer und war mehr als etwas blass um die Nase.

Als er das Glas ausgetrunken hatte, sah er sie an. Seine

Miene wurde angespannt, und die Augen bekamen einen argwöhnischen, besorgten Ausdruck.

»Mary, ich wünschte, du hättest das alles nicht mit ansehen müssen.«

»Sch-sch. Jetzt ruh dich erst mal aus. Später ist noch genug Zeit zum Reden.«

Sie zog sich aus und schlüpfte neben ihm unter die Decke. Sobald sie die Matratze berührte, wickelte er sich um sie herum wie eine lebendige Decke.

Als sie so neben ihm lag, sicher und beschützt, musste sie an Bella denken.

Marys Brust zog sich zusammen. Hätte sie an Gott geglaubt, dann hätte sie jetzt gebetet. Stattdessen hoffte sie einfach mit aller Kraft, dass Bella nichts geschehen würde.

Irgendwann kam der Schlaf. Bis Stunden später Rhage einen mächtigen Schrei ausstieß.

»Mary! Mary, renn weg!«

Er schlug wild mit den Armen um sich. Mit einem Satz warf sie sich auf seine Brust, hielt ihn fest und sprach mit ihm. Als sie ihn so nicht beruhigen konnte, legte sie sich seine Hände aufs Gesicht.

»Alles in Ordnung. Ich bin hier.«

»Gott sei Dank … Mary.« Er streichelte ihre Wangen. »Ich kann nicht besonders gut sehen.«

Im Kerzenlicht blickte sie ihm in die flackernden Augen.

»Wie lange dauert es normalerweise, bis du dich erholt hast?«, fragte sie.

»Ein oder zwei Tage.« Er runzelte die Stirn und streckte die Beine aus. »Ich bin gar nicht so steif wie sonst. Mein Magen ist eine Katastrophe, aber die Schmerzen sind nicht so schlimm. Normalerweise, wenn ich mich verwandle –«

Erschrocken stockte er mitten im Satz. Dann lockerte

er seine Umarmung, als wollte er nicht, dass sie sich bedrängt fühlte.

»Keine Sorge«, murmelte sie. »Ich habe keine Angst vor dir, obwohl ich weiß, was in dir wohnt.«

»Verdammt, Mary … du hättest das niemals sehen sollen.« Er schüttelte den Kopf. »Es ist einfach furchtbar. Die ganze Sache ist so furchtbar.«

»Da bin ich mir gar nicht so sicher. Ich war sogar ganz nah bei der Bestie. Ich war so nah, wie ich dir jetzt bin.«

Rhage schloss die Augen. »Das hättest du nicht tun sollen, Mary.«

»Sonst hätte das Vieh V und Zsadist gefressen. Und zwar buchstäblich. Aber keine Sorge, deine Bestie und ich, wir kommen prima miteinander klar.«

»Tu das nie wieder.«

»Und ob ich das wieder tun werde. Du kannst es nicht kontrollieren. Die Brüder können damit nicht umgehen. Aber die Kreatur hört auf mich. Ob's dir passt oder nicht: ihr beide braucht mich.«

»Aber ist sie nicht … abstoßend?«

»Nein. Für mich nicht.« Sie drückte ihm einen Kuss auf die Brust. »Sie ist Furcht einflößend und erschreckend und mächtig und Ehrfurcht gebietend. Und wenn jemals jemand versuchen sollte, mir etwas zu tun, würde sie ganze Stadtviertel auslöschen. Da muss man sich doch einfach geschmeichelt fühlen. Außerdem bin ich ehrlich dankbar dafür, was die Bestie alles kann, seit ich diese *Lesser* in Aktion gesehen habe. Jetzt fühle ich mich absolut sicher. Mit dir und dem Drachen zusammen muss ich keine Angst haben – vor gar nichts.«

Als sie ihn lächelnd ansah, blinzelte Rhage hektisch.

»O Rhage … ist ja gut. Nicht –«

»Ich dachte, wenn du wüsstest, wie die Bestie aussieht«, begann er heiser, »könntest du mein eigentliches Ich nicht mehr sehen. Ich habe geglaubt, dass du dann immer nur ein abstoßendes Monster vor Augen hättest.«

Sie küsste ihn und wischte ihm eine Träne von der Wange. »Das ist ein Teil von dir, aber das macht doch nicht dein ganzes Wesen aus. Und ich liebe dich. Mit oder ohne das Vieh.«

Er zog sie fest an sich und verbarg seinen Kopf in ihrer Halsbeuge. Als er tief aufseufzte, fragte sie: »Wurdest du damit geboren?«

»Nein. Es war eine Bestrafung.«

»Für was?«

»Ich habe einen Vogel getötet.«

Ungläubig sah Mary ihn an. Das klang ein bisschen unverhältnismäßig.

»Ich habe weit mehr als das angestellt, aber den Vogel zu töten hat das Fass zum Überlaufen gebracht«, ergänzte er und strich ihre Haare glatt.

»Willst du es mir nicht erzählen?«

Lange schwieg er. »Als ich jung war, kurz nach meiner Transition, war ich … nicht zu bändigen. Ich hatte plötzlich so viel Energie, so viel Kraft, und ich konnte damit nicht richtig umgehen. Ich war nicht böse, glaube ich, nur … dumm. Ein furchtbarer Angeber. Ich hab ständig Streit gesucht. Und mit vielen Frauen geschlafen, Frauen, die eigentlich tabu hätten sein müssen, weil sie die *Shellans* von anderen Vampiren waren. Ich habe es nie gemacht, um ihren *Hellrens* eins auszuwischen, aber ich nahm, was mir angeboten wurde. Nicht nur bei den Frauen. Ich nahm … alles, was sich mir bot. Ich trank, ich rauchte Opium, wurde süchtig nach Laudanum … ich bin froh, dass du mich damals nicht gekannt hast.«

»Das ging zwanzig, dreißig Jahre so. Ich war ein Pulverfass, jeden Moment hätte ich hochgehen können. Und natürlich hab ich eine Frau kennen gelernt. Ich begehrte sie, aber sie hielt mich auf Abstand. Je mehr sie mir auswich, desto mehr wollte ich sie haben. Aber erst als ich in die Bruderschaft aufgenommen wurde, wurde sie zugänglicher. Waffen turnten sie an. Krieger turnten sie an. Sie wollte nur mit Brüdern zusammen sein. Eines Nachts nahm ich sie mit in den Wald und zeigte ihr meine Dolche und meine Schießeisen. Sie spielte mit meinem Gewehr. Gott, ich weiß noch genau, wie das Gerät in ihrer Hand aussah, es war eines dieser Steinschlossgewehre, wie sie im neunzehnten Jahrhundert hergestellt wurden.«

Im neunzehnten Jahrhundert? *Um Himmels willen, wie alt ist er denn?*, überlegte Mary.

»Jedenfalls ging das Ding in ihrer Hand los, und ich hörte etwas auf dem Boden aufschlagen. Es war eine Schleiereule. Eine dieser wunderschönen weißen Schleiereulen. Ich sehe immer noch die roten Flecken vor mir, als das Blut durch die Federn sickerte. Als ich den Vogel aufhob und das zarte Gewicht in meinen Händen spürte, begriff ich, dass Leichtsinn auch eine Form von Grausamkeit ist. Weißt du, ich hatte mir immer eingeredet, dass alles, was geschah, nicht meine Schuld war, solange ich keine bösen Absichten hatte. In jenem Augenblick aber verstand ich, dass das nicht stimmte. Hätte ich der Frau nicht mein Gewehr gegeben, wäre der Vogel nicht erschossen worden. Ich war dafür verantwortlich, auch wenn ich nicht selbst den Abzug gedrückt hatte.«

Er räusperte sich. »Die Eule war so ein unschuldiges Wesen. So zerbrechlich und klein im Vergleich zu mir. Sie blutete und starb vor meinen Augen. Ich fühlte mich schrecklich und überlegte gerade, wo ich das Tier begraben sollte, da kam die Jungfrau der Schrift zu mir. Sie tobte. Wirklich, sie tobte. Zum einen liebt sie Vögel, und die Schleiereule ist ihr heiliges Symbol. Aber natürlich ging es nur zum Teil um den Tod dieses Tiers. Sie nahm mir den Vogel aus den

Händen, hauchte ihm wieder Leben ein und schickte ihn in den Nachthimmel. Es war eine solche Erleichterung, ihn davonfliegen zu sehen. Wie ein Neuanfang. Ich war frei, gereinigt. Doch dann wandte sich die Jungfrau der Schrift mir zu. Sie verfluchte mich, und seither bricht jedes Mal, wenn ich die Beherrschung verliere, die Bestie aus mir hervor. Eigentlich ist es eine perfekte Strafe für mich. Sie hat mir beigebracht, meine Energie zu kanalisieren, und meine Stimmungen. Sie hat mir beigebracht, die Konsequenzen meiner Handlungen zu respektieren. Und hat mir geholfen, die Kraft in meinem Körper auf eine Art und Weise zu begreifen, die sonst niemals möglich gewesen wäre.«

Er lachte kurz auf. »Die Jungfrau der Schrift hasst mich, aber sie hat mir auch einen großen Gefallen getan. Wie dem auch sei ... so ist das alles gekommen. Ich habe einen Vogel getötet und dafür die Bestie bekommen. Einerseits ganz einfach und andererseits ziemlich kompliziert, was?«

Rhages Brustkorb dehnte sich weit aus, als er tief Luft holte. Sie konnte seine Reue so deutlich spüren, als wäre es ihre eigene.

»Einerseits, andererseits«, murmelte sie und streichelte seine Schulter.

»Die gute Nachricht ist, dass es in ungefähr einundneunzig Jahren vorbei ist.« Er runzelte die Stirn, als stellte er sich das bildlich vor. »Dann ist die Bestie weg.«

Seltsamerweise wirkte er etwas besorgt.

»Du wirst sie vermissen, stimmt's?«

»Nein. Nein, ich ... werde erleichtert sein. Wirklich.«

Aber seine Stirn wollte sich nicht wieder glätten.

25

Gegen neun Uhr am nächsten Morgen räkelte Rhage sich im Bett und stellte erstaunt fest, dass er wieder ganz der Alte war. Noch nie hatte er sich so schnell erholt; er hatte das Gefühl, es lag daran, dass er sich nicht gegen die Verwandlung gewehrt hatte. Vielleicht war das der Trick: das Spiel einfach mitzuspielen.

Mary kam mit einem Berg von Handtüchern aus dem Badezimmer und trug sie in die Wäschetonne. Sie wirkte müde und niedergeschlagen. Was kein Wunder war. Sie hatten den Großteil des Morgens damit verbracht, über Bella zu sprechen. Und obwohl er sich alle Mühe gegeben hatte, sie zu beruhigen, wussten sie doch beide, dass die Lage ernst war.

Und dann gab es noch einen Grund zur Sorge.

»Ich möchte heute mit zum Arzt kommen«, sagte er.

Sie steckte den Kopf herein. »Du bist ja wach.«

»Ja. Und ich möchte mit dir kommen.«

Sie kam zum Bett herüber, auf dem Gesicht diesen verkniffenen Ausdruck, den sie immer hatte, wenn sie widersprechen wollte.

Das nahe liegendste Argument entkräftete er sofort. »Verschieb den Termin einfach auf später. Die Sonne geht jetzt schon um halb sechs unter.«

»Rhage?«

Die Anspannung ließ seine Stimme hart klingen. »Mach es einfach.«

Sie stützte die Hände in die Hüften. »Ich lasse mich nicht gern von dir herumkommandieren.«

»Dann will ich es mal anders formulieren: Bitte verschieb den Termin.« Aber der Tonfall wurde keine Spur weicher. Wenn sie erfuhr, was los war, würde er an ihrer Seite sein.

Leise fluchend griff sie nach dem Telefon. Als sie wieder auflegte, schien sie überrascht. »Äh, ich … also wir können uns heute um sechs mit Dr. Della Croce treffen.«

»Sehr gut. Und es tut mir leid, wenn ich unhöflich war. Aber ich muss einfach bei dem Termin dabei sein. Ich möchte ein Teil deines Lebens sein, so gut es geht.«

Sie schüttelte den Kopf und bückte sich, um ein Hemd aufzuheben. »Du bist wirklich der süßeste Raufbold, den ich jemals getroffen habe.«

Als er ihr beim Aufräumen zusah, fühlte er, wie er hart wurde.

Die Bestie in ihm regte sich auch, aber die Empfindung strahlte eine merkwürdige Ruhe aus. Kein Energieschub, einfach nur ein stilles Brennen, als sei die Kreatur zufrieden, seinen Körper mit ihm zu teilen, statt ihn zu übernehmen. Ein Miteinander statt einer Unterwerfung.

Vermutlich weil das Vieh wusste, dass der einzige Weg, mit Mary zusammen zu sein, durch Rhages Leib führte.

Doch sie lief weiter im Zimmer herum und hob Dinge vom Boden auf. »Was ist denn los?«

»Ich sehe dich an.«

Sie lachte und strich sich die Haare zurück. »Dann geht es deinen Augen wohl wieder besser.«

»Unter anderem. Komm her, Mary. Ich will dich küssen.«

»Na klar. Du glaubst wohl, du kannst dein schlechtes Benehmen mit Körpereinsatz wieder gutmachen.«

»Mir ist jedes Mittel recht.«

Er warf die Decke von sich und fuhr sich mit der Hand langsam über die Brust bis hinunter zum Bauch. Tiefer. Ihre Augen weiteten sich, als er seine schwere Erektion umfasste. Kaum begann er, sich selbst zu streicheln, da erblühte der Duft ihrer Erregung im Raum wie eine Blumenwiese.

»Komm zu mir, Mary.« Er bewegte seine Hüften. »Ich weiß nicht genau, ob ich das hier richtig mache. Es fühlt sich so viel besser an, wenn du mich berührst,« sagte er mit einem trägen Grinsen.

»Du bist einfach unverbesserlich.«

»Ich möchte nur ein bisschen fachkundige Unterweisung.«

»Als ob du die bräuchtest«, murmelte sie und zog ihren Pulli aus.

Sie liebten sich bedächtig und sanft. Doch als er sie hinterher im Arm hielt, konnte er nicht einschlafen. Und sie auch nicht.

Später an jenem Tag versuchte Mary, gleichmäßig zu atmen, als sie mit dem Aufzug in den sechsten Stock des Saint Francis fuhren. Abends war es im Ärztehaus ruhiger, aber es waren immer noch einige Patienten unterwegs.

Die Frau am Empfang ließ sie hinein; dann zog sie sich einen kirschroten Mantel an und ging nach Hause. Sie verschloss die Tür hinter sich. Fünf Minuten später kam Dr. Della Croce ins Wartezimmer.

Beinahe gelang es ihr, das Erstaunen über Rhages Anblick zu verbergen. Obwohl er eine ganz normale Stoffhose und einen schwarzen Strickpulli trug, war der Ledertrenchcoat über den breiten Schultern doch Aufsehen erregend.

Und Rhage war eben … Rhage. Überwältigend schön.

Die Ärztin lächelte. »Hallo, Mary, kommen Sie in mein Sprechzimmer? Oder gehören sie beide zusammen?«

»Ja. Das ist Rhage. Mein –«

»Partner«, sagte er laut und deutlich.

Dr. Della Croces Augenbrauen hoben sich, und Mary musste trotz ihrer Nervosität lächeln.

Zu dritt gingen sie den Flur hinunter, an den Behandlungsräumen und den Waagen in den kleinen Nischen und den Computertischen vorbei. Es gab keinen Smalltalk. Kein Geplauder über das Wetter, oder wie bald doch Weihnachten vor der Tür stand. Die Ärztin wusste, dass Mary diese Art von Konversation hasste.

Und auch Rhage hatte das gleich bei ihrem allerersten Treffen im Restaurant bemerkt. Wer hätte damals gedacht, dass sie eines Tages zusammen hier sitzen würden?

Das Sprechzimmer war übersät mit Papierstapeln, Akten und Büchern. Zeugnisse aus Harvard und Stanford hingen an der Wand, doch was Mary immer als besonders beruhigend empfunden hatte, waren die üppig blühenden Usambaraveilchen auf der Fensterbank.

Sie und Rhage setzten sich, und die Ärztin ging hinter ihren Schreibtisch.

Noch bevor sie sich auf ihrem Stuhl niedergelassen hatte, fragte Mary: »Also, was geben Sie mir, und wie viel kann ich vertragen?«

Dr. Della Croces Blick wanderte über all die Krankenblätter und die Stifte und die Klarsichthüllen und das Telefon.

»Ich habe mit meinen Kollegen gesprochen und noch mit zwei weiteren Spezialisten. Wir haben Ihre Akten alle noch einmal durchgearbeitet und die Ergebnisse der gestrigen –«

»Davon gehe ich aus. Aber jetzt sagen Sie mir, wo wir stehen.«

Die Frau nahm ihre Brille ab und atmete tief ein.

»Ich glaube, Sie sollten Ihre Angelegenheiten regeln, Mary. Wir können nichts mehr für Sie tun.«

Um halb fünf Uhr morgens verließ Rhage völlig benommen das Krankenhaus. Niemals hätte er erwartet, das Krankenhaus ohne Mary zu verlassen.

Man hatte sie dabehalten, um ihr eine Bluttransfusion zu geben, und außerdem, weil die nächtlichen Fieberanfälle und die Erschöpfung offenbar die Vorboten einer Bauchspeicheldrüsenentzündung waren. Wenn ihr Zustand sich besserte, würde sie am nächsten Morgen entlassen. Aber niemand wollte sich festlegen.

Der Krebs schritt schnell voran: innerhalb der kurzen Zeit zwischen ihrem vierteljährlichen Check-up und dem Bluttest vom vorigen Tag hatten sich die Krebszellen verdoppelt. Und Dr. Della Croce und alle Spezialisten waren sich einig: Wegen der Behandlungen, die Mary schon hatte über sich ergehen lassen müssen, konnten sie ihr keine weitere Chemotherapie verabreichen. Ihre Leber war am Ende und konnte die chemische Keule einfach nicht mehr verkraften.

Mein Gott. Er hatte sich auf einen höllischen Kampf eingestellt. Und auf viel Leiden, bei dem er an ihrer Seite sein wollte. Aber niemals auf den Tod. Und nicht so schnell.

Sie hatten nur noch wenige Monate. Frühling. Vielleicht bis zum Sommer.

Rhage materialisierte sich im Hof des Haupthauses und machte sich auf den Weg zur Höhle. Er konnte es nicht ertragen, allein in ihr gemeinsames Zimmer zu gehen. Noch nicht.

Doch als er vor Butch und Vs Tür stand, klopfte er nicht. Sondern blickte über die Schulter zur Front des großen Hauses und dachte daran, wie Mary dort die Vögel gefüttert hatte. Er stellte sie sich vor, dort auf den Stufen, mit diesem zauberhaften Lächeln auf dem Gesicht und dem Sonnenlicht im Haar.

Was sollte er nur ohne sie anfangen?

Er dachte an die Kraft und die Entschlossenheit in ihren Augen, nachdem er sich vor ihren Augen bei einer fremden Frau genährt hatte. Daran, wie sie ihn geliebt hatte, obwohl sie die Bestie kannte. An ihre ruhige, bestechende Schönheit und ihr Lachen und ihre grauen Augen.

Aber am meisten dachte er daran, wie sie in jener Nacht aus Bellas Haus gerannt war, auf nackten Füßen, und sich ihm in die Arme geworfen, geschluchzt hatte … als sie ihn endlich um Hilfe gebeten hatte.

Er spürte etwas auf dem Gesicht.

Verdammt. Weinte er etwa?

Ohne Zweifel.

Und es war ihm gleichgültig, dass er weich wurde.

Er blickte auf den Kies in der Auffahrt und stellte verblüfft fest, dass die Steine im Flutlicht sehr weiß aussahen. Genau wie die mit Stuck verzierte Mauer um den Hof. Und der Springbrunnen in der Mitte, dessen Wasser für den Winter abgelassen worden war –

Er erstarrte. Dann hoben sich seine Augenlider.

Langsam drehte er sich zum Haus um und hob den Kopf zu ihrem gemeinsamen Schlafzimmer.

Von einem plötzlichen Vorsatz wie elektrisiert rannte er, so schnell ihn seine Füße trugen, in die Eingangshalle.

Mary lag in ihrem Krankenhausbett und versuchte, Butch anzulächeln, der mit Hut und Sonnenbrille in der gegenüberliegenden Ecke saß. Er hatte Rhage abgelöst, um sie bis zum Einbruch der Nacht zu bewachen und zu beschützen.

»Du musst dich nicht um mich kümmern«, sagte Butch sanft, als wüsste er, dass sie höflich sein wollte. »Mach einfach das, was du tun möchtest.«

Sie nickte und blickte aus dem Fenster. Die Kanüle in ihrem Arm war nicht so schlimm; es tat nicht weh. Andererseits fühlte sie sich so betäubt, dass man ihr wahrscheinlich Nägel in die Venen hätte hämmern können, und sie hätte nichts gespürt.

Verfluchter Mist. Das Ende war gekommen. Die unausweichliche Realität des Sterbens lag vor ihr. Dieses Mal gab es kein Hintertürchen.

Nichts, was man tun, keine Schlacht, in die man ziehen konnte. Der Tod war nicht länger eine abstrakte Vorstellung, sondern ein sehr greifbares, nahe bevorstehendes Ereignis.

Sie empfand keinen Frieden. Sie fühlte nur … Wut.

Sie wollte nicht gehen. Wollte nicht den Mann verlassen, den sie liebte. Wollte nicht das irre Chaos ihres Lebens aufgeben.

Tut doch etwas dagegen, dachte sie. *Jemand muss etwas dagegen tun.*

Sie schloss die Augen.

In der Dunkelheit sah sie Rhages Gesicht vor sich. Und berührte im Geist seine Wange mit der Hand, spürte die Wärme seiner Haut, die kräftigen Knochen darunter. Worte gingen ihr durch den Kopf, sie kamen von einem

Ort, den sie nicht kannte, und richteten sich an … vermutlich niemanden.

Lass mich nicht gehen. Ich will ihn nicht verlassen. Bitte …

Gott, lass mich hier bei ihm bleiben und ihn noch ein bisschen länger lieben. Ich verspreche, die Zeit mit ihm nicht zu verschwenden. Ich werde ihn festhalten und ihn niemals gehen lassen … Gott, ich bitte dich. Lass das nicht zu …

Als ihr bewusst wurde, dass sie betete, begann Mary hemmungslos zu weinen. Sie öffnete ihr Herz, bettelte. Und sie wandte sich an jemanden, an dessen Existenz sie eigentlich nicht einmal glaubte. Sie hatte eine merkwürdige Offenbarung inmitten ihrer Verzweiflung.

Das also hatte ihrer Mutter Halt gegeben. Cissy hatte nicht absteigen wollen, hatte nicht gewollt, dass das Karussell anhielt, hatte … Mary nicht zurücklassen wollen. Die drohende Trennung von der Liebe, mehr noch als das Ende ihres Lebens, hatte ihren Glauben am Leben erhalten.

Es war die Hoffnung gewesen, noch etwas mehr Zeit zum Lieben zu haben, die ihre Mutter dazu gebracht hatte, Kreuze zu umklammern und Statuen anzusehen und Worte in die Luft zu hauchen.

Und warum hatten sich diese Gebete gen Himmel gerichtet? Na ja, irgendwie musste es doch so sein, oder nicht? Selbst wenn es für den Körper keine Möglichkeiten mehr gab, suchten sich die Wünsche des Herzens einen Weg nach draußen. Und wie jede Art von Wärme würde auch die Liebe nach oben steigen. Zudem lag auch der Wunsch, zu fliegen, in der Natur des Menschen, also musste die Heimat der Seelen weit oben liegen. Und der Himmel sandte tatsächlich Geschenke, den Frühlingsregen und die Sommerbrise und die Herbstsonne und den Schnee im Winter.

Mary öffnete die Augen. Sie blinzelte, bis sie wieder klar

sehen konnte, und konzentrierte sich dann auf das schwindende Licht hinter den Häusern der Stadt.

Bitte … Gott.

Lass mich hier bei ihm bleiben.

Lass mich nicht gehen.

26

Rhage stürmte ins Haus und riss sich den Trenchcoat vom Leib, während er die Treppe hinaufdonnerte. Im Zimmer legte er die Uhr ab und zog sich ein weißes Seidenhemd und eine gleichfarbige Hose über. Dann holte er eine Lackschachtel vom obersten Regal des Schrankes und kniete sich mitten im Raum auf den Boden. Er öffnete die Schachtel, nahm eine Kette aus murmelgroßen schwarzen Perlen heraus und legte sie sich um den Hals.

Er kniete sich auf den Boden, setzte sich auf die Fersen, ließ die Hände auf den Oberschenkeln ruhen und schloss die Augen.

Er zwang sich, ruhiger zu atmen, und verharrte reglos in dieser Position, bis er seine Muskeln nicht mehr spürte. So gut er konnte, reinigte er seinen Geist von jeglichen Gedanken und wartete. Er konnte nur hoffen, dass ihn das einzige Wesen, das Mary noch retten konnte, bemerken würde. Die Perlen auf seiner Haut erwärmten sich.

Als er die Augen wieder öffnete, befand er sich in einem hell erleuchteten Innenhof aus weißem Marmor. Der Springbrunnen plätscherte herrlich, das Wasser glitzerte auf seinem Weg hoch in die Luft und wieder herab ins Becken. Ein weißer Baum mit weißen Blüten stand in einer Ecke, die zwitschernden Singvögel in seinen Zweigen waren der einzige Farbfleck an diesem Ort.

»Welchem Umstand verdanke ich dieses besondere Vergnügen?«, ertönte die Stimme der Jungfrau der Schrift hinter ihm. »Sicher kommst du nicht wegen deiner Bestie? Du wirst noch geraume Zeit mit ihr verbringen, soweit ich mich entsinne.«

Rhage blieb auf den Knien, den Kopf gebeugt, ohne ein Wort zu sagen. Er wusste nicht recht, wo er beginnen sollte.

»Schweigen«, murmelte die Jungfrau der Schrift. »Ungewöhnlich für dich.«

»Ich möchte meine Worte mit Bedacht wählen.«

»Weise, Krieger. Sehr weise. In Anbetracht deines Anliegens heute.«

»Ihr wisst bereits davon?«

»Keine Fragen«, fauchte sie. »Wahrlich, ich bin es müde, der Bruderschaft das immer wieder ins Gedächtnis zu rufen. Vielleicht solltest du die anderen bei deiner Rückkehr noch einmal daran erinnern.«

»Verzeiht.«

Der Umriss ihres schwarzen Umhangs kam in sein Sichtfeld. »Heb den Kopf, Krieger. Sieh mich an.«

Er holte tief Luft und gehorchte.

»Du leidest solchen Schmerz«, sagte sie sanft. »Ich kann die Last auf dir spüren.«

»Mein Herz blutet.«

»Deiner menschlichen Frau wegen.«

Er nickte. »Ich möchte Euch bitten, sie zu retten. Wenn es gestattet ist.«

Die Jungfrau der Schrift wandte sich von ihm ab. Dann schwebte sie langsam über den Marmorboden des Innenhofes.

Er hatte keine Ahnung, was sie dachte. Oder ob sie seine Bitte überhaupt in Betracht zog. Vielleicht vertrat sie sich auch einfach nur die Beine, was wusste er schon. Oder sie würde weggehen, ohne ihn einer Antwort zu würdigen.

»Das, Krieger, würde ich niemals tun«, sagte sie als Antwort auf seine Gedanken. »Trotz der Schwierigkeiten, die wir miteinander hatten, würde ich dich niemals auf diese Weise im Stich lassen. Sag mir – was, wenn die Rettung deiner Frau bedeuten würde, dich niemals von deiner Bestie befreien zu können? Was, wenn ihr Leben nur gewonnen werden könnte, indem der Fluch dich begleitet, bis du in den Schleier eingehst?«

»Ich würde ihn mit Freuden weiterhin ertragen.«

»Aber du verabscheust ihn.«

»Ich liebe sie.«

»Gut, gut. So ist es wohl.«

Ein Hoffnungsschimmer glühte in seiner Brust auf. Es lag ihm auf der Zunge, zu fragen, ob sie eine Abmachung hatten. Ob Mary weiterleben durfte. Doch er würde ganz sicher nicht riskieren, den zerbrechlichen Stand der Verhandlungen dadurch zu gefährden, dass er die Jungfrau der Schrift durch eine weitere Frage gegen sich aufbrachte.

Lautlos glitt sie wieder auf ihn zu. »Du hast dich sehr verändert, seit wir uns zuletzt in jenem Wald getroffen haben. Und ich glaube, das ist der erste selbstlose Akt, den du jemals vollzogen hast.«

Er atmete langsam aus, ein wundervolles Gefühl der Erleichterung sang in seinen Venen. »Es gibt nichts, was ich nicht für sie tun, nichts, was ich nicht für sie opfern würde.«

»Das ist ein glücklicher Umstand für dich«, murmelte die Jungfrau der Schrift. »Denn zusätzlich dazu, dass du die Bestie in dir behalten musst, verlange ich von dir, Mary aufzugeben.«

Rhage zuckte zusammen, überzeugt, sich verhört zu haben.

»Ja, Krieger. Du hast mich vollkommen richtig verstanden.«

Ein tödlicher Schauer durchfuhr ihn und nahm ihm den Atem.

»Höre, was ich dir biete«, sagte sie. »Ich kann sie aus dem Kontinuum ihres Schicksals befreien und sie wieder gesund und unversehrt machen. Sie wird nicht altern, sie wird niemals krank sein, und sie wird selbst entscheiden, wann sie in den Schleier einzugehen wünscht. Und ich werde ihr die Wahl lassen, das Geschenk anzunehmen. Jedoch wird sie nichts von dir wissen, wenn ich ihr diesen Vorschlag unterbreite. Und ob sie einwilligt oder nicht: du und deine Welt werdet ihr für immer verborgen bleiben. Gleichermaßen werden jene sie nicht erkennen, denen sie bereits begegnet ist, auch nicht die *Lesser*. Du wirst der Einzige sein, der sich an sie erinnert. Und solltest du dich ihr jemals nähern, wird sie sterben. Sofort.«

Rhage schwankte und fiel nach vorn. Im letzten Moment fing er sich mit den Händen ab. Eine lange Zeit verging, bevor er in der Lage war, einige Worte hervorzupressen.

»Ihr müsst mich wahrlich hassen.«

Ein leichter elektrischer Schlag durchzuckte ihn, und er merkte, dass die Jungfrau der Schrift ihn an der Schulter berührt hatte.

»Nein, Krieger. Ich liebe dich, mein Kind. Die Bestie diente dazu, dich Selbstbeherrschung zu lehren. Deine Grenzen zu erfahren, den Blick auf dein Inneres zu richten.«

Er hob den Blick zu ihr empor, ohne sich darum zu kümmern, was sie darin lesen konnte: Hass, Schmerz, den Drang, um sich zu schlagen.

Als er schließlich sprach, zitterte seine Stimme. »Ihr nehmt mir mein Leben.«

»Genau darum geht es«, entgegnete sie in einem unendlich sanften Tonfall. »Das ist Yin und Yang, Krieger. Dein Leben gegen ihres. Das Gleichgewicht muss erhalten bleiben, Opfer müssen gebracht, wenn Geschenke dargeboten werden. Wenn ich diese Frau für dich retten soll, musst du mir ein Pfand geben. Yin und Yang.«

Er senkte den Kopf.

Und *schrie.* Schrie, bis ihm das Blut ins Gesicht stieg und schmerzte. Bis seine Augen überflossen und ihm beinahe aus dem Schädel sprangen. Bis seine Stimme versagte und in Heiserkeit verebbte.

Als er geendet hatte, richtete er seinen Blick nach vorn. Die Jungfrau der Schrift kniete vor ihm, ihr Umhang lag um sie herum ausgebreitet wie eine schwarze Lache auf dem weißen Marmor.

»Krieger, ich würde dir das ersparen, wenn ich nur könnte.«

Gott, er glaubte es beinahe. Ihre Stimme war so frei von Zorn.

»Tut es«, sagte er rau. »Lasst ihr die Wahl. Lieber soll sie lang und glücklich leben, ohne von mir zu wissen, als jetzt zu sterben.«

»So sei es.«

»Aber ich flehe euch an … gewährt mir einen Abschied. Gewährt mir, sie ein letztes Mal zu sehen.«

Die Jungfrau der Schrift schüttelte den Kopf.

Der Schmerz riss ihn beinahe entzwei, er wäre nicht erstaunt gewesen, Blut auf seinem Körper zu entdecken.

»Ich bitte –«

»Die Frage lautet: jetzt oder niemals.«

Rhage erschauerte. Schloss die Augen. Spürte den Tod auf sich zuschreiten, so sicher, als hätte sein Herz zu schlagen aufgehört.

»Dann sei es jetzt.«

27

Butchs erste Station, als er aus dem Krankenhaus nach Hause kam, war das Arbeitszimmer im ersten Stock des großen Hauses. Er hatte keinen Schimmer, warum Rhage ihn angerufen und von Marys Krankenbett abgezogen hatte. Sein erster Impuls war gewesen, zu widersprechen. Doch die Stimme des Bruders hatte so niedergeschlagen geklungen, dass er darauf verzichtet hatte.

Die Bruderschaft wartete in Wraths Zimmer, alle sahen grimmig und konzentriert aus. Und sie warteten auf ihn. Als Butch sie einen nach dem anderen anblickte, fühlte er sich, als müsste er der Abteilung Bericht erstatten. Nach all den Monaten ohne echte Beschäftigung tat es gut, wieder im Einsatz zu sein.

Obwohl es ihm verdammt leidtat, wofür seine Fähigkeiten benötigt wurden.

»Wo ist Rhage?«, fragte Wrath. »Jemand muss ihn holen.«

Phury verschwand. Als er wieder zurückkam, ließ er die

Tür offen stehen. »Er steht unter der Dusche. Er kommt gleich.«

Wrath sah Butch über den Schreibtisch hinweg an. »Also, was wissen wir?«

»Nicht viel. Aber eins ist auf jeden Fall ein gutes Zeichen: Einige von Bellas Klamotten fehlen. Sie ist ein ordentlicher Typ, deshalb ist klar ersichtlich, dass nur Jeans und Nachthemden und dergleichen fehlen. Nichts, was sie vielleicht in die Reinigung gebracht hat oder so. Das gibt Anlass zur Hoffnung, dass die *Lesser* planen, sie ein Weilchen am Leben zu lassen.« Butch hörte die Tür hinter sich ins Schloss fallen und ging davon aus, dass Rhage gekommen war. »Wie dem auch sei, beide Tatorte, sowohl Marys als auch Bellas Haus, waren ziemlich sauber. Trotzdem werde ich noch mal durchgehen –«

Butch merkte, dass niemand ihm zuhörte. Er drehte sich um.

Ein Geist war in den Raum getreten. Ein Geist, der Rhage ziemlich ähnlich sah.

Der Bruder war ganz in Weiß gekleidet und hatte eine Art Schal um den Hals geschlungen. Auch um beide Handgelenke waren weiße Tücher gewickelt. Um all die Stellen, an denen sie tranken, dachte Butch.

»Wann ist sie in den Schleier eingegangen?«, fragte Wrath.

Rhage schüttelte nur den Kopf und ging zu einem der Fenster. Er starrte hinaus, obwohl die Rollläden heruntergelassen waren und er nichts sehen konnte.

Butch konnte nicht fassen, dass der Tod offenbar so rasch gekommen war. Er wusste nicht, ob er fortfahren sollte. Verstohlen blickte er zu Wrath, doch der schüttelte den Kopf und erhob sich dann.

»Rhage? Mein Bruder, was können wir für dich tun?«

Rhage blickte über die Schulter. Nacheinander sah er jedem der Anwesenden in die Augen, Wrath kam als Letzter an die Reihe. »Ich kann heute Nacht nicht heraus.«

»Natürlich nicht. Und wir werden auch hier bleiben und mit dir trauern.«

»Nein«, entfuhr es Rhage. »Bella ist da draußen. Findet sie. Lasst sie nicht … gehen.«

»Aber können wir denn gar nichts tun?«

»Ich kann nicht … ich kann mich einfach nicht konzentrieren. Auf nichts. Ich kann wirklich nicht …« Rhages Blickt heftete sich auf Zsadist. »Wie lebst du damit? All die Wut. Der Schmerz. Die …«

Zsadist scharrte verlegen mit den Füßen und starrte auf den Boden.

Rhage wandte der Gruppe den Rücken zu.

Im Raum breitete sich Stille aus.

Und dann ging Zsadist plötzlich mit stockenden, langsamen Schritten zu Rhage ans Fenster. Als er neben dem Bruder ankam, sagte er kein Wort, hob nicht die Hand, machte kein Geräusch. Er verschränkte einfach nur die Arme vor der Brust und lehnte seine Schulter an die von Rhage.

Überrascht zuckte Rhage zusammen. Die beiden Männer blickten einander an. Und dann sahen sie beide aus dem abgedunkelten Fenster.

»Macht weiter«, ordnete Rhage mit tonloser Stimme an.

Also setzte Wrath sich wieder hin, und Butch fuhr mit seinen Ausführungen fort.

Um acht Uhr abends war Zsadist mit seiner Arbeit in Bellas Haus fertig.

Er goss den letzten Eimer Schmutzwasser in die Spüle und stellte dann das Putzzeug wieder in den Schrank neben der Garagentür.

Ihr Haus war nun sauber, und alles war wieder da, wo es

hingehörte. Wenn sie nach Hause kam, würde sie nur absolute Normalität vorfinden.

Er betastete die schmale Kette mit den kleinen Diamanten um seinen Hals. Er hatte sie in der Nacht zuvor auf dem Fußboden gefunden, den kaputten Verschluss repariert und sie dann umgelegt. Sie passte kaum um seinen Hals.

Ein weiteres Mal sah er sich in der Küche um und ging dann die Treppe hinunter in ihr Schlafzimmer. Ordentlich faltete er ihre Kleider. Schob die Schubladen zurück in die Kommode. Reihte ihre Parfümfläschchen auf der Frisierkommode auf. Saugte Staub.

Dann öffnete er ihren Schrank und berührte ihre Blusen und Pullover und Kleider. Steckte den Kopf hinein und atmete tief ein. Er nahm ihren Duft auf, und er löste ein Brennen in seiner Brust aus.

Diese dreckigen Schweine würden dafür bluten. Er würde sie mit bloßen Händen in Stücke reißen, bis ihr schwarzes Blut sich wie ein Wasserfall über ihre toten Körper ergoss.

Rachegelüste pochten in seinen Venen, als er zu Bellas Bett ging und sich hinsetzte. Ganz bedächtig, als habe er Angst, den Rahmen zu zerbrechen, legte er sich zurück und bettete den Kopf auf ihr Kissen. Auf der Decke lag ein Buch, und er nahm es in die Hand. Ihre Handschrift füllte die Seiten.

Er war Analphabet, deshalb verstand er das Geschriebene nicht, doch es sah wunderschön aus. Die Worte verbanden sich zu einem zarten Muster auf dem Papier.

Auf einer beliebigen Seite erkannte er das einzige Wort, das er lesen konnte.

Zsadist.

Sie hatte seinen Namen geschrieben. Er blätterte durch das Tagebuch und sah genauer hin. In letzter Zeit hatte sie seinen Namen ziemlich häufig notiert. Er wand sich innerlich, als er sich den Inhalt vorstellte.

Dann schloss er das Buch wieder und legte es genau dorthin zurück, wo er es gefunden hatte. Er blickte nach rechts. Auf dem Nachttisch lag ein Haarband, als hätte sie es beiläufig abgezogen, bevor sie zu Bett ging. Er nahm es in die Hand und schlang sich den schwarzen Satin um die Finger.

In diesem Augenblick tauchte Butch am Fuße der Treppe auf.

Z schoss aus dem Bett, als hätte man ihn bei etwas Verbotenem erwischt. Was natürlich auch so war. Er dürfte nicht einfach so in Bellas Privatsphäre herumschnüffeln.

Doch wenigstens schien Butch sich bei diesem unverhofften Treffen kein bisschen wohler zu fühlen als er selbst.

»Was zum Henker machst du hier, Bulle?«

»Ich wollte mir den Tatort noch einmal ansehen. Aber ich sehe schon, du kannst gut mit einem Lappen umgehen.«

Quer durch den Raum funkelte Zsadist ihn an. »Was kümmert dich die ganze Sache? Warum interessierst du dich für die Entführung einer unserer Frauen?«

»Es ist von Bedeutung.«

»In unserer Welt. Nicht in deiner.«

Der Cop runzelte die Stirn. »Sorry, Z, aber in Anbetracht deines Rufes: Warum interessiert dich das Ganze überhaupt?«

»Ich mache nur meine Arbeit.«

»Ja, klar. Und was treibst du dann auf ihrem Bett? Warum putzt du stundenlang das Haus? Und warum hältst du dieses Band da so fest, dass deine Knöchel schon ganz weiß sind?«

Z blickte auf seine Hand und lockerte langsam den Griff. Dann durchbohrte er den Menschen mit seinem Blick.

»Leg dich nicht mit mir an, Bulle. Was du damit entfesselst, würde dir nicht gefallen.«

Butch fluchte. »Ich will doch einfach nur helfen, sie zu finden, Z. Ich muss … es bedeutet *mir* etwas, okay? Ich kann es nicht ausstehen, wenn Frauen Gewalt angetan wird. Ich hab in der Hinsicht selbst was ziemlich Unschönes erlebt.«

Zsadist steckte sich das Satinband in die Hosentasche und umkreiste den Menschen. Immer näher kam er, und Butch nahm vorsichtshalber eine defensive Stellung ein, in Erwartung eines Angriffs.

Unvermittelt blieb Z vor ihm stehen. »Die *Lesser* haben sie wahrscheinlich schon getötet, oder?«

»Vielleicht.«

»Wahrscheinlich.«

Z beugte sich vor und atmete hörbar ein. Er konnte keine Furcht an dem Menschen riechen, obwohl sein großer Körper angespannt und bereit zum Kampf war. Das war gut. Der Bulle brauchte ganz schön viel Mut, wenn er wirklich mit den Brüdern in einer Liga spielen wollte.

»Sag mir eins«, murmelte Z. »Wirst du mir dabei helfen, die *Lesser* zu erwischen, die sie geholt haben? Hältst du das aus, Bulle? Denn … offen gesagt: Diese Sache macht mich wahnsinnig.«

Butchs haselnussbraune Augen verengten sich. »Was sie dir nehmen, nehmen sie mir.«

»Ich bedeute dir nichts.«

»Da hast du Unrecht. Die Bruderschaft war sehr gut zu mir, und ich halte meinen Jungs die Stange, wenn du verstehst, was ich meine.«

Z musterte den Mann. Butchs Aura war geschäftsmäßig. Nüchtern und klar.

»Dankbarkeit ist nicht mein Ding«, sagte Z.

»Das weiß ich.«

Z nahm seinen Mut zusammen und streckte die Hand aus. Er hatte das Bedürfnis, den Pakt zwischen ihnen zu besiegeln, auch wenn das Gefühl neu für ihn war. Glücklicherweise war der Griff des Menschen sanft. Als wüsste er, wie schwer Z dieser Körperkontakt fiel.

»Wir schnappen sie uns zusammen«, sagte der Cop, als sie den Arm wieder sinken ließen.

Z nickte. Dann gingen die beiden die Treppe hinauf.

28

Mary winkte wild, als der große Mercedes vor dem Krankenhaus hielt. Sie kam so schnell angerannt, dass Fritz gerade erst ein Bein aus der Fahrertür streckte, als sie schon ins Auto sprang.

»Danke, Fritz! Hör mal, ich habe Rhage bestimmt zehn Mal angerufen, aber er geht nicht an sein Handy. Ist alles in Ordnung?«

»Alles ist gut. Ich habe Euren Herrn heute Nachmittag gesehen.«

Sie strahlte den *Doggen* an. »Gut! Und da es erst acht Uhr ist, wird er vermutlich auch noch nicht das Haus verlassen haben.«

Fritz legte den Gang ein und fädelte sich umsichtig in den Verkehr ein. »Benötigt Ihr noch etwas –«

Sie beugte sich über den Sitz, warf ihre Arme um den kleinen alten Mann und küsste ihn auf die Wange. »Bring mich schnell nach Hause, Fritz. Schneller als du jemals gefahren bist. Brich jede Verkehrsregel.«

»Herrin?«

»Du hast mich schon richtig verstanden. So schnell du kannst!«

Fritz war wegen all dieser Aufmerksamkeit etwas durcheinander, fing sich aber schnell wieder und trat aufs Gas.

Mary legte den Sicherheitsgurt an, klappte die Sonnenblende herunter und betrachtete sich in dem kleinen Spiegel. Ihre Hände zitterten, als sie die Finger auf ihre Wangen legte. Immer wieder musste sie kichern, besonders als sie um eine Kurve rasten und sie gegen die Tür gedrückt wurde.

Als sie die Polizeisirenen hörte, musste sie noch lauter lachen.

»Ich bitte um Verzeihung, Herrin.« Der *Doggen* warf ihr einen Seitenblick zu. »Aber ich muss die Polizei abschütteln, und das könnte etwas holprig werden.«

»Mach sie fertig, Fritz.«

Der *Doggen* legte einen Schalter um, und alle Lichter außen und innen am Auto verloschen. Dann heulte der Motor auf, und sie musste an jene rasante Fahrt mit Rhage durch die Berge denken.

Nur dass damals die Scheinwerfer eingeschaltet gewesen waren.

Sie hielt sich an ihrem Sicherheitsgurt fest und rief über den Lärm der quietschenden Reifen hinweg: »Ich hoffe, du bist nicht nachtblind!«

Fritz lächelte friedlich, als hielten sie einen gemütlichen Plausch in der Küche. »Keineswegs, Herrin. Ich kann in der Dunkelheit perfekt sehen.«

Mit einem Ruck nach links überholte er einen Minivan und schoss dann in eine Seitenstraße. Dann trat er heftig auf die Bremse, um einem Fußgänger auszuweichen, drückte das Gaspedal aber sofort wieder bis zum Anschlag durch, als die Bahn frei war. Am Ende der Seitenstraße raste er wieder auf die Hauptstraße, wobei er ein Taxi schnitt und in letzter Sekunde einem Bus auswich.

Der alte Mann war ein Genie am Steuer.

Okay, ein Genie auf die Jackson-Pollock-Art, aber auf jeden Fall beeindruckend.

Und dann bog er urplötzlich in einen freien Parkplatz ein. Mitten auf der Hauptstraße. Einfach so.

Der Chor der Sirenen wurde so laut, dass Mary brüllen musste. »Fritz, sie werden –«

Zwei Streifenwagen schossen direkt an ihnen vorbei.

»Noch einen Augenblick, bitte.«

Noch ein Polizeiauto raste die Straße hinunter.

Fritz lenkte den Wagen aus der Parklücke und fuhr in raschem Tempo weiter.

»Nicht übel, Fritz.«

»Mit Verlaub, Herrin, aber der menschliche Geist ist recht leicht zu übertölpeln.«

Sie sausten weiter, Mary lachte und zappelte und trommelte mit den Fingern auf die Armlehne. Die Fahrt schien kein Ende zu nehmen.

Als sie endlich beim ersten Sicherheitstor des Anwesens ankamen, drehte Mary vor Aufregung fast durch. Und sobald sie vor dem Haus anhielten, riss die die Autotür auf und rannte los, ohne auch nur die Tür hinter sich zuzuschlagen.

»Danke, Fritz!«, schrie sie ihm noch über die Schulter zu.

»Gern geschehen, Herrin!«, rief er zurück.

Sie stürmte in die Eingangshalle und raste die Stufen der Freitreppe hoch. Oben angekommen, wirbelte sie um die Ecke. Ihre Handtasche schaukelte heftig hin und her und schlug gegen eine Lampe. Sie machte kehrt und stellte sie wieder gerade hin, bevor sie herunterfallen konnte.

Laut lachend stieß sie die Tür zu ihrem Zimmer auf und –

Blieb abrupt stehen.

In der Mitte des Raumes kniete Rhage splitterfasernackt und in einer Art Trance auf einer schwarzen Tafel. Er trug weiße Bänder um die Handgelenke und den Hals geschlungen. Blut tropfte auf den Teppich, obwohl sie nicht erkennen konnte, wo es herkam.

Sein Gesicht sah um Jahrzehnte gealtert aus, seit sie ihn zuletzt gesehen hatte.

»Rhage?«

Langsam öffneten sich seine Augen. Sie waren trübe, ausdruckslos. Er blinzelte sie an und runzelte die Stirn.

»Rhage? Rhage, was ist los?«

Beim Klang ihrer Stimme schien er wieder zu sich zu kommen.

»Was machst du denn –« Er stockte. Schüttelte den Kopf, als müsse er einen Schwindel abschütteln. »Was machst du hier?«

»Ich bin geheilt! Es ist ein verdammtes Wunder!«

Sie rannte zu ihm, doch er machte einen Satz zur Seite, hielt die Arme hoch und blickte sich panisch um. »Geh weg! Sie wird dich töten! Sie wird alles zurücknehmen! O Gott, geh bloß weg von mir!«

Mary blieb wie angewurzelt stehen. »Wovon redest du da?«

»Du hast das Geschenk angenommen, stimmt das?«

»Woher weißt du … woher weißt du von diesem merkwürdigen Traum?«

»Hast du das Geschenk angenommen?«

Mann o Mann. Rhage war ja völlig weggetreten. Zitternd, nackt, aus den Schienbeinen blutend und kalkweiß im Gesicht.

»Beruhige dich, Rhage.« Junge, so hatte sie sich dieses Gespräch aber überhaupt nicht vorgestellt. »Ich weiß nichts von einem Geschenk. Aber hör dir das an: Ich bin eingeschlafen, während sie noch eine Kernspintomographie gemacht haben. Und plötzlich ist irgendetwas mit der Maschine passiert. Sie ist explodiert oder so was, schätze ich mal. Jedenfalls haben sie gesagt, dass es einen Lichtblitz gab. Und als sie mich wieder hoch in mein Zimmer gebracht hatten, haben sie mir noch mal Blut abgenommen – und alles war super. Meine Werte waren bestens! Ich bin geheilt! Niemand hat kapiert, was da geschehen ist. Als wäre die Leukämie einfach verschwunden, und meine Leber hätte sich selbst repariert. Sie nennen mich ein medizinisches Wunder!«

Glück durchströmte sie. Bis Rhage ihre Hände ergriff und so fest drückte, dass es wehtat.

»Du musst hier weg. Jetzt sofort. Du darfst mich nicht mehr sehen. Du musst gehen. Und komm nie mehr zurück.«

»Wie bitte?«

Er versuchte, sie aus dem Zimmer zu schieben, und als sie sich wehrte, zerrte er sie hinter sich her.

»Was machst du da, Rhage? Ich will nicht –«

»Du musst gehen!«

»Krieger, du kannst jetzt aufhören.«

Die trockene weibliche Stimme ließ sie beide erstarren.

Mary blickte über die Schulter. Eine kleine, ganz in Schwarz gekleidete Gestalt stand in einer Ecke des Raumes. Unter dem fließenden Umhang schimmerte Licht hervor.

»Mein Traum«, flüsterte Mary. »Sie sind die Frau aus meinem Traum.«

Rhages Arme zerquetschten sie fast, als sie sich um Mary schlangen, dann schubste er sie von sich weg.

»Ich bin nicht zu ihr gegangen, Jungfrau der Schrift. ich schwöre, ich habe nichts –«

»Sei unbesorgt, Krieger. Ich weiß, dass du deinen Teil

der Abmachung eingehalten hast.« Die winzige Gestalt schwebte auf sie zu. Sie lief nicht, sie glitt einfach durch den Raum. »Und alles ist gut. Du hattest mir nur eine winzige Kleinigkeit verschwiegen, etwas, das ich nicht wusste, als ich mich ihr näherte.«

»Was denn?«

»Du hast mir nicht gesagt, dass sie keine Kinder mehr bekommen kann.«

Rhage sah Mary an. »Das wusste ich nicht.«

Mary nickte und schlang die Arme um sich. »Es stimmt. All die Behandlungen haben mich unfruchtbar gemacht.«

Der schwarze Umhang raschelte. »Komm her, Frau. Ich werde dich jetzt berühren.«

Wie im Traum trat Mary vor, als eine leuchtende Hand sich aus der Seide schob. Beim Aufeinandertreffen ihrer Handflächen entlud sich eine warme elektrische Spannung.

Die Stimme der Frau war tief und kräftig. »Ich bedaure, dass dir deine Fähigkeit, Leben hervorzubringen, genommen wurde. Die Freude zu erschaffen, war mir stets der Mittelpunkt meiner Existenz, und es bereitet mir großen Kummer, dass du niemals dein eigen Fleisch und Blut in Armen halten, niemals in deine eigenen Augen im Gesicht eines anderen Wesens blicken wirst; dass du niemals das Wesentliche deiner Selbst mit dem deines Geliebten wirst vermischen können. Was du verloren hast, ist ein ausreichend großes Opfer. Dir auch den Krieger zu nehmen … das wäre zu viel. Wie ich dir gesagt habe: dein Leben wird währen, bis du aus eigenem Willen beschließt, in den Schleier einzugehen. Und ich fühle, dass diese Entscheidung getroffen werden wird, wenn es auch für diesen Krieger an der Zeit ist, die Erde zu verlassen.«

Sie gab Marys Hand frei. Alle Freude, die sie eben noch

empfunden hatte, verließ sie. Am liebsten hätte sie geweint.

»Verdammt«, sagte sie. »Ich träume immer noch, oder? Das alles ist nur ein Traum. Ich hätte es wissen müssen …«

Ein tiefes, weibliches Lachen drang unter dem Umhang hervor. »Geh zu deinem Krieger, Frau. Fühl die Wärme seines Körpers, und erkenne, dass all dies die Wirklichkeit ist.«

Mary drehte sich um. Rhage starrte die Gestalt genauso ungläubig an wie sie selbst.

Sie trat auf ihn zu und schlang die Arme um ihn, hörte sein Herz laut in der Brust pochen.

Die schwarze Gestalt verschwand, und Rhage begann, in der Alten Sprache zu sprechen. Die Worte purzelten ihm so schnell aus dem Mund, sie hätte sie nicht einmal verstehen können, wäre es Englisch gewesen.

Gebete, dachte sie – er betete.

Als er schließlich aufhörte, sah er sie an. »Lass mich dich küssen, Mary.«

»Warte mal, willst du mir nicht bitte erklären, was hier gerade passiert ist? Und wer das war?«

»Später. Im Moment kann ich nicht klar denken. Eigentlich wäre es sogar besser, ich würde mich einen Moment hinlegen. Ich hab das Gefühl, gleich bewusstlos zu werden, und ich will nicht auf dich fallen.«

Sie legte sich seinen schweren Arm um die Schulter und griff ihn um die Taille. Als er sich mit seinem ganzen Gewicht auf sie stützte, knurrte sie angestrengt.

Sobald Rhage flach auf dem Rücken lag, riss er sich die weißen Bänder von den Handgelenken und dem Hals. Erst jetzt sah sie, dass neben dem Blut von den Schienbeinen auch etwas glitzerte. Sie nahm die Tafel näher in Augenschein. Da lagen Splitter, wie Glas. Oder Diamanten?

O Gott, darauf hatte er gekniet? Kein Wunder, dass er so zerschunden war.

»Was hast du da gemacht?«, fragte sie.

»Getrauert.«

»Warum?«

»Das erkläre ich dir später.« Er zog sie auf sich und drückte sie an sich, so fest er konnte.

Als sie seinen Körper so unter ihrem spürte, fragte sie sich, ob solche Wunder tatsächlich geschehen konnten. Nicht im Sinne von »gerade noch mal Glück gehabt«, sondern auf die mystische, unbegreifliche Weise. Sie dachte an die Ärzte, die mit ihren Blutproben und ihren Tabellen herumrannten. An den elektrischen Schlag, der ihr durch den Arm und die Brust gefahren war, als die schwarz Gekleidete sie berührt hatte.

Und sie dachte an ihre verzweifelten Gebete, die sie gen Himmel gesandt hatte.

Ja, befand sie. Wunder geschahen tatsächlich auf dieser Welt.

Sie fing gleichzeitig zu lachen und zu weinen an und saugte Rhages tröstende Reaktion auf ihren Ausbruch in sich auf.

Etwas später sagte sie: »Nur meine Mutter hätte das glauben können.«

»Was glauben?«

»Meine Mutter war eine gute Katholikin. Sie glaubte an Gott, an die Erlösung und das ewige Leben.« Sie küsste ihn auf den Hals. »Deshalb hätte sie all das hier sofort geglaubt. Und sie wäre überzeugt gewesen, dass das da unter dem schwarzen Umhang die Mutter Gottes war.«

»Um genau zu sein, war das die Jungfrau der Schrift. Die zwar einiges ist, aber ganz sicher nicht die Mutter von Jesus. Zumindest nicht in unserer Vorstellung.«

Mary hob den Kopf. »Weißt du, meine Ma sagte immer,

ich würde gerettet werden, ob ich an Gott glaube oder nicht. Sie war überzeugt, ich könnte mich wegen des Namens, den sie mir gegeben hatte, der Gnade nicht entziehen. Sie meinte immer, jedes Mal, wenn jemand meinen Namen sagen oder schreiben oder denken würde, dann wäre ich der Gnade teilhaftig.«

»Deinen Namen?«

»Mary. Die englische Form von Maria. Sie hat mich nach der Jungfrau Maria benannt.«

Rhage stockte der Atem. Und dann lachte er leise.

»Was ist so komisch daran?«

Seine Augen leuchteten. »Ach, nur dass V ... also Vishous irrt sich nie. O Mary, meine wunderschöne Jungfrau, darf ich dich lieben, solang ich lebe? Und wirst du mit mir kommen, wenn ich in den Schleier eingehe?«

»Ja.« Sie streichelte seine Wange. »Aber macht es dir nichts aus, dass ich keine Kinder bekommen kann?«

»Nicht im Geringsten. Ich habe dich, das allein zählt.«

»Weißt du«, murmelte sie. »Man kann auch ein Kind adoptieren. Gibt es das bei euch Vampiren?«

»Frag Tohrment und Wellsie. Ich weiß jetzt schon, dass sie John als ihren Sohn betrachten.« Rhage lächelte. »Wenn du ein Baby willst, besorge ich dir eins. Und ich wäre bestimmt gar kein so schlechter Papa.«

»Du wärest mehr als das.«

Sie wollte ihn küssen, doch er hob die Hand. »Ach ja, eine Kleinigkeit wäre da noch.«

»Was denn?«

»Na ja, wir haben noch immer die Bestie am Hals. Ich habe mit der Jungfrau der Schrift gefeilscht –«

Mary hob erstaunt den Kopf. »Du hast gefeilscht?«

»Ich musste doch etwas tun, um dich zu retten.«

Fassungslos starrte sie ihn an, dann schloss sie die Augen. Er hatte das alles eingefädelt. Er hatte sie gerettet.

»Mary, ich musste ihr doch etwas anbieten –«

Sie küsste ihn bewegt auf den Mund. »Ich liebe dich so sehr«, flüsterte sie.

»Selbst wenn das bedeutet, dass du mit der Bestie leben musst? Denn der Fluch ist jetzt von unbegrenzter Dauer. In Stein gemeißelt. Für immer und ewig.«

»Ich sagte doch, das geht in Ordnung.« Sie lächelte. »Ich meine, komm schon. Er ist doch irgendwie süß, auf seine Godzilla-Art. Und ich betrachte es einfach als Sonderangebot: Zwei für den Preis von einem.«

Rhages Augen blitzten weiß auf, als er sie herumrollte und seinen Mund seitlich auf ihren Hals legte.

»Ich bin froh, dass du sie magst«, murmelte er, während seine Hände an ihrem Pulli zupften. »Denn wir beide gehören dir. Solange du uns haben willst.«

»Das wäre dann auf ewig«, sagte Mary und ließ sich fallen.

Gemeinsam schwelgten sie in all ihrer Liebe.

J. R. Wards
BLACK DAGGER
wird fortgesetzt in:

MONDSPUR

Leseprobe

Zwölf Stunden nachdem die Bruderschaft sie aus den Händen der *Lesser* befreit hatte, blickte Bella sich in dem prächtigen Schlafzimmer um, in dem man sie einquartiert hatte. Sie fühlte sich, als müsste sie übersetzen, was sie da sah. Die Sicherheit, die sie hier umgab, war wie eine andere Sprache, die sie zu verstehen verlernt hatte.

Sie konnte nicht glauben, dass sie wirklich gerettet worden war. Oder dass sie wirklich auf dem Anwesen der Bruderschaft war, um sich zu erholen.

Die Standuhr in der Ecke schlug. Jetzt waren es dreizehn Stunden, dachte sie. Dreizehn Stunden, seit die Brüder gekommen waren und sie aus der Unterwelt zurück an die Oberfläche gebracht hatten.

Sie zog den seidenen Morgenrock enger um sich.

Nach unzähligen Wochen in diesem Rohr in der Erde war es erschreckend, frei zu sein. Sie hatte ohne Unterlass um ihre Freiheit gebetet, hatte alle ihre Hoffnungen darauf ausgerichtet. Und nun war es, als müsste sie jubeln vor Freude. Das Problem war nur, dass alles um sie herum sich falsch und bedeutungslos anfühlte. Besonders der Luxus dieses Raumes: Die schweren Samtvorhänge, das Himmelbett, die kostbaren Antiquitäten, all das sollte ihr in seiner würdevollen Schönheit Halt geben. Doch auf sie wirkte die Einrichtung wie eine Theaterkulisse aus Pappmaché.

Nur eines fühlte sich real an. Und sie musste ihn finden.

Vorsichtig öffnete Bella die Tür und steckte den Kopf durch den Spalt. Der Flur war leer.

Perfekt. Sie wollte nicht gesehen werden.

Leise schlüpfte sie aus dem Zimmer und schlich geräuschlos auf nackten Füßen über den orientalischen Läufer. Als sie zu der Freitreppe kam, blieb sie kurz stehen und versuchte, sich zu erinnern.

Der Flur mit den Statuen, fiel ihr ein. Sie dachte an ein anderes Mal, als sie den Weg genommen hatte. Vor so vielen, vielen Wochen.

Sie ging zuerst schnell, dann rannte sie und hielt den Morgenmantel mit beiden Händen über den Oberschenkeln fest. Sie kam an Statuen und Türen vorbei, bis sie sich an den Ort erinnerte, zu dem es sie zog.

Sie versuchte gar nicht erst, sich zu sammeln, denn es gab nichts zu sammeln. Sie hatte den Boden unter den Füßen verloren, sie hatte Angst, sich aufzulösen.

Laut klopfte sie.

Durch die Tür kam ein Knurren. »Haut ab. Ich schlafe schon.«

Sie drückte die Klinke und öffnete die Tür.

Im Schein des Flurlichts sah sie, wie Zsadist sich auf einem Lager aus Decken in einer Ecke aufrichtete. Er war nackt, seine Muskeln traten deutlich hervor, die Nippelringe blitzten silbern. Sein Furcht erregendes Gesicht mit der Narbe zeigte einen zornigen Ausdruck.

»Ich hab gesagt, dass ihr abhauen … – Bella?« Er bedeckte sich mit den Händen. »Um Himmels willen. Was machst du denn hier?«

Gute Frage, dachte sie. Ihr Mut sank. »Kann – kann ich hier bei dir bleiben?«

Er runzelte die Stirn, als hätte sie den Verstand verloren. »Wie meinst du … nein, das kannst du nicht.«

Er schnappte sich etwas vom Fußboden und hielt es sich vor die Hüften, als er aufstand. Sie nahm seinen Anblick in sich auf: Die tätowierten Sklavenfesseln um Hals und Handgelenke, den Pflock in seinem linken Ohrläppchen, die schwarzen Augen, das kurz geschorene Haar. Sein Körper war so mager, wie sie ihn in Erinnerung hatte. Und er strahlte rohe Kraft aus wie einen Duft.

In ihren Augen war er wunderschön.

»Bella, geh wieder, okay? Das ist nicht der richtige Ort für dich.« Seine Stimme klang rau und unsicher.

Sie ignorierte die Aufforderung in seinen Augen und seiner Stimme. Denn wenn auch ihre Courage sie zu verlassen drohte, gab ihr doch die Verzweiflung Kraft. Jetzt bebte auch ihre Stimme nicht mehr.

»Als ich im Auto halb bewusstlos war, da hast du am Steuer gesessen.« Er antwortete nicht, aber sie sprach einfach weiter. »Ja, das warst du. Du hast mit mir gesprochen. Du warst derjenige, der mich befreit hat. Das stimmt doch?«

Er errötete. »Die Bruderschaft hat dich geholt.«

»Aber du hast mich abgeholt. Und du hast mich zuerst hierher gebracht. In dein Zimmer.« Er schwieg. »Lass mich hier bleiben. Bitte.«

»Hör mal, du musstest in Sicherheit gebracht werden –«

»Ich bin nur bei dir sicher. Du hast mich gerettet. Du wirst nicht zulassen, dass sie mich noch einmal in die Finger bekommen.«

»Niemand kann dir hier etwas tun. Dieses Haus ist so sicher wie das Gott verdammte Pentagon.«

»Bitte –«

»Nein«, zischte er. »Und jetzt verschwinde endlich.«

Angst stieg in ihr auf, und ein Zittern lief über ihren Körper. »Ich kann jetzt nicht alleine sein. Bitte lass mich hier bei dir bleiben. Ich brauche …« Sie brauchte ihn, aber auf diese Aussage würde er vermutlich nicht gerade positiv reagieren. »Ich brauche jemanden in meiner Nähe.«

Zsadist fuhr sich mit der Hand über den Kopf. Mehrmals. Dann dehnte sich sein Brustkorb.

»Bitte«, flüsterte sie. »Schick mich nicht weg.«

Er fluchte leise. »Ich muss mir eine Hose anziehen.«

Ein deutlicheres *Ja* würde sie vermutlich nicht bekommen.

Bella trat ein und schloss die Tür. Sie senkte den Blick nur einen kurzen Moment. Als sie wieder aufsah, zog er gerade eine schwarze Trainingshose über die Oberschenkel.

Sein Rücken mit all den Narben wölbte sich, als er sich bückte. Der Anblick all dieser alten Wunden weckte in ihr das Bedürfnis, genau zu erfahren, was er durchgemacht hatte. Alles. Jeden einzelnen Peitschenhieb. Dass er ganz genau wusste, wie es war, jemandem auf Gedeih und Verderb ausgeliefert zu sein, bildete ein mächtiges Band zwischen ihnen.

Er hatte überlebt. Sie auch. Dadurch waren sie … miteinander verbunden.

Zsadist ging zum Bett und zog die Decke zurück. Dann trat er zur Seite. Verlegen.

»Leg dich hin«, sagte er.

Als sie näher kam, bemerkte sie etwas, das er um den Hals trug –

O mein Gott …

»Meine Kette. Du trägst meine Kette.«

Sie wollte sie auf seiner Haut berühren, doch er zuckte zurück und nahm sie ab.

Dann ließ er sie in ihre Hand fallen. »Hier. Nimm sie zurück.«

Bella betrachtete das zarte Goldband mit den kleinen Diamanten. Von Tiffany. Sie hatte sie jahrelang getragen und konnte sich jetzt gar nicht mehr daran erinnern, wie sie sich an ihrem Hals angefühlt hatte.

Ein Symbol des normalen Lebens, das sie geführt hatte, dachte sie. Und eine Möglichkeit, wieder zu sich selbst zu finden.

Sie steckte sie in die Tasche ihres Morgenrocks, versteckte sie.

»Hast du etwas gegessen?«, fragte er.

Sie kam etwas näher. Am liebsten hätte sie die Arme um ihn geschlungen, aber er sah sie nicht an. Er starrte auf den Boden.

»Ja, Phury hat mir etwas zu essen gebracht.«

Ein flüchtiger Ausdruck huschte über Zsadists Gesicht. Aber er war so schnell wieder verschwunden, dass sie ihn nicht deuten konnte.

»Hast du Schmerzen?«, wollte er wissen.

»Nichts Schlimmes.«

Bitte sieh mich an, dachte sie. Doch das tat er nicht, also kletterte sie ins Bett. Als er sich herunterbeugte, rutschte sie zur Seite, um Platz für ihn zu machen.

Er zog die Decke über sie und kehrte dann wieder zu den Decken auf dem Fußboden zurück.

Bella schloss für ein paar Minuten die Augen. Dann nahm sie ein Kissen, glitt aus dem Bett und ging zu ihm.

»Was machst du da?« Seine Stimme war unsicher. Beunruhigt.

Sie ließ das Kissen auf den Boden fallen und legte sich neben seinen großen Körper. Sein Duft war jetzt so viel stärker; er duftete nach grünem Laub und Kiefer und destillierter männlicher Kraft. Sie suchte seine Wärme, rutschte näher an ihn heran, bis ihre Stirn auf die Rückseite seines Arms traf. Er war so hart, wie eine Steinmauer, die von der Sonne aufgewärmt worden war.

Ihr Körper entspannte sich. Während sie neben ihm lag, spürte sie sich selbst, den harten Boden unter sich, die warmen Luftströmungen des Raumes: Seine Nähe half ihr irgendwie, eine Verbindung zu der Welt um sie herum herzustellen.

Mit den Füßen stieß sie sich vorwärts, bis sie ganz dicht an seiner Seite lag, von der Brust bis zu den Knöcheln.

Er zitterte unkontrolliert, und ihr fiel wieder ein, dass er es nicht ertragen konnte, berührt zu werden; doch sie konnte nicht anders. Nicht an diesem Tag. Vielleicht morgen.

»Entschuldige«, flüsterte sie. »Ich brauche deine Nähe. Mein Körper braucht …« *Dich.* »Etwas Warmes.«

Z rutschte herum, von ihr weg, bis er gegen die Wand stieß. Dann sprang er unvermittelt auf.

O nein. Er würde sie rausschmeißen.

»Komm schon«, sagte er schroff. »Wir gehen ins Bett. Ich kann den Gedanken nicht ertragen, dass du auf dem Boden liegst.«